Mona Jeuk

Die Leuchten von Maulbronn

Mona Jeuk

Die Leuchten von Maulbronn

Stieglitz Verlag

D-75415 Mühlacker

A-8952 Irdning/Steiermark

Gestaltung des Umschlags: Elser Druck GmbH

Bibliografische Information der Deutschen Bibliothek
Die Deutsche Bibliothek verzeichnet diese Publikation in
der Deutschen Nationalbibliografie; detaillierte bibliografische
Daten sind im Internet über http://dnb.ddb.de abrufbar.

ISBN-10: 3-7987-0406-6
ISBN-13: 978-3-7987-0406-0

Alle Rechte, auch die des auszugsweisen Nachdrucks, der
fotomechanischen Wiedergabe und der Übersetzung, vorbehalten.

© Stieglitz Verlag
D-75417 Mühlacker
A-8952 Irdning/Steiermark
2011

Druck: Karl Elser Druck GmbH, Mühlacker

Inhalt

Zeit zu gehen	7
Bellatrix im Paradies	10
Ich muss hier raus!	18
Gewusst wie	25
Professor Friedemann Waldmeister	28
Eine Nacht im Land der Griechen	31
Auf der Suche nach einem Licht im Dunkeln	35
Geistern für Anfänger	39
Huhu, hier bin ich	47
Von allen guten Geistern verlassen	55
Ein Professor taucht unter	61
Trixi geht in Klausur	66
Geistern für Fortgeschrittene	74
Im Karzer	79
Dunkle Zeiten	85
Die Erleuchtung	92
Im Eimer	97
Rehabilitation für einen Hexer	100
Erleuchtende Lichtbilder	108
Spätes Glück, trautes Heim	110
Die Sonne bringt es an den Tag	114
Allein in der Menge	121
Mäx	123
Ein wenig Nachhilfe	126
Ausgetrixt	130
Im Himmel und auf Erden	137
In Trauer vereint	143
Big Business	146
Abwarten und Licht tanken	153
Verschwörung gegen die Verschwörer	159
Die Sache mit dem Mönch	165
Elsie Kriminellsie	169
Rettung mit Hindernissen	176
Unter den Wolken	187
Hansels heiliger Zorn	192
Operation Geistesblitz	196
Hoffungslos	202
Auf den Hund gekommen	205
Glaubenskrieg	210
Ganz entgeistert	217
Leuchtsinne	221
Hählings Heimsuchung	226
Angeklagt	231
Gefangen	236
Der Andere	241
Leuchtenkunde	247
Ausbruch mit Hindernissen	253
Unterwasserbeleuchtung	258
Jetzt wird's ernst	262
Feuer!	267
Leuchtenkonferenz	272
Und es gibt sie doch!	279
Eine Reise für Radulfus	288
Maulbronn erstrahlt in neuem Licht	292
Die Prismatischen Gebote	298
Vita Autorin	301
Grundriss Klausur und Klostergebäude	302

Zeit, zu gehen

„Ups! Höchste Zeit, dass ich abtauche!", dachte Trixi.

Unauffällig schlenderte sie unbemerkt in Richtung Klosterkirche. Immerhin war sie inzwischen zwölf Jahre alt. Ein Alter, in dem man gelernt hat, zu erkennen, wann man wo überflüssig ist. Auf jeden Fall immer dort, wo Sabine ist, sagte sie sich, ganz besonders, wenn die blöde Kuh anfängt, über mich zu reden."

Sie würde wohl nie verstehen, warum ihr Paps vorhatte, dieses unausstehliche Biest zu heiraten. Sabine war nicht nur absolut unfähig, leise zu sprechen – ihre Stimme war definitiv nervenzerfetzend – nein, zu allem Überfluss gab sie nie etwas Nettes von sich. Schon gar nicht, wenn es um Trixi ging.

„... das schlampigste Mädchen, das ich je gesehen habe!"

Die grelle Stimme ihrer künftigen Stiefmutter verfolgte Trixi bis unter das Gewölbe der Vorhalle. Vorsichtig lugte sie durch eines der schönen Bogenfenster, doch weder Kreissägen-Sabine noch Paps oder Tante Olga schienen ihr Verschwinden bislang bemerkt zu haben. Typisch, dachte Trixi, die reden zwar ständig über mich, ob ich dabei zuhöre, ist ihnen jedoch völlig schnuppe.

„Und erst ihr Zimmer!", keifte Sabine weiter. Sie stand mit Trixis Vater und ihrer Tante neben dem

Brunnen und scherte sich nicht um die neugierigen Blicke der Passanten. „Eine einzige Müllhalde!"

Trixi grinste. Das Chaos in ihrem Zimmer war tatsächlich ein wirkungsvolles Mittel, Sabine auf Abstand zu halten. Diese weigerte sich nämlich, den ‚Saustall', wie sie sich sonst auszudrücken beliebte, zu betreten. Dafür nahm Trixi gerne in Kauf, dass sie ständig Schulhefte unter Kleiderbergen hervorzerren musste und hin und wieder auf ein halb vergammeltes Marmeladenbrot trat.

Die Vorhalle der Klosterkirche von Maulbronn*) gehörte zu Trixis Lieblingsplätzen. Früher war sie mit ihrer Mutter oft hier gewesen. Während diese Skizzen von Säulen, Fensterbögen und überhaupt von jedem Winkel gezeichnet hatte, erzählte sie Trixi alles, was sie über die Gebäude und die Mönche, die sie erbaut hatten, wusste. Mit ihrer melodischen Stimme hatte Mutter ihr erklärt, warum die Vorhalle zur Klosterkirche auch ‚Paradies' genannt wurde: Die kunstvolle Gewölbedecke war einst mit farbenprächtigen Bildern bemalt gewesen, welche die Vertreibung aus dem Paradies darstellten, damit die Gläubigen hübsch demütig gestimmt wurden, bevor sie die Kirche betraten. Außerdem gewährte das Paradies Asyl. Wer vor weltlichen Verfolgern auf der Flucht war, konnte hier Zuflucht finden und sich so eine gewisse Galgenfrist erwirken – früher oft im wahrsten Sinne des Wortes.

Leider bot das Paradies keinen Schutz vor Sabines Stimme, die so anders klang als die, die Trixi diesen Ort lieben gelehrt hatte.

„Und ich dachte mir", kreischte Sabine gerade, „wir überlassen Bellatrix in den Ferien eine Weile

---

*) Das Zisterzienserkloster in Maulbronn spielt eine große Rolle in dieser Geschichte. Nicht nur als Schauplatz und Dekoration (alle Zeichnungen stellen Details des Klosters dar), sondern es mischt sich selbst sehr handfest in die Handlung ein – aber das wirst Du ja noch sehen.

dir. Vielleicht schaffst du es ja, ihr ein paar Anstandsregeln beizubringen."

Na klasse!, dachte Trixi und bearbeitete ihren Kaugummi so wütend, dass ihr die Kiefer weh taten. Das sagt ja wirklich die Richtige!

Tante Olga dachte wohl dasselbe.

„Ich?", stotterte sie verdattert. „Aber wieso... ich finde eigentlich... sie ist doch *so* ein nettes Mädchen!"

„Nett?", kreischte Sabine so laut, dass sich mehrere Leute missbilligend nach ihr umdrehten. „Unverschämt passt wohl besser! Und es ist ihr völlig gleichgültig, was andere über sie denken. Aber das wird sich jetzt ändern. Solange sie bei dir ist, kümmern wir uns um einen Platz in Hörigheim."

Durch das Bogenfenster sah Trixi, wie ihr Vater seiner Freundin beschwichtigend die Hand auf den Arm legte und etwas murmelte, aber Sabine unterbrach ihn sofort. „Das hatten wir alles schon besprochen. *Und* du warst einverstanden! Wo ist sie überhaupt schon wieder?"

Sabine sah sich suchend um, und Trixi musste blitzschnell abtauchen. Sie kauerte unter dem Bogenfenster und sah sich nach einem besseren Versteck um. Gerade schlich sie gebückt in Richtung Kirchenportal, da trafen sie Sabines nächste Worte wie ein Schlag mit einem Knüppel, und, unfähig sich zu rühren, erstarrte sie in geduckter Haltung inmitten des Paradieses.

„Das Internat ist ideal!" Sabines Stimme erreichte nun Ton und Lautstärke einer Steinsäge, und Trixi hätte sich nicht gewundert, wenn sie die Säulen der Vorhalle in Aufschnitt verwandelt hätte. „Die haben sich dort auf solche Früchtchen spezialisiert. Und so, wie sie sich heute wieder aufführt, wirst du doch wohl zugeben müssen, dass wir gar keine andere Wahl haben!"

Internat? Regungslos verharrte Trixi und spitzte die Ohren. Vor Anspannung schmerzte ihr ganzer Körper. Die Sekunden dehnten sich ins Unendliche, während sie angestrengt auf die Stimme ihres Vaters wartete, der sich mit seiner Antwort so viel Zeit ließ, als gäbe es da tatsächlich etwas zu überlegen. Ganz sachte ließ Trixi die Luft aus ihren Lungen entweichen und formte eine pinkfarbene Kaugummiblase, die größer und größer wurde. Da endlich hörte sie ihren Vater leise, aber unmissverständlich:

„Also gut. Wenn du wirklich glaubst, dass es das Beste für sie ist..."

Nein!, dachte Trixi verzweifelt. Ich muss hier weg, sofort... Im selben Augenblick platzte die Kaugummiblase mit einem unnatürlich lauten Knall, dessen Echo von der Gewölbedecke über ihr zurückgeworfen wurde und mit voller Wucht auf ihren Kopf traf.

Bellatrix im Paradies

Das Nächste, was Trixi wahrnahm, waren fremde Stimmen, die aufgeregt durcheinander redeten. Sie klangen irgendwie unwirklich, vielleicht weil sie erst durch den regenbogenfarbenen Nebel dringen mussten, um zu ihr zu gelangen. Dann bewegten sich die Farben auf Trixi zu. Gierig nahm ihr Körper sie in sich auf. Zugleich begann sie einzelne Satzfetzen zu verstehen.

„...ein *Mädchen*!"

„Wie kann das sein?"

„... diese Kleider, großer Gott!"

„Aber... es ist ein *Mädchen*!"

„Klar bin ich ein Mädchen!", hörte Trixi sich selbst sagen. Sie wollte noch hinzufügen: „Wo ist das Problem?", aber die Worte blieben ihr im Hals stecken: Da *war* ein Problem, ganz eindeutig.

Die Männer, die sich eben noch über sie gebeugt hatten, fuhren wie von der Tarantel gestochen zurück und schwebten nun neben ihr in der Luft. Das allein wäre ja schon seltsam genug gewesen, doch noch überraschender war das Aussehen dieser Männer: Sie hätten allesamt aus einem Geschichtsbuch entstiegen sein können, wäre da nicht die verwirrende Tatsache gewesen, dass sie wie bunte Lampen leuchteten und direkt unterhalb der Gewölbedecke in der Luft hingen. Trixi wunderte sich, dass sie nicht an Stromkabeln hingen, das hätte gut gepasst. Kopfschüttelnd schloss sie die Augen, lehnte sich zurück – und machte einen Salto rückwärts. Als sie sich wieder gefangen hatte, starrte sie verwirrt nach unten.

Der Boden befand sich gut zwei Meter unter ihr. Schemenhaft erkannte sie durch einen dicken Dunstschleier einen grauen Körper, reglos am Boden ausgestreckt, und daneben lag etwas Rundes, das wie eine große, steinerne Blüte aussah. Ja, wie eine der Steinblüten, die ihre Mutter so gerne gezeichnet hatte. Trixis Blick schnellte nach oben und tatsächlich: Direkt über ihr, wo die Kreuzrippen des Gewölbes aufeinandertrafen, war die Stelle, wo der Schlussstein*) weggebrochen war, deutlich zu erkennen.

---

*) Die Gewölbedecken werden manchmal von Rippen (bogenförmigen Verlängerungen der Säulen) gestützt. Dort, wo sich diese Rippen treffen, sind oft runde Steinplatten angebracht. Diese haben die Form von Tieren, Blüten o.ä., oder sie sind kunstvoll bemalt. Auf jeden Fall lohnt sich ein Blick nach oben. Aber keine Angst: Die Dinger bleiben, wo sie sind. Sehr viele der kleinen Bilder am Anfang der Kapitel stellen übrigens Schlusssteine des Klosters Maulbronn dar. Noch ein Grund, warum sich der Blick nach oben lohnt: Findest Du sie alle?

Immer noch völlig durcheinander sah Trixi sich nach ihrem Vater um. Ein Blick durch die Bogenfenster sagte ihr, dass die Zeit stehengeblieben war. Zumindest für die da draußen. Soweit sie den Klosterplatz überblicken konnte, standen überall Menschen in grotesken Haltungen, mitten in der Bewegung versteinert. Alle Farbe schien aus der Welt verschwunden zu sein, und überall sah Trixi graue Nebelschwaden. Ihr Paps und Tante Olga waren nur wenige Schritte vom Eingang zum Paradies erstarrt, im Schlepptau einer wie immer aufgebrachten Sabine, der das ewige Gemecker im offenen Mund steckengeblieben war. Neben dem Brunnen hing ein kleiner Junge in der Luft, mitten im Sprung von einem Steinpoller herunter festgehalten. Am unheimlichsten sah allerdings der alte Mann aus, der zu einem der Bogenfenster ins Paradies hereinsah. Sein Blick war auf den am Boden liegenden Körper gerichtet, die Augen vor Schreck geweitet.

Das ist der krasseste Traum, den ich je hatte!, dachte Trixi und wandte sich, immer noch in freier Luft sitzend, wieder den farbenfroh leuchtenden Gestalten zu, die um sie herumschwebten.

„Was...", fing sie an, aber ihr wollte keine angemessene Frage einfallen, und daher war sie erleichtert, als einer, der mit seinem knallroten römischen Überwurf aussah, als wäre er eben aus einem Asterix-Comic gehüpft, einem spindeldürren Mönch einen Wink gab. Der machte ein Gesicht, als hätte er in eine Zitrone gebissen. Sofort nahmen alle außer dem Römer und dem angesprochenen Mönch eine feierliche Haltung ein, doch da sie weiterhin wie Glühwürmchen in der Luft hingen, war die Wirkung nicht sonderlich beeindruckend. Der dürre Mönch allerdings starrte abwechselnd Trixi und den Römer an, als könne er nicht glauben, was er sah (na ja, dachte Trixi, ich glaub's ja auch nicht), und als er endlich sprach, erkannte sie die Stimme wieder, die eben so angewidert festgestellt hatte, dass sie ein Mädchen war.

„Aber... das kann doch nur ein furchtbares Missverständnis sein!"

„Bruder Radulfus vor der Mühle, tu, was zu tun ist!", ermahnte ihn der Römer mit hochgezogenen Augenbrauen.

„Aber Herr, Ihr seht doch..."

„Radulfus!!"

„Sie ist ein *Mädchen*!"

„Ich danke dir, Bruder Radulfus vor der Mühle, für diesen aufschlussreichen Hinweis", erwiderte der Römer mit vor Hohn triefender Stimme, „aber ich kann ein Mädchen erkennen, wenn ich eines vor mir sehe. Es freut mich zu hören, dass du trotz deines Keuschheitsgelübdes*) ebenfalls dazu in der Lage bist. Sag nun, was zu sagen ist, bevor die Prismatische Stunde verrinnt!"

Der Mönch sah aus, als hätte jemand in seinem Kopf eine rote Glühbirne angeknipst. Wütend wandte er sich Trixi zu und starrte sie an, als wäre sie eine fette, haarige Spinne.

„Erhebe dich, Bellatrix im Paradies", verkündete er mit eisiger Stimme, „auf dass du die Prismatischen Gebote vernehmest."

Trixi achtete nicht besonders darauf, was er sagte. Fasziniert beobachtete sie, wie das letzte Bisschen Rot langsam aus seinem Gesicht verschwand. Ob sie ihn wohl wieder anknipsen konnte? Einen Versuch war es allemal wert. Extra breit grinsend und immer noch sitzend erwiderte sie: „He Alter, das ist echt *geil*!"

---

*) Mönche durften nicht heiraten – und Liebe ohne kirchlichen Segen war ja ohnehin verboten. Das hat sich für Mönche (und übrigens auch für Nonnen) bis heute nicht geändert. Was ein Glück, dass wir uns heute so einfach die Klosteranlage ansehen dürfen, ohne gleich ‚ins Kloster gehen' zu müssen!

Es klappte! Wie auf Knopfdruck erstrahlte das knochige Gesicht im allerschönsten Ziegelrot, nur der schmale Haarkranz um seine Tonsur*) blieb silbern. Es sah absolut fantastisch aus. Besonders zu dem schmalen, tiefviolett schimmernden Überwurf, den der Mönch über seiner strahlend weißen Kutte trug, passte das Rot ganz hervorragend. Die Prismatischen Gebote wollte Trixi aber doch noch kennenlernen, bevor sie aus diesem abgefahrenen Traum aufwachte, also stand sie auf – was eine sehr seltsame Erfahrung war, so in der Luft schwebend – und versuchte, eine halbwegs respektvolle Haltung einzunehmen. Aus dem Augenwinkel nahm sie gerade noch wahr, wie der Römer hinter seiner Hand ein Lächeln verbarg.

Bruder Radulfus wirkte dagegen gar nicht amüsiert. Er räusperte sich und atmete hörbar durch, so wie es Sabine immer tat, wenn sie zeigen wollte, wie viel Beherrschung es sie kostete, Trixi nicht einfach eine zu scheuern.

„So vernimm denn, Bellatrix im Paradies, die Prismatischen Gebote, wie sie gesetzt wurden den Leuchten von Maulbronn in alter Zeit, auf dass sie die Leuchten führen auf rechtem Wege durch die dunklen Zeiten bis zu dem Tage, da sie alle versammelt sollen sein vor der Großen Linse, die dereinst sie einlassen möge in die Ewigkeit der Gerechten. So aber lautet das erste Gebot: Du sollst das Licht der Sonne meiden, die da scheint über allen sterblichen Geschöpfen. Denn deine Sünde war groß..."

---

*) So nennt man die Glatze, die die Mönche sich rasierten (und es heute zum Teil auch noch tun). Je nach dem, wie groß die Tonsur ist, bleibt ein schmaler oder breiter Kranz von Haaren übrig.

Trixi vernahm die Prismatischen Gebote, aber sie hörte sie nicht.*) Dieser Radulfus war schlimmer als ihre EWG-Lehrerin, es war totenöde, was er da von sich gab. Immer wieder war die Rede von den ‚Leuchten', und wenn damit diese Lichtmännchen gemeint waren, dann war Radulfus bestimmt keine große Leuchte. Den Leuchten war ziemlich viel verboten, wesentlich interessanter fand Trixi aber, dass das Rot diesmal um einiges langsamer aus dem Gesicht des Mönches wich. Als es endlich ganz verschwunden war, begann Trixi die anderen Gespenster genauer zu betrachten – denn Gespenster sollten sie ja wohl darstellen, wenn sie auch sehr farbenfroh ausgefallen waren. Ungefähr ein Dutzend Männer unterschiedlichen Alters drängten sich unter der Decke des Paradieses. Mit Ausnahme der grünlichweiß leuchtenden Haut hatten sie kaum Gemeinsamkeiten. Der Römer gefiel ihr am besten, vielleicht weil er der Einzige war, der diesen ganzen Humbug nicht ernst zu nehmen schien. Sein Grinsen wirkte zwar sehr überheblich, war aber immer noch besser als der irre Blick, mit dem ein ungesund aussehender Opa sie anstarrte, als sei sie der leibhaftige Teufel. Die Kleider dieses Kerls sahen ziemlich ramponiert aus, so als hätte er zu viel mit Feuerwerkskörpern gespielt. Gerade überlegte Trixi, ob er wohl durch eine Explosion ins Reich der Geister versetzt worden war, da wurde sie von Radulfus' Worten abgelenkt. Der war nämlich mit seiner einschläfernden Rede fertig und hatte sie gefragt, ob sie auch alles verstanden habe.

---

*) Trixis mangelnde Aufmerksamkeit soll dich nicht um den Genuss der Prismatischen Gebote in ihrem vollen Wortlaut bringen. Im Anhang sind sie vollständig abgedruckt.

„Äh, was soll's", entgegnete sie schulterzuckend. „Ich meine, im Ernst: Ist doch alles Quark, oder? Was soll mir groß passieren, wenn ich mich an die beknackten Gebote nicht halte? Ich wach auf und fertig!"

Radulfus schloss für einen Moment die Augen, und als er sie wieder öffnete, war sein Blick mörderisch. „Du möchtest also wissen, Bellatrix im Paradies", zischte er, „was dich erwartet, wenn du die Prismatischen Gebote nicht befolgst? Nun gut, noch einmal in aller Deutlichkeit, damit es auch der zwiefach unterlegene Verstand eines minderjährigen Weibes begreift: Wenn dich das Sonnenlicht oder der Blick eines Sterblichen trifft, werden deine Sünden auf ewig in dich eingebrannt, so dass es dir am Tag der Sammlung in der großen Linse verwehrt sein wird, hindurchzugelangen." Nur mit größter Mühe konnte Trixi ein Kichern unterdrücken. Das hier war wirklich *zu* abgefahren. „Du wirst daher deine Tage im Verborgenen verbringen und auch des Nachts die Sterblichen meiden", fuhr Radulfus bissig fort, „und da du noch nicht mündig bist und obendrein nur ein Weib, wirst du innerhalb der Gemeinschaft der Leuchten von Maulbronn einem Vormund unterstellt werden, dem du zu gehorchen hast bis zum Tag der Sammlung in der..."

„... großen Linsensuppe, ja ja", unterbrach Trixi ihn genervt. „Was soll das heißen: *nur* ein Weib? Und überhaupt bin ich kein Weib, sondern ein Mädchen, und ich heiße Trixi!"

Die Leuchten von Maulbronn wichen entsetzt zurück, nur der Römer schien sich immer noch köstlich zu amüsieren. Bruder Radulfus aber maß sie mit Blicken, die ihr eigentlich selbst im Traum hätten Angst machen müssen. Überhaupt: Dieser Traum war ziemlich hartnäckig, sicher war es an der Zeit für einen Szenenwechsel...

Ohne seine Füße zu bewegen, schwebte Radulfus von ihr weg, mit einem Ausdruck im Gesicht, als hätte Trixi eine besonders eklige, ansteckende Krankheit.

„Der Alte soll entscheiden!", zischte er.

Neugierig sah Trixi sich um. Älter als Radulfus wirkte nur der Opa mit dem irren Blick, seltsamerweise wandten sich aber aller Augen dem Römer zu, der doch, mit Ausnahme vielleicht eines sehr dicken kleinen Mönches, der Jüngste der Gemeinschaft zu sein schien. Er lächelte auf eine Weise, die Trixi gar nicht gefiel.

„Mir scheint", sagte er mit einer Stimme, der man anhörte, dass er hier das Sagen hatte, „Bruder Radulfus vor der Mühle hat recht: Unser Neuzugang benötigt eine stützende Hand. Wer wäre dafür besser geeignet als Bruder Radulfus selbst?" Der weiße Mönch verzog seine Lippen bereits zu einem gehässigen Grinsen, doch die nächsten Worte des ‚Alten' wischten es ihm wieder vom Gesicht. „Andererseits – er trägt bereits die Bürde des Empfangs in unserer Gemeinschaft, und wir hatten eben Gelegenheit zu erfahren, wie schwer dieses Amt belasten kann. Vielleicht wäre Bruder Johann vor der Mühle bereit..?"

Der kleine, dicke Mönch sah einen Moment verdutzt aus, lächelte dann aber gutmütig.

„Nun", antwortete er fröhlich, „es wird gewiss keine leichte Aufgabe sein und etwas... ungewohnt zudem, aber ich werde mein Bestes tun, Bellatrix im Paradies beizustehen."

Trixi wusste nicht, was sie von dieser Entwicklung halten sollte. Diese Armleuchter mit ihren weichen Glühbirnen nahmen sich entschieden zu viel heraus. Immerhin war das hier *ihr* Traum. Plötzlich spürte sie ein Beben in der Luft. Der Römer breitete seine Arme aus und rief: „Die Prismatische Stunde ist vorüber. Zieht euch zurück, bevor die Sterblichen ihre Blicke auf euch heften!" Gleich darauf löste er sich in einen rot-weißen Blitz auf und verschwand durch das Portal der Kirche, gefolgt von den anderen. Trixi blieb keine Zeit, sich zu wundern, denn im nächsten Augenblick hatte sie das Gefühl, dass sie ganz unwahrscheinlich in die Länge gezogen wurde. Ein letzter Blick nach unten zeigte ihr, dass die Menschen wieder in Bewegung geraten waren, auch die Farben waren zurückgekehrt. Das Paradies war von aufgeregten Stimmen erfüllt. Leute versammelten sich um den Körper, der immer noch leblos am Boden lag und Trixis Kleider trug, und ihr Vater stand daneben und breitete fassungslos die Arme aus. Ein eiskalter Schmerz durchfuhr Trixi, während sie zusah, wie ihr Paps zusammenbrach, und das Letzte, was sie sah, bevor die Welt um sie her zu farbigen Streifen verwischte, waren die Augen des alten Mannes, der immer noch draußen vor dem Fenster stand und als Einziger nicht nach unten starrte, sondern nach oben, geradewegs in ihr Gesicht.

Ich muss hier raus!

Die Landung kam ebenso unerwartet wie der Abflug – soweit man von einer Landung sprechen kann, wenn das Ziel mitten in der Luft liegt. Bruder Johann, der Trixi am Handgelenk gepackt hatte, stoppte so plötzlich, dass sie sich erneut in die Länge zog, *sehr* in die Länge zog, so dass ihre Füße gegen eine etwa fünf Meter entfernte Wand prallten. Weh tat es nicht, es fühlte sich nur komisch an, und es war schon seltsam anzusehen, wie ihr Körper gleich einem Lichtstrahl durch den dunklen Raum schnitt, in schrägem Winkel auf die Wand traf und von dort wieder abprallte. Als die Dehnung ihren Höhepunkt erreichte, befand sich der Knick in etwa in Höhe ihrer Knie, allerdings bog er in die falsche Richtung, was gar kein schöner Anblick war. Für einen kurzen Augenblick verharrte Trixis Körper so, dann begann er sich langsam wieder zusammenzuziehen. Fasziniert beobachtete sie, wie erst ihre Hosenbeine und dann die Turnschuhe an der Wand um die Ecke bogen. Kaum hatten sich die Zehenspitzen von der Wand gelöst, da schnellten sie in rasantem Tempo an die Stelle zurück, an die sie gehörten: Trixi hatte ihre normale Gestalt zurück, allerdings nur was ihre Größe anging. Gebannt starrte Trixi auf ihre Turnschuhe, die im grellsten Orange leuchteten, das sie je gesehen hatte. Sie hörte kaum hin, als Bruder Johann sich wortreich für die missglückte Landung entschuldigte.

„...Leider blieb mir keine Zeit, dich vorzubereiten, Bellatrix im Paradies", erklärte er gerade, „du verstehst: Sie hätten uns sonst gesehen."

„Sie?", fragte Trixi geistesabwesend. Ihre Schlagjeans hatte ein sattes Türkis angenommen, das zu dem Orange der Schuhe *wirklich* verschärft aussah.

„Nun, die Sterblichen", murmelte der dicke Mönch verlegen.

Trixi erstarrte. Da war er wieder, der eisige Schmerz, der ihren Leib wie mit einem Messer in Streifen schnitt. Klar und deutlich sah sie die Szene vor Augen: Der hingestreckte Körper, ihr Paps, der fassungslos auf die Knie fiel... Das war kein Traum. Kein Traum konnte so sehr weh tun. Ganz langsam kroch das Entsetzen in Trixi hoch, ein unangenehmes

Kribbeln erst, das in ihrem Unterleib begann und von dort aus ihren Körper erklomm wie ein Heer eiskalter Ameisen, bis sie spürte, dass ihr die Haare zu Berge standen.

Ihr Blick suchte den des dicken Mönches. Es war, als sehe sie ihn zum ersten Mal. Er hatte orangefarbene Augen, die sie traurig und voller Mitgefühl aus einem Gesicht ansahen, dessen blassgrünes Leuchten sie an den Dinosaurier erinnerte, den sie früher immer abends unter ihre Leselampe gestellt hatte, damit sein gespenstisch leuchtender Körper nach dem Löschen des Lichtes die Dunkelheit ihres Zimmers von ihrem Bett wegdrängte. Haar und Bart hatten denselben Farbton wie seine Augen, und auch die Kutte glomm in einem sehr dunklen Orange, das viel wärmer und freundlicher wirkte als das harte Weiß und Violett des Gewandes, das Bruder Radulfus trug[*]).

Trixis Blick wanderte über den Mönch, nahm jedes noch so kleine Detail auf und sandte es an ihr Gehirn – doch das wusste nichts damit anzufangen. Auch der fast völlig leere Raum, in dem sie schwebten und den sie trotz der sie umgebenden Finsternis bis in die letzte Ecke deutlich erkennen konnte, gab keine Erklärung. Nichts verriet ihr, wo sie waren, warum sie hier waren und – vor allem *was* sie waren.

Bruder Johann räusperte sich, und eine zarte Röte stieg in seine prallen Wangen.

„Nun... sicherlich...", er räusperte sich erneut, seufzte sehr vernehmlich und fuhr dann fort zu sprechen. „Du wirst vieles wissen wollen – wissen *müssen*.

---

[*]) Die Zisterziensermönche trugen weiße Kutten mit schmalen schwarzen Kapuzenüberwürfen (Skapuliere). Allerdings gab es in den Klöstern nicht nur „richtige" Mönche (Chorherren), sondern auch so genannte Laienbrüder oder Konversen. Das waren einfache Leute, die die meiste Arbeit verrichteten und für die die Regeln nicht in vollem Umfang galten (siehe auch die Fußnote zu den Regeln auf Seite 43). Laienbrüder trugen braune Kutten und, im Gegensatz zu den Chorherren, auch Bärte.

So ungeeignet ich für diese schwere Bürde auch bin, der Alte hat sie mir übertragen, und ich will gewiss mein Bestes tun...", wieder räusperte sich der Mönch, dann verstummte er.

Trixi wollte und konnte ihm seine Aufgabe nicht erleichtern. Dumpf war sie sich der Schmerzen bewusst, die immer noch jeden Winkel ihrer Gestalt ausfüllten, und der Blick, mit dem sie Johann zum Weiterreden aufforderte, war zugleich vorwurfsvoll und flehend: ‚Red schon!', sagte er, ‚sag, dass es nicht wahr ist!'

Wieder seufzte der Mönch, dann murmelte er resigniert ein Gebet, oder was Trixi für ein Gebet hielt. Die wenigen Worte, die sie aufschnappte, klangen lateinisch. Dann wandte er sich wieder Trixi zu, mit ernster Miene und traurigen Augen.

„Was dir heute widerfahren ist, Bellatrix im Paradies, ist schwer zu erklären. Glauben deine Zeitgenossen an Gespenster?"

Trixi zog finster ihre Brauen zusammen.

„Hören Sie auf, mich so zu nennen! Ich heiße Trixi und: Nein, meine *Zeitgenossen* glauben nicht an Gespenster, zumindest nicht die, die alle Tassen im Schrank haben." Ihr war klar, dass die Situation, in der sie sich befand, diese Worte ziemlich lächerlich klingen ließ, aber das machte sie nur umso trotziger.

„Aha. Nun. Wie auch immer." Der Mönch errötete wieder, und kleine Lichtperlen bildeten sich auf seiner Stirn. Plötzlich gab er sich einen Ruck, und als er weitersprach, klangen seine Worte nicht mehr verlegen und mitfühlend, sondern so, als hielte er einem unsichtbaren Publikum einen Vortrag. „Naturgemäß weiß der Mensch bis zu seinem Tod wenig darüber, was danach kommt. Ich weiß nicht, ob du Christin bist? Der Alte jedenfalls ist es nicht. Und trotzdem haben wir uns hier zusammengefunden.

Vielleicht werden wir uns in der Stunde der großen...", er stockte, starrte Trixi an und fuhr dann hastig fort: „äh, vielleicht werden wir... später einmal getrennte Wege gehen. Jedenfalls weiß ich auch keine Erklärung", schloss er ziemlich lahm.

„Wofür?", fragte Trixi.

Bruder Johann sah sie verwirrt an. „Wofür was?"

„Wofür wissen Sie keine Erklärung?"

„Nun, für... das, was du heute erlebt hast."

„Und was *habe* ich heute *erlebt*?" Trixi legte auf das letzte Wort mehr Betonung, als ihr selbst lieb war. Sie wusste die Antwort längst, aber noch blieb ein winziges Fünkchen Hoffnung, dass sie unrecht hatte.

Johann stöhnte und wischte sich mit einer heftigen Bewegung über das Gesicht. Die Lichtperlen auf seiner Stirn zerstoben wie die Funken einer Wunderkerze. Die richtigen Worte schienen ihm dennoch nicht einzufallen, und als Trixi dies klar wurde, ließ sie sich langsam bis dicht über den Boden sinken, schlang ihre Arme um die Knie und flüsterte:

„Ich habe meinen Tod erlebt. Aber wie kann man denn den eigenen Tod *erleben*?"

Als wäre dies endlich das Stichwort, auf das Bruder Johann die ganze Zeit gewartet hatte, wurde er mit einem Mal ganz aufgeregt.

„Aber das ist es ja gerade! Wie kann man seinen eigenen Tod erleben?" Er schwebte Trixi gegenüber über den Steinplatten und versuchte, sich in der Luft im Schneidersitz niederzulassen. Doch entweder war seine Kutte dafür zu eng oder sein Bauch zu dick, jedenfalls gab er den Versuch schnell wieder auf und begann stattdessen, ruhelos im Raum umherzuschweben. „Deine Eltern, die Menschen vor der Kirche, *die* haben deinen Tod erlebt, oder zumindest das, was sie für deinen Tod halten müssen. Wären wir dort geblieben, dann hätten sie dich gesehen, aber den Leuchten ist es nicht gestattet, sich den Lebenden zu zeigen, es wäre mit schrecklichen Konsequenzen verbunden. Und es ist auch sehr fraglich, ob dein Anblick deine Eltern getröstet hätte."

„Sie ist nicht meine Mutter!", presste Trixi zwischen den Zähnen hervor. Der Gedanke an ihren Vater und das Leid, das sie auf seinem Gesicht erblickt hatte kurz bevor Bruder Johann sie fortgezogen hatte, war eine solche Qual, dass sie willig nach jedem Strohhalm griff, der Ablenkung bringen konnte. „Und außerdem: Einer war da, der hat mich gesehen. Und er wird es den anderen sicher gesagt haben."

Der dicke Mönch erstarrte. Entsetzt sah er Trixi an. Die schrecklichen Konsequenzen fielen ihr wieder ein, von denen er eben noch gesprochen hatte. Aber es war ihr gleichgültig. Was sollten das schon für Konsequenzen sein? Was konnte man ihr jetzt noch Schlimmes zufügen? Bruder Johann schien das allerdings anders zu sehen.

„Das ist ja furchtbar!", rief er mit aufgerissenen Augen. „Bist du dir sicher? Wer war es denn?"

„Keine Ahnung, ich hab ihn nicht gekannt. Irgendein Penner."

„Ein was?"

„Ein Penner! Landstreicher, Wohnsitzloser, Tippelbruder... Ein Penner eben. Er sah ziemlich heruntergekommen aus. Und er war der Einzige, der zu mir her gesehen hat. Er hat mich ganz bestimmt gesehen, er hat mir nämlich genau in die Augen geschaut."

„Aber... das muss der Alte unbedingt erfahren! Warte hier."

Bevor Trixi auch nur den Mund öffnen konnte, um „Nein, bleiben Sie hier!" zu rufen, war der kleine, dicke Mönch auch schon verschwunden. So schnell, dass ihre Augen es gerade noch wahrnehmen konnten, verdünnte er sich zu einem schmalen orangefarbenen Lichtstrahl, der wie der Blitz durch das Schlüsselloch der einzigen Tür des Raumes fuhr. Das nennt man dann wohl ‚sich verdünnisieren', dachte Trixi benommen und schwebte langsam zur Tür. Ein leises Quietschen ertönte, als sie die Klinke drückte, aber die Tür bewegte sich nicht vom Fleck: Sie war abgeschlossen.

Vielleicht hätte auch Trixi sich einfach verdünnisieren können. Dass sie es erst gar nicht versuchte, lag weniger an der Aufforderung Bruder Johanns, zu bleiben, als an einer mit aller Macht einsetzenden Lähmung, die ihre Glieder und ihr Bewusstsein ergriff. Sie blieb unbeweglich stehen und lauschte auf die Verwirrung in ihrem Inneren.

Wo war sie hier? *Was* war sie? Wohin war ‚Hansel', wie sie den Mönch mit einem kleinen, trotzigen Aufbegehren nannte, verschwunden und wann würde er zurückkehren? Wenn er überhaupt zurückkehrte und sie nicht für alle Zeit in diesem Raum verschimmeln ließ – bis zur Stunde der großen Linse. Trixi hasste Linsen, genauso wie Bohnen. Und konnte Licht schimmeln? Sie starrte auf ihre Hand: Grünlich bleich wie eine Qualle schimmerte sie in der Dunkelheit. Langsam hob sie beide Hände vor das Gesicht, betrachtete sie von allen Seiten. Ich bin nicht durchsichtig, dachte sie. Dann schwebte sie langsam zur Mitte des Raumes zurück.

Und jetzt? Das Bild ihres Vaters wollte sich wieder in ihr Bewusstsein drängen, aber sie schob es rasch zur Seite. Nicht an Paps denken, nicht jetzt, nahm sie sich vor. Dafür habe ich noch eine Ewigkeit Zeit, wahrscheinlich wirklich bis in alle Ewigkeit. Und da waren sie plötzlich, all die Fragen, die sie Hansel stellen wollte, ihm stellen musste. Wo war er nur? Er musste ihr sagen, wie es nun weiterging, denn sie selbst wusste es nicht, hatte nicht die leiseste Ahnung. Was konnte sie mit diesem Abziehbild ihres Körpers überhaupt anfangen? Was durfte sie? Warum konnte sie nicht zu ihrem Paps gehen und ihn trösten, ihm sagen, dass es ihr gut ging? *Ging* es ihr denn gut? Und was würde, was konnte schon passieren, wenn das Tageslicht auf sie traf oder der Blick eines Menschen...

Halt! Plötzlich war Trixi hellwach und völlig klar im Kopf. So, als hätte jemand in ihrem Schädel eine Glühbirne angeknipst. Ein kleiner Teil ihres Bewusstseins fragte sich, ob ihr Kopf nun heller leuchtete als zuvor, während sich vor ihrem geistigen Auge das Bild des alten Mannes bildete, der sie im Paradies angesehen hatte. Der Blick eines Sterblichen. Und? War etwas passiert? Wenn, dann spürte sie jedenfalls nichts davon. Und weitere Blicke würden wohl kaum mehr ins Gewicht fallen. Sie musste hier raus.

Gewusst wie

Kaum war Trixis alter Tatendrang erwacht, da erschien auf einmal alles ganz einfach. Ohne weiter darüber nachzudenken, wie sie es anstellen musste, zog Trixi sich zu einem langen, dünnen Lichtstrahl auseinander, sauste auf das Schlüsselloch zu – und traf haarscharf daneben. Sie prallte vom Beschlag der Tür ab, raste auf die gegenüberliegende Wand zu und von dort wie ein Flummi zur nächsten. Als es ihr endlich gelang abzubremsen, fühlte sich Trixi, als wäre sie sehr viel mehr Runden Karussell gefahren, als gut sein konnte. Benommen hing sie in der

Luft und bemühte sich, ihre fünf Sinne (falls es immer noch fünf waren) einzusammeln. Ganz so einfach war es also doch nicht. Kein Grund aufzugeben.

Bei ihrem nächsten Versuch ging Trixi sehr behutsam vor mit dem Ergebnis, dass ihre Gestalt nicht dünn genug wurde, um durch das Schlüsselloch zu passen. Verflixt!, dachte sie und rieb sich den brummenden Schädel, irgendwie muss es doch zu schaffen sein! Wenn sie hier noch viel Zeit vertrödelte, würde ihr Paps längst fort sein. Und sie wusste ja nicht einmal, ob sie in ihrer neuen Gestalt den weiten Weg nach Hause würde zurücklegen können. Dunkel meinte sie sich zu erinnern, dass die Prismatischen Gebote unter anderem das Verlassen des Klosterbezirks untersagten, aber das interessierte sie nicht die Bohne – nicht die Linse, dachte Trixi grinsend. Regeln, die von Erwachsenen aufgestellt wurden, waren nur zu oft unsinnig. Und unsinnige Regeln waren dazu da, gebrochen zu werden. Frisch gestärkt durch diesen Gedanken startete Trixi einen neuen Versuch und sauste durch das Schlüsselloch.

Der düstere Gang hinter der Tür war lang – aber nicht lang genug für Trixi. Ich bin ein Flummi, dachte sie reichlich bematscht, als sie endlich an einer der Wände zu Boden glitt und als armseliges Häufchen Elend dort liegenblieb. Ausgerechnet diesen Augenblick hatten sich Bruder Johann und der Römer ausgesucht, um am anderen Ende des Ganges um die Ecke zu biegen. Und als wäre ihr Zustand an und für sich nicht schon peinlich genug, verwandelte sich Trixis Gesicht plötzlich in einen Heizstrahler: Diesmal war das rote Licht in *ihrem* Kopf angegangen.

„Großgütiger Herr im Himmel, das arme Kind!", rief Bruder Johann aus und wuselte sofort mit besorgter Miene auf sie zu, während der Römer sich an die Wand lehnen musste, um nicht zu Boden zu gehen vor Lachen.

Trixi kochte vor Wut und Scham. Sie fauchte den gutmütigen Mönch an, der ihr helfen wollte, sich aufzurichten, worauf dieser betroffen zurückwich. Na wenn schon, dachte Trixi verbissen, was hast du mich auch da drin allein lassen müssen! Mühsam rappelte sie sich auf – und starrte die Hand an, mit der sie sich an der Wand abstützte. Sie leuchtete nur noch ganz schwach, Trixi konnte sogar einen Riss, der sich durch das Gemäuer zog, durch ihren Handteller hindurchscheinen sehen. Der Mönch hatte ihre Bestürzung bemerkt und beeilte sich sogleich, sie zu beruhigen.

„Das wird schon wieder, Bellatrix im Paradies", versicherte er ihr, „ein bisschen Mondlicht, ein paar Stündchen Wabern..."

„*Wabern?*" Trixi starrte ihn an, als hätte er den Verstand verloren. „Und überhaupt: Hören Sie endlich auf, mich so zu nennen, davon kriege ich Gänsehaut!"

„Oh – das tut mir wirklich leid. Aber unter diesem Namen wurdest du hier eingeführt, ich fürchte, es ist mir ganz unmöglich, dich anders zu nennen. Und was das Wabern betrifft,..."

„Hansel!", schrie Trixi entnervt dazwischen. Und noch einmal, diesmal triumphierend: „Hansel! Ich nenne Sie ab sofort Hansel! Und? Sind mir die Ohren abgefallen? Oder ist meine Glühbirne ausgegangen?" Herausfordernd starrte sie den Mönch an. „Ich heiße Trixi und damit basta! Der einzige Mensch, der mich immer Bellatrix genannt hat, war diese bescheuerte Sabine, und ich weigere mich unter einem Namen hier herumzugeistern, den *die* benutzt hat."

„Nun, dann wäre diese Frage ja geklärt", mischte sich plötzlich der Römer ein. Er grinste sie verächtlich an. „Bellatrix im Paradies, die sich Trixi nennt: Ist es wahr, dass ein Sterblicher dich in deiner jetzigen Gestalt gesehen hat?"

Professor Friedemann Waldmeister

Weg. Sie waren verschwunden, spurlos. Mit offenem Mund starrte Waldmeister in das nun leere Gewölbe des Paradieses. Ganz deutlich hatte er sie gesehen: Den Mönch und das Mädchen, dessen lebloser Körper nur wenige Meter von ihm entfernt am Boden lag. Waldmeister fuhr sich mit der Zunge über die Lippen und sah sich um. Alle Anwesenden hatten nur Augen für das tote Kind zu ihren Füßen. Was sich eben noch über ihren Köpfen abgespielt hatte: Niemand außer ihm schien es bemerkt zu haben.

Das dort mussten die Eltern des Mädchens sein. Die Frau – es war diese grässliche Blonde mit der furchtbaren Stimme – sah aus, als hätte sie einen Schlag auf den Schädel bekommen, der das bisschen Grips, das darin gewesen sein mochte, pulverisiert hatte. Wenigstens hat sie aufgehört, herumzukeifen, dachte Waldmeister ungerührt. Der Vater – nun, der war völlig zusammengebrochen. Verständlich, dachte Waldmeister, nur zu verständlich. Nicht dass er selbst etwa die Tragik der Situation mitfühlte, Entsetzen verspürte wie all die anderen und Trauer über ein so früh beendetes Menschenleben. Nein. Waldmeister war viel zu aufgeregt, um irgendetwas Derartiges zu empfinden.

Seit fast zehn Jahren hatte er auf diesen Tag gewartet, hatte ihn herbeigesehnt ohne große Hoffnung. Der Tag, der ihm beweisen sollte, dass er nicht verrückt war. Um ein Haar hätte es sogar Zeugen gegeben. Ach, hätte doch nur ein Einziger nach oben gesehen! Doch er durfte nicht zu viel verlangen. Wenigstens er selbst wusste nun, dass er sich nicht geirrt hatte. Es gab sie, diese Gespenster, die nur aus Licht bestanden. Und mehr noch: Es gab sie genau dort, wo er sie vermutet hatte.

Waldmeister hatte bessere Zeiten gesehen – und schlechtere. Seit bald fünf Jahren lebte er nun schon in Maulbronn. Ohne festen Wohnsitz, wie die Behörden es nannten. Dass er im Klosterbezirk geduldet wurde, hatte er einzig und allein der dicken Wirtin vom „Durstigen Maultier" zu verdanken. Die wusch ihm seine Kleider, und wenn ein Stück gar zu schäbig wurde, gab sie ihm dafür sogar ein anderes von den Sachen ihres verstorbenen Mannes, der nur ein wenig kleiner und dicker gewesen war als Waldmeister. Mittags und abends durfte er sich an der Hintertür eine Mahlzeit abholen, und an ruhigen Tagen gab es sogar einen Platz für ihn an einem der Tische im Nebenzimmer.

Aber das war noch nicht alles, was die gute, dicke Elsie für ihn tat. In einem kleinen Verschlag neben der Wirtschaft hatte Waldmeister all die Gerätschaften unterstellen dürfen, die er vor seinen Kollegen und seiner Familie hatte retten können. Davon wussten die Leute allerdings besser nichts, denn hätten Stadträte und Bürgermeisterin von seinem Sensormat zur Messung von ALG-Schwingungen gehört (ALG stand für Anwesenheit lichtgestaltiger Geisterwesen), so wäre es mit dem gutmütigen Schmunzeln über ihn wahrscheinlich vorbei gewesen. Womöglich hätten sie ihn sogar in die Irrenanstalt zurückgeschickt.

Ja, Waldmeister hätte es bei seiner Vergangenheit schlechter treffen können. Nur eines machte ihm wirklich zu schaffen: Dass er im Asyl schlafen musste. Das Maulbronner Obdachlosenasyl war kaum ein solches zu nennen, so klein war es, kaum mehr als eine von einem Hausmeister betreute Wohnung. Umso mehr fiel es aber auf, wenn man nachts fehlte, und gerade in den dunkelsten Stunden der Nacht zog es ihn heftig in Richtung Kloster.

Nur ganz selten gestattete er sich, dem Asyl fernzubleiben, und immer hatte er eine Ausrede parat. Waldmeister hatte nämlich schreckliche Angst, er könnte aus der Stadt geworfen werden. Nicht nur wegen der stets im Hintergrund lauernden Irrenanstalt war der Gedanke unerträglich, sondern vor allem auch wegen der ungeheuren Intensität der ALG-Wellen, die er im Klosterhof gemessen hatte. In den wenigen Nächten, in denen er sich frei bewegen konnte (er suchte sich immer kalte und regnerische Nächte aus, um möglichst keiner Menschenseele zu begegnen), war er der Geisterjäger von Maulbronn. Bewaffnet mit seinem ALG-Sensormat schlich er durch die nächtliche Klosteranlage und warf begehrliche Blicke auf die ihm verschlossenen Gebäude. Er wusste, dass sie da drinnen waren, die Geister, die er suchte. Der Zeiger des Sensormats überschlug sich ja fast. Und das war – neben der unerklärlichen Vorliebe der dicken Elsie für Stadtstreicher mit akademischen Würden – der eigentliche Grund, warum Waldmeister Maulbronn zu seiner Wahlheimat erkoren hatte.

Eine Wahlheimat die er nicht seinen Wohnsitz nennen durfte. Dabei war er vor 15 Jahren noch ein angesehener Wissenschaftler gewesen, mit einer Physik-Professur an der Universität Freiburg, mit schmuckem Häuschen, schmucker Frau und drei schmucken Kindern. Das Schicksal hatte es gut gemeint mit Professor Friedemann Waldmeister bis zu jenem Urlaub in Griechenland, der sein Leben aus den Fugen geraten ließ.

Eine Nacht im Land der Griechen

Die Tempelruine, zu der sich Waldmeister damals ganz alleine aufgemacht hatte, war so unbedeutend, dass er weder auf dem Weg dorthin noch vor Ort Menschen begegnet war, doch das war ihm nur recht. Seine Frau hatte er mit den Kindern am Strand zurückgelassen, wo sie seit nunmehr fünf Tagen in der Sonne brieten, ohne den leisesten Wunsch zu verspüren, von der geschichtsträchtigen Insel, auf der sie Urlaub machten, mehr zu sehen als Abermillionen von Sandkörnern und das harmlos plätschernde Mittelmeer.

Die Wegbeschreibung, die man ihm gegeben hatte, enthielt keinerlei Angaben zu den Entfernungen, die er zurückzulegen hatte, daher hatte Waldmeister vorsichtshalber einen Rucksack mit Wegzehrung und allerlei Nützlichem bei sich, was sich später als ein großes Glück erweisen sollte. Tatsächlich brauchte er dann auch mehr als zwei Stunden, um zu der Ruine zu gelangen, und da der Ort wunderschön, aber wenig aufregend war, setzte er sich in den Schatten der einzigen noch stehenden Säule, aß seinen Proviant und las in einem mitgebrachten Buch. Es war ein herrlicher Tag, und Waldmeister genoss ihn so recht, bis er sich auf den Heimweg machte und schon auf den ersten Metern stürzte und sich den Fuß brach.

Friedemann Waldmeister war ein praktisch veranlagter Mensch, obwohl er Wissenschaftler war. Er biss die Zähne zusammen und bastelte sich aus ein paar Stöcken und den Riemen seines Rucksacks eine Schiene für den Fuß, verbarg den nun nutzlos gewordenen Rucksack unter einer umgestürzten Säule, um ihn dort später holen zu lassen, und machte sich hüpfend, krabbelnd und sogar auf dem Hinterteil rutschend auf die Suche nach langen Stöcken, möglichst mit Astgabeln, die er als Krücken verwenden konnte. Er fand keine.

Restlos erschöpft, von Schmerzen, Hunger und Durst geplagt, ließ er sich endlich wieder an seiner Säule nieder und dachte nach. Darin sind Wissenschaftler ja besonders gut. Er hatte sich bald ausgerechnet, dass, da man ihn frühestens bei Einbruch der Dunkelheit vermissen würde (und es war Sommer!), ein Suchtrupp nicht vor zwei Uhr in der Früh zu erwarten war, und entschied, dass vorläufig das Wichtigste ein leidlich bequemes Nachtlager war.

Hier nun wäre sicherlich Frau Waldmeister die Begabtere gewesen. Sie war geradezu ein Genie, wenn es um Gemütlichkeit ging. Das schmucke Häuschen hatte sie in eine wahre Oase der Bequemlichkeit verwandelt, so dass es für Professor Waldmeister nichts Schöneres gab, als nach einem langen, ausgefüllten Arbeitstag heimzukehren. Aber Frau Waldmeister war nicht zur Stelle, und der Professor vermisste sie schmerzlich, während er versuchte, allen Widrigkeiten zum Trotz, Schlaf zu finden. Dass er ihn nicht fand, veränderte sein Leben.

Es musste bereits weit nach Mitternacht sein, da bemerkte der Professor plötzlich einen tanzenden Lichtfleck hinter einer der verfallenen Mauern. Natürlich dachte er sofort an den erwarteten Suchtrupp und wollte schon rufen, da fiel ihm etwas auf, was ihn bewog, sich still zu verhalten: Das Licht konnte von keiner gewöhnlichen Lampe stammen, da weder Lichtstrahl noch Lichthof erkennbar waren.

Vielmehr schienen Lichtfleck und Lichtquelle identisch zu sein, ähnlich wie bei einem fluoreszierenden Gegenstand.

Im Nu waren Schmerzen und missliche Lage vergessen, und Waldmeister fühlte sich ganz in seinem Element*). Freundlicherweise kam das seltsame Licht langsam näher, gerade so, als wüsste es, dass der arme Professor nicht in der Lage war, sich zu ihm hin zu bewegen. Als es endlich um einen großen Felsen glitt und nur wenige Meter entfernt von ihm eine zierliche Pirouette drehte, klappte dem Professor der Mund auf in ungläubigem Erstaunen: Ein junges Mädchen tanzte da vor seinen Augen inmitten der Luft. Es leuchtete von innen heraus, war ganz erfüllt von Licht – nein: es *war* Licht! Das Mädchen selbst war das Licht, das er dort zwischen den Mauerresten erspäht hatte. Übrigens war es ausgesprochen hübsch und tanzte mit einer wunderbaren Anmut. Waldmeister zwickte sich so heftig, dass er vor Schmerz fast aufgeschrieen hätte, die Erscheinung ließ sich damit jedoch nicht vertreiben: Aller Wahrscheinlichkeit zum Trotz träumte er nicht. Ohne das Mädchen aus den Augen zu lassen, begann der an wissenschaftliches Rätselraten gewöhnte Professor, seinen Kopf auf der Suche nach einer möglichen Erklärung zu zermartern. Er, ein aufgeklärter Physiker des beginnenden 21. Jahrhunderts, sah offensichtlich Gespenster! Wie konnte das sein? Dass es sich bei dem Mädchen um ein Gespenst handelte, schien ihm über jeden Zweifel erhaben, zumal es Dinge vollbringen konnte, die schlicht unmöglich waren. Zum Beispiel konnte es sich dehnen wie ein Gummiband.

Plötzlich hörte der Professor Stimmen, die in einiger Entfernung laut seinen Namen riefen. Auch das

---

*) Hab ich's schon erwähnt? Waldmeister war in besseren Zeiten ein Universitätsprofessor für Physik. Und nicht etwa irgendeiner. Er war einer der weltweit herausragenden Spezialisten für Optik. Das ist der Teil der Physik, der sich mit Licht und unserer Fähigkeit zu sehen beschäftigt. Musste ich auch erst nachschlagen.

Mädchen hatte sie gehört, sie erschrak heftig und prallte im nächsten Augenblick gegen einen bemoosten Felsblock. Während sie angestrengt lauschte, beobachtete Waldmeister fasziniert, wie das Moos einen Teil ihres Lichtes absorbierte: Sie wurde merklich blasser an den Körperteilen, die den Felsblock berührten.

Die Rufe wurden lauter: Seine Rettung nahte, und zwar mit einem ganz verwünschten Lärm. Hätten die sich nicht noch ein wenig Zeit lassen können?, dachte Waldmeister. Hier stand oder vielmehr lag er vor der Entdeckung seines Lebens, und diese Ignoranten trampelten daher wie eine ganze Horde Nashörner.

Das Mädchen hatte wohl gemerkt, dass die Rufer näher kamen, und beschlossen zu fliehen. Und was nun geschah überzeugte den Professor endgültig davon, dass die Erscheinung a) ein Gespenst und b) ein Wesen aus reinem Licht sein musste: Auf der Flucht verfing sich das Mädchen nämlich in dem Schmetterlingsnetz, mit dem Waldmeister so gerne Insekten fing, um sie zu beobachten (und hernach wieder freizulassen), und das er am Nachmittag gegen einen der Felsen gelehnt hatte. Es blieb darin aber nicht hängen, sondern sauste hindurch – und das Schauspiel, das sich nun den begeisterten Augen des Professors bot, war so faszinierend wie aufschlussreich: Die Lichtgestalt wurde zerlegt in lauter feinste Strahlen, die hinter dem Netz ein zartes, wunderschönes Gittermuster*) in die Luft zeichneten. Nur wenige Sekunden dauerte dies an, dann sammelten sich die Lichtfäden wieder zur Gestalt des Mädchens,

---

*) Physikbegeisterte können in einem Physikbuch unter ‚Interferenz' nachschlagen, ein wirklich faszinierendes Phänomen. Ich bin darüber gestolpert, als ich (zum ersten Mal in meinem Leben freiwillig) ein Kapitel über Optik in einem solchen Buch durchgelesen habe. Ich wollte ein wenig „Leuchtenkunde" studieren, denn die Geister, die ich rief, hatten zu diesem Zeitpunkt schon begonnen, ein recht eigenwilliges Eigenleben zu entwickeln. Seit dieser naturwissenschaftlichen Nachhilfelektion glaube ich, meine Leuchten wenigstens ansatzweise zu verstehen.

das benommen durch die Luft torkelte und kaum noch sichtbar war, so schwach war ihr Licht geworden. Langsam schwebte sie zu einer Mauerritze und verschwand.

Schon im nächsten Augenblick bog einer der Kellner von Waldmeisters Hotel um die Säule, an der dieser lehnte, und schrie aus Leibeskräften seinen Namen.

Auf der Suche nach einem Licht im Dunkeln

Waldmeister wagte nicht, sich irgendjemandem anzuvertrauen. Zurück in Freiburg machte er sich sofort daran, ein Gerät auszutüfteln, mit dessen Hilfe er Gespenster aufspüren wollte. Denn daran, dass es noch mehr davon geben musste, zweifelte er keinen Augenblick.

Sein gebrochenes Bein heilte gut, zwang ihn aber etliche Wochen zunächst ins Bett und dann in den gemütlichen Ohrenbackensessel in seinem Arbeitszimmer. Seine Frau tat alles, um ihm die Zeit zu Hause nicht lang werden zu lassen. Sie brachte ihm alle Bücher und Unterlagen aus seinem Büro am Physikalischen Institut, die er sich wünschte, und so war der Plan für seinen Sensormat nahezu fertig, als er endlich wieder ohne Hilfe gehen konnte. Es bedurfte nur noch einiger kleinerer Experimente in seinem Labor.

Des Professors große Stunde nahte mit einem Physiker-Kongress, der kurz vor Weihnachten in Rom stattfinden sollte. In den frühen Morgenstunden packte er seine größte Reisetasche, verabschiedete sich von Frau und Kindern und stieg in das Taxi, das ihn zum Flughafen bringen sollte. Dort angekommen stornierte er seinen Flug nach Rom und stieg stattdessen in ein Flugzeug nach Athen – allerdings erst, nachdem er die Sicherheitskräfte des Flughafens davon überzeugt hatte, dass die komplizierte Apparatur in seinem Gepäck nicht terroristischen Zwecken diente.

Waldmeisters Ziel war erneut die Tempelruine auf der griechischen Insel, und er erreichte sie noch am selben Tag in den frühen Abendstunden. Drei bitterkalte Nächte verharrte der Professor mutterseelenallein bei der Ruine, doch obwohl der Zeiger seines Sensormats deutlich ausschlug, ließ sich kein Gespenst blicken.

Jahre später behaupteten die Leute, es sei ihnen schon beim Weihnachtsfest des Physikalischen Instituts der Universität Freiburg aufgefallen, wie schlecht der Professor ausgesehen habe. Seine Frau erklärte jedem, der es hören wollte (und auch allen anderen), dass ihr Friedel nach seinem Unfall und dieser *entsetzlichen* Nacht bei dieser *grässlichen* Ruine nie wieder derselbe gewesen sei.

Tatsächlich aber war sie nur etwas verwundert, als er ihr an Silvester verkündete, er werde im neuen Jahr ein Forschungssemester beantragen und dazu nutzen, überall in Europa optische Phänomene aufzuzeichnen. Als sie später daran dachte, wie sie ihn in diesem Vorhaben noch bestärkt hatte (es war aber auch viel leichter, die gemütliche Ordnung in ihrem schmucken Heim aufrecht zu erhalten ohne ihren zerstreuten Mann, der ständig alles überall stehen und liegen ließ, weil ihm ein Gedanke durch den

Kopf ging, den er sogleich überprüfen musste), da wurde sie blass vor Scham und Reue. Ach, hätte sie ihn doch zurückgehalten! Aber wie hätte sie auch ahnen sollen...

Waldmeisters Exkursionen führten ihn zunächst nach Italien und Griechenland, bald schon konzentrierte er sich jedoch auf sehr viel nähere Ziele: Ulm, Speyer und immer häufiger Maulbronn. Zu diesem Zeitpunkt bemerkte seine Frau bei ihrem Mann eine gewisse Euphorie und freute sich in aller Unschuld darüber. Wer wusste schon, was dabei herauskommen mochte? Womöglich gar der Nobelpreis!

Nein, der Nobelpreis war es nicht, womit die wissenschaftliche Welt auf Waldmeisters Forschungsergebnisse reagierte, die er nach einem halben Jahr unermüdlicher Arbeit veröffentlichte. Der ganze Campus erbebte vor hämischem Gelächter. Schon die Erinnerung daran ließ Frau Waldmeister erröten. Und was die Kinder erst in der Schule auszustehen hatten... Als die allgemeine Heiterkeit abebbte kam zu allem Überfluss noch heraus, dass ihr Mann Forschungsgelder für seine irrwitzigen Untersuchungen abgezweigt hatte. Er entging um Haaresbreite einem Gerichtsverfahren, flog in hohem Bogen von der Universität und war für alle Zeiten als ‚Professor Waldgeister' gebrandmarkt.

Frau Waldmeister ließ ihn in aller Stille in eine psychiatrische Klinik einweisen. Da er aber trotz Pillen, Spritzen und heißer Bäder stur bei seiner Behauptung blieb, es gebe Gespenster, er habe eines gesehen und ihr Vorkommen an mehreren Orten zweifelsfrei nachgewiesen, beschloss die leidgeplagte Frau, sich von ihrem Mann scheiden zu lassen und die Kinder seinem schädlichen Einfluss zu entziehen, indem sie zu ihrer Schwester nach Mecklenburg übersiedelte.

Ein Jahr musste vergehen, bis der ehemalige Professor einsah, dass er das Sanatorium erst würde verlassen können, wenn er den Ärzten erzählte, was sie von ihm hören wollten. Also entschuldigte er sich vielmals für sein ungebührliches Betragen, führte dieses auf den Schock infolge seines Unfalls bei der griechischen Ruine zurück – und wurde zwei Wochen später aus der Klinik entlassen von Psychiatern, die sich gegenseitig auf die Schulter klopften in der Überzeugung, nur ihren überragenden Fähigkeiten sei es zu verdanken, dass der Patient vollständig geheilt war.

Da stand er nun – ohne Arbeit, ohne Frau, ohne Kinder und ohne Heim. Das schmucke Häuschen war längst verkauft, die eine Hälfte des Geldes war bei der Scheidung an seine Frau gegangen, die andere hatte die Universität kassiert als Wiedergutmachung für die zweckentfremdeten Forschungsgelder. Alles, was er retten konnte, war seine Exkursionsausrüstung, die in einer Abstellkammer des Physikalischen Instituts vor sich hin verstaubte, weil niemand sich getraut hatte, das ganze Zeug einfach wegzuwerfen. Und so kam es, dass Waldmeister vor nunmehr fast fünf Jahren in Maulbronn eingetroffen war, mit einer Reisetasche voller Apparaturen und den Kleidern, die er auf dem Leibe trug. Ein Stadtstreicher war er geworden, Professor Waldgeister nannten sie ihn oder den Geisterjäger von Maulbronn.

Geistern für Anfänger

Wabern war toll! Wabern war ultra-genial! Trixi waberte im Mondlicht und fühlte sich wie neugeboren – oder vielmehr: wie neu angeknipst. Weit unter ihr lagen Maulbronn und die Klosteranlage, über ihr nur Mond und Sterne und um sie herum nichts als Mondlicht. Und natürlich Bruder Johann, der wenige Meter entfernt in der Luft lag, die Arme unter dem Kopf verschränkt, mit einem zufriedenen Lächeln im Gesicht.

Sie hatte keine Ahnung, wie lange sie schon hier oben waren. Es konnten Stunden sein, ebenso gut auch nur Minuten. Zeit spielte beim Wabern offenbar keine Rolle. Überhaupt nichts spielte eine Rolle, außer dieser unglaublichen Mischung aus wohliger Trägheit und knisternder Energie, die ihren Körper bis in die Zehenspitzen erfüllte. Es gab einfach keine Worte für dieses Gefühl, keine menschlichen jedenfalls. Wie konnte man so entspannt und zugleich so energiegeladen sein? Trixi formte eine pinkfarbene Kaugummi-Glühbirne und musterte nachdenklich den kleinen, dicken Mönch an ihrer Seite. Leise, weil sie ihn nicht gerne stören wollte, sprach sie ihn an:

„Hansel? Darf ich dich etwas fragen?" Bruder Johann brummte, und da sein Brummen sich irgendwie zustimmend anhörte, fuhr Trixi fort. „Wie lange bist du schon... eine Leuchte?"

„Nun...", Johann räkelte sich, als wäre er eben aus einem erquickenden Schlaf erwacht, und drehte sich auf die Seite, um ihr ins Gesicht zu sehen. „Das werden jetzt so an die sechshundert Jahre sein."

Sechshundert Jahre. Trixi ließ die Zahl auf sich wirken, bevor sie weitersprach. „Seit sechshundert Jahren geisterst du schon im Kloster herum. Und der Römer, ‚der Alte', wie du ihn nennst, bei dem müssen es ja sogar an die zweitausend Jahre sein!"

„Wie kommst du darauf?", fragte Johann, plötzlich sehr interessiert.

„Ist doch klar, oder? Gut, so genau weiß ich's nicht mehr, aber auf ein, zwei Jahrhunderte kommt es wohl kaum an, und dass die Römer vor zweitausend Jahren die großen Bosse in Europa waren, ist ja allgemein bekannt."

„Ach, tatsächlich? Du scheinst viel über die Vergangenheit zu wissen."

Trixi sah ihn misstrauisch an. Sie hatten das Thema in der Schule so gründlich durchgekaut, dass ihre Lehrerin wohl kaum der Meinung gewesen wäre, es käme da auf ein paar Jahrhunderte mehr oder weniger nicht an. Aber Johann schien tatsächlich beeindruckt.

„Der Alte redet nicht viel über sich", erklärte er, „und ich muss gestehen, dass ich in meinem körperlichen Leben so gut wie nichts über die Römer erfahren habe."

„Im Ernst? Aber Jesus hat doch in ihrer Zeit gelebt... Und überhaupt, du kannst ja sogar Latein!"

Johann sah sie verblüfft an, dann lachte er vergnügt auf.

„Nein, nein, da täuschst du dich in mir. Gewiss, ich kann einige Psalmen und Gebete auswendig hersagen, aber die Bedeutung kenne ich nur, soweit sie uns erklärt wurde. Du musst wissen, ich war kein Chorherr, sondern nur ein einfacher Laienbruder. Bruder Radulfus war ein Chorherr, er stammt aus einer adligen Familie und hat im Kloster lesen und schreiben gelernt und noch vieles mehr. Wir Laienbrüder aber haben Gott und unserem Orden mit körperlicher Arbeit gedient.*)"

„Heißt das, du warst gar kein richtiger Mönch?"

„Ja und nein. Ich habe meine Gelübde abgelegt, aber mit dem heiligen Leben der Chorherren kann man das der Laienbrüder nicht vergleichen."

„Seht ihr deshalb so verschieden aus? Ich dachte eigentlich, ihr gehört verschiedenen Orden an oder habt in verschiedenen Jahrhunderten gelebt."

„O nein, im Gegenteil, wir sind sogar zur selben Zeit und am selben Ort durch das Prisma gegangen."

Das Prisma. Trixi musste plötzlich an eine harmlose, rosafarbene Kaugummiblase denken. Sie meinte sich daran zu erinnern, dass Bruder Radulfus ihr Leuchtendasein als Strafe für ihre Sünden bezeichnet hatte. Sicher, an heiligen Orten sollte man vermutlich überhaupt nicht Kaugummi kauen, aber war das denn eine so schwere Sünde, dass sie deswegen gleich bis in alle Ewigkeit als wandelnde Lampe herumgeistern musste? Zumal ihr ja der Kaugummi geblieben war: Sie kaute ununterbrochen darauf herum, und Blasen zu formen machte noch mehr Spaß als früher, weil sie jetzt wie Glühbirnen aussahen und beim Zerplatzen Funken versprühten. Und da sollte ihr Ableben eine Strafe für diese eine Blase sein? Das war doch einfach lächerlich. Oder lag ihre Todsünde in ihrem Widerstand gegen die Heiratspläne ihres Vaters? So von wegen: Du sollst Vater und Mutter

---

*) Laienbrüder waren in den Klöstern sehr wichtig. Die strengen Klosterregeln verlangten von den ‚richtigen' Mönchen, den Chorherren, dass sie Tag und Nacht ungefähr alle drei Stunden in der Kirche beteten. Die genauen Uhrzeiten hingen mit Sonnenauf- und -untergang zusammen und waren daher im Jahreslauf unterschiedlich. Zusammen mit der kargen Kost hat das den Chorherren auf jeden Fall viel abverlangt, zumal sie ja auch noch studieren und die Klausur (s. Seite 47) möglichst nicht verlassen sollten.
Damit das so funktionierte, waren Laienbrüder notwendig, die von den Ordensregeln so weit befreit waren, dass sie all die anfallenden Arbeiten erledigen konnten. Die Laienbrüder lebten, aßen, schliefen und beteten getrennt von den Chorherren.

ehren und so weiter? Aber in diesem Fall hätten unzählige Kinder und Jugendliche dieselbe Todsünde begangen wie sie. In Maulbronn gab es jedoch kaum ein Dutzend Leuchten, und das waren ausschließlich erwachsene Männer.

Plötzlich kam ihr ein neuer Gedanke. „Wenn es euch beide gleichzeitig erwischt hat, habt ihr dann auch die gleiche Sünde begangen?" Erst als die Worte heraus waren, wurde Trixi bewusst, wie indiskret ihre Frage war. Johann starrte sie einen Augenblick an, dann erwiderte er: „Für Bruder Radulfus kann ich nicht sprechen, aber ganz gewiss hat er *meine* Sünden nicht geteilt. Wenn dieses Dasein eine Strafe ist, so muss ich sie mit meiner Genusssucht verdient haben. Einem Zisterzienser sollte nicht der Sinn nach leiblichen Genüssen stehen. Speise und Trank dienen lediglich dazu, dem Körper die notwendige Kraft für den Dienst an Gott zu verleihen."

Trixi ließ sich das durch den Kopf gehen. „Dann seid ihr beim Essen gestorben? Wie war doch gleich dein vollständiger Name? Ich muss zugeben, ich hab ihn ganz vergessen."

„Mein vollständiger Name in der Gemeinschaft der Leuchten von Maulbronn lautet: Bruder Johann vor der Mühle. Und auch Bruder Radulfus hat diesen Namenszusatz. Er wurde im Orden eigentlich immer Bruder Kellermeister genannt, denn dies war sein Amt, doch der letzte Name, den ihm eine Sterbliche vor seinem Übergang gegeben hat, war eben Bruder Radulfus. Ich glaube, du bist nicht die einzige Leuchte unter uns, die mit ihrem Namen unzufrieden ist."

„Sag mir, was passiert ist! Bitte!", bettelte Trixi. Johann schien einen Moment hin- und hergerissen, dann seufzte er.

„Ich gestehe, es tut gut, einmal so mit jemandem zu reden. Ich habe seit meiner Prismatischen Stunde kaum mehr Gelegenheit dazu gehabt. Dabei bin ich mir ziemlich sicher, dass mich mein Schweigegelübde nicht mehr bindet – auch wenn Bruder Radulfus da anderer Ansicht ist. Nach unserem Übergang hätte ich viel darum gegeben, mit jemandem so zu reden, wie wir es jetzt tun. Der Alte ist zwar etwas gesprächiger als Bruder Radulfus, doch spricht er nie über sich selbst. Und wie soll man verstehen, was uns widerfahren ist, wenn man nur den eigenen Fall kennt? Ich habe dem Alten viel erzählt, überhaupt glaube ich, dass im Kloster kaum etwas geschieht, ohne dass er davon erfährt. Aber wie und wann *er* zur Leuchte wurde... Nicht einmal einen richtigen Namen hat er, der etwas über ihn und seinen Übergang aussagen könnte, denn in seiner Prismatischen Stunde waren noch keine anderen Leuchten da.

Es muss sehr hart für ihn gewesen sein. Viele lange Jahrhunderte musste er ohne Gesellschaft auskommen. Wer weiß, vielleicht hat er in dieser Zeit vergessen, wer er einmal war."

Johann verstummte, und Trixi hielt den Atem an und hörte sogar mit dem Kaugummikauen auf aus Sorge, er werde nicht weiter erzählen. Nach kurzer Zeit fuhr Johann dann fort. „Es war im Jahr 1423 nach Christi Geburt. Das Kloster feierte gerade den Jahrestag der Kirchweihe, es herrschte ein Trubel wie auf einem Jahrmarkt. Auch Frauen durften an diesen Tagen den Klosterhof und sogar die Klosterkirche betreten.

Abt Benedikt hatte angeordnet, dass die Bauarbeiten an der neuen Mühle trotz der Feiertage weitergehen sollten. Ich war gerade auf der Baustelle eingetroffen, und ich muss gestehen, dass ich in Gedanken noch bei meinem Frühstück war. Du musst wissen, wir Mönche bekamen normalerweise kein Frühstück, im Winterhalbjahr gab es überhaupt nur eine einzige Mahlzeit am Tag. Vielleicht kannst du es nicht verstehen, aber für mich war das eine schwere Prüfung. Die Stundengebete, die schwere körperliche Arbeit, das Keuschheitsgelübde: Die meisten Pflichten, die mir die strengen Ordensregeln*) auferlegten, wurden mir nie zu schwer. Das Schweigegelübde galt für uns Laienbrüder ohnehin nur eingeschränkt. Aber eine einzige, nicht eben üppige Mahlzeit am Tag... Glücklicherweise bin ich sehr viel stärker und geschickter, als ich erscheine. Oder vielleicht sollte ich sagen: Zu meinem Unglück. Denn so konnte ich mich immer für die besonders schweren körperlichen Arbeiten melden, womit ich mir mindestens zwei Mahlzeiten sicherte.

Nun ja, an jenem verhängnisvollen Tag kam ich gerade aus der Kirche, wo ich mein Dankgebet für ein ungewöhnlich schmackhaftes Frühstück gesprochen hatte. Ich erzähle dies nur so ausführlich, weil du mich nach meiner Sünde gefragt hast. Und die Lust und Befriedigung, mit der ich an eben dieses Frühstück dachte, war gewiss sehr sündig, zumindest für einen Zisterzienser."

„War Radulfus beim Frühstück denn auch dabei?"

Johann musste so sehr lachen, dass sein dicker Bauch gewaltig wackelte. „Bruder Radulfus hat immer nur gerade so viel gegessen, dass er nicht verhungern musste. Aber selbst wenn er an diesem Tag gefrühstückt haben sollte, so hätte ich davon nichts erfahren. Die Chorherren speisten nämlich im Herrenrefektorium. Überhaupt blieben sie fast aus-

---

*) Für uns ist es kaum nachvollziehbar, was die Mönche sich da so alles zugemutet haben. Alle 73 Kapitel der so genannten Benediktregel, auf die auch die Ordensregeln der Zisterzienser zurückgehen, möchte ich Dir ersparen. Sehr vereinfacht lauten die Regeln in etwa so: Achtmal(!) täglich wurde in der Kirche gebetet, das heißt etwa alle drei Stunden Tag und Nacht; die Mönche durften nicht miteinander reden, außer zu streng festgelegten Zeiten; sie durften kein Eigentum besitzen, waren zu absolutem Gehorsam gegenüber ranghöheren Ordensmitgliedern verpflichtet, und an körperliche Liebe durften sie noch nicht einmal denken. Ach ja, ehe ich es vergesse: Diese Regeln gelten für Benediktiner und Zisterzienser heute noch!

schließlich in ihrem abgeschlossenen Teil des Klosters, in der Klausur*)."

„Was hatte dann Radulfus bei der Mühle zu suchen?"

„Oh, für den Bruder Kellermeister galten besondere Regeln! Er besaß fast so große Bewegungsfreiheit wie der Abt selbst."

„Und was ist bei der Mühle passiert? Erzähl schon!", bettelte Trixi wieder.

„Nun, ich kam gerade bei der Baustelle an, da rief eine Frau meinen Namen. Es war die Lederers Marie, mit der ich als Kind viel gespielt hatte. Ich hatte sie lang nicht gesehen und freute mich, dass sie so hübsch und gesund aussah, obgleich sie, wie ich wusste, bereits vier Kinder geboren hatte. Trotzdem hätte ich ihr nicht mehr als meinen Gruß entboten, immerhin gehört sich für einen Laienbruder der Umgang mit Weibern nicht, doch die Marie kam auf mich zugestürzt und wirkte recht aufgeregt. ‚Hansel', rief sie, ‚ich brauche deinen Rat' – ja, auch sie nannte mich Hansel, als Kind wurde ich von allen so genannt. Jedenfalls schien sie geradezu verzweifelt, und so wenig üblich es war, dass ein Weib sich um Rat an einen einfachen Laienbruder ohne Priesterwürde wandte, so war sie doch meine frühere Nachbarin, und ich meinte, es könne nicht schaden, wenn ich sie anhörte. Dies war dann wohl mein zweiter Fehltritt an jenem Morgen."

„Und, was wollte sie?"

„Oh, *das* werde ich dir ganz gewiss nicht sagen. Jedenfalls waren es Anschuldigungen, die ich selbst nicht hören wollte, gar nicht hätte hören dürfen, denn sie betrafen... einen der Chorherren. Sie waren

---

*) Klausur: auf dem Plan des Klostergeländes grau hervorgehoben. Die Klausur war ausschließlich den Chorherren vorbehalten, und diese sollten sie nach Möglichkeit auch nicht verlassen. Auf diese Weise sollte verhindert werden, dass die Chorherren von ihren heiligen Pflichten durch schnöde weltliche Einflüsse abgelenkt wurden.

ganz gewiss nicht für meine Ohren bestimmt, und als ich dann plötzlich den Bruder Kellermeister erblickte, der wenige Meter neben uns stand und unser Gespräch mit angehört haben musste, da dachte ich nur noch eines, nämlich, dass ich lieber irgendwo anders gewesen wäre, nur nicht dort, vor der Mühle. Und dies", seufzte Johann, „war mein dritter Sündenfall an einem Morgen. Ich hätte Marie sogleich an den diensttuenden Priester verweisen müssen, oder aber ich hätte mir ihre Sorgen anhören und sie *danach* mit beruhigenden Worten zum Priester schicken sollen. Aber mein inbrünstiger Wunsch, im Erdboden zu versinken, war nichts als Feigheit und Schwäche."

Trixi starrte ihn an. „War das schon alles?", fragte sie ein bisschen enttäuscht. „Wenn so harmlose Sünden ausreichen, dann bin ich wohl tatsächlich wegen einer Kaugummiblase hier." Und sie erzählte Bruder Johann, wie es ihr ergangen war.

„Vielleicht hast du recht", erklärte er nachdem sie geendet hatte, „und das Kaugummi, wie du es nennst, und dein respektloses Verhalten der Braut deines Vaters gegenüber haben dir diese Strafe eingehandelt. Doch wenn ich ehrlich bin, glaube ich schon sehr lange nicht mehr, dass unser Dasein eine Strafe ist. Einmal davon abgesehen, dass es uns leider nicht möglich ist zu essen und zu trinken, geht es uns doch ganz hervorragend. Besser jedenfalls, als es mir jemals zu Lebzeiten ergangen ist. Und nun habe ich sogar jemanden, mit dem ich mich unterhalten kann!"

Huhu, hier bin ich

Der folgende Tag schien nicht enden zu wollen. Hansel hatte sie in einen Raum geführt, der fast nie betreten wurde und für alle Fälle über genug Versteckmöglichkeiten verfügte, falls sich doch ein Sterblicher hinein verirren sollte. Dann hatte er sie allein gelassen, allerdings hatte sie ihm versprechen müssen, dass sie den Raum erst verlassen würde, wenn im Klosterbezirk Ruhe eingekehrt war. Und das dauerte ewig.

Die ersten Stunden hatte Trixi noch genug Stoff zum Nachdenken gehabt. Dann begann sie, gelangweilt im Raum herumzuschwirren, bis ihr schwindelig wurde. Irgendwann fing sie an, das Verdichten zu üben, aus purer Verzweiflung und um die träge dahinkriechende Zeit totzuschlagen. Hansel hatte ihr die Sache erklärt. Anstatt sich extrem in die Länge zu ziehen, musste Trixi sich zu einem sehr dünnen Lichtbündel verdichten, wenn sie durch kleine Öffnungen schlüpfen wollte. Seither nannte sie diese Fortbewegungsart nicht mehr ‚sich verdünnisieren', sondern ‚lasern'*). Hansel konnte mit diesen Bezeichnungen leider gar nichts anfangen. Statt zu lachen, wie sie gehofft hatte, guckte er sie nur verständnislos an.

Trixi hatte versprochen, den Raum nicht zu verlassen, also musste sie das Lasern an Schränken und Kisten üben, was die Sache bedeutend erschwerte, da sie hinter den Schlüssellöchern diesmal kein langer

---

*) Das spricht sich so aus wie bei Laserstrahl, Laserkanone etc.

Gang erwartete. Der Vorteil war, dass Trixi bei Einbruch der Nacht ihre Technik so perfektioniert hatte, dass sie durch jede beliebige Öffnung schlüpfen konnte und es selbst in einem Schuhkarton eine gewisse Zeit aushielt. Allerdings war ihr Training auch anstrengend gewesen. Als am späten Abend Bruder Johann endlich auftauchte, sah Trixi blass aus und fühlte sich in etwa so energiegeladen wie ein nasses Handtuch. Bestimmt glaubt er, ich hätte wieder Flummi gespielt, dachte Trixi, aber sie erzählte ihm nicht, dass sie längst nicht mehr gegen Wände knallte. Aus einem Grund, den sie selbst nicht recht verstand, wollte sie nicht, dass er wusste, wie geschickt sie an diesem einen Tag geworden war.

Diesmal waberten sie nicht die ganze Nacht, Hansel verabschiedete sich schon bald, nachdem Trixi ihm versichert hatte, dass sie sich auch alleine zurechtfinden würde. Sie behauptete, sie wolle nur noch ein klein wenig länger im Mondlicht baden. Tatsächlich wartete sie nur, bis der orangefarbene Lichtfaden weit unter ihr in der Klosterkirche verschwunden war. Im nächsten Augenblick schon blitzte sie ab.

Trixis Ziel lag nicht innerhalb des Kloster. Was die Prismatischen Gebote dazu sagten, war ihr schnuppe. Sie wollte nach Hause, und da es in der Luft keine Hindernisse für sie gab, benötigte sie für die weite Strecke nur wenige Sekunden. Dann schwebte sie über dem Reihenhaus, in dem sie aufgewachsen war. Im Wohnzimmer brannte noch Licht.

Dort war ihr Vater. Ein seltsames Bild bot das Haus von oben. Fremd erschienen die Straße und der kleine Spielplatz in der Ecke. War dies ihr Zuhause? Ihr war nie bewusst gewesen, wie schmal die Häuserzeile war. Unschlüssig schwebte Trixi über den Dächern, dann entdeckte sie das offene Toilettenfenster und sauste hinein. Drinnen vergewisserte sie sich erst, dass sich niemand im Flur aufhielt, dann laserte sie durch das Schlüsselloch und schwebte vorsichtig zur angelehnten Wohnzimmertür.

„Alles in Weiß...", hörte sie Sabine sagen, die sich offensichtlich bemühte, leise und sanft zu reden, was bedeutete, dass ihre Stimme nicht ganz so schrill klang wie sonst. Die Gläser und Fensterscheiben waren für dieses Mal in Sicherheit. „Weiß ist die Farbe der Unschuld. Erst dachte ich ja an eine Kombination aus Weiß und Rosa, das wäre für ein junges Mädchen sicher am hübschesten, aber das Rosa würde sich mit ihren roten Haaren beißen, und wenn wir sie färben, werden die Leute vielleicht denken, wir mochten ihre Haarfarbe nicht..."

„Trixi hat Rosa gehasst."

Draußen im Flur fror Trixi fest. Sie hatte sich so danach gesehnt, die Stimme ihres Vaters zu hören, und nun tat es schrecklich weh. Er klang furchtbar müde und resigniert, ganz anders, als sie es von ihm gewohnt war. Sonst hatte er immer so heiter und gelassen auf sie gewirkt, etwas zu gelassen für ihren Geschmack, wenn es um Sabine ging. Jetzt glaubte sie allerdings auch eine Spur Gereiztheit in seiner Stimme zu vernehmen, und als ihr Vater weitersprach, war sein Unmut nicht mehr zu überhören.

„Außerdem konntest du ihre Haarfarbe wirklich nicht leiden. Du hast es ihr weiß Gott oft genug gesagt."

„Du tust gerade so, als wäre ich an ihrem Tod schuld!" Sabine hatte den Versuch, ihre Stimme zu zügeln, aufgegeben. Leider, dachte Trixi, die bei dem schrillen Klang unwillkürlich zusammenzuckte. „Nur weil ich mich bemüht habe, ihr wenigstens ein *bisschen* gutes Benehmen beizubringen. *Du* hast dich ja nicht darum gekümmert, du dachtest vermutlich, deine ach so perfekte Tochter habe keine Erziehung nötig. Genauso wie du dich jetzt nicht um die Formalitäten kümmerst, alles überlässt du mir und nachher mäkelst du herum..."

„Du wolltest dich alleine darum kümmern. Ich hatte nicht den Eindruck, dass ich irgendein Mitspracherecht hätte."

„Also, das ist nun wirklich *zu* ungerecht. Ich bespreche alles mit dir!"

„O ja, das tust du", schrie ihr Vater wütend. Inzwischen stritten die beiden so laut, dass man es bis auf die Straße hören musste. „Seit fast zwei Stunden muss ich mir anhören, warum bunte Sommerblumen angeblich nicht zu meiner Tochter passen. Dabei hat sie Weiß fast so sehr verabscheut wie Rosa. Sie war noch ein Kind, und sie war keine Heilige. Was spricht gegen fröhliche Farben?"

„Du hörst mir nicht zu! Sommerblumen welken viel zu schnell, was sollen die Leute denken, wenn das Grab deiner Tochter schon nach einem Tag wie ein Komposthaufen aussieht?"

„Die Leute?", brüllte ihr Vater so laut, dass Trixi erschrocken zurückwich. Noch nie hatte er so geschrien, nicht einmal, als Trixi in einem Wutanfall eine Tomate an die frisch gestrichene Esszimmerwand geworfen hatte. „Lass mich in Ruhe mit den Leuten! Das ist alles, was dich interessiert! Du hast dir nie die Mühe gemacht, das Kind zu verstehen. Du wolltest sie los sein, nur deshalb sollte sie in dieses grässliche Internat. Jetzt bist du sie los, bist du endlich zufrieden?"

Die Stille nach diesem Ausbruch konnte man fast anfassen, so undurchdringlich schien sie. Trixi hielt die Luft an (was sie in ihrer jetzigen Gestalt beliebig lange tun konnte, sie atmete nur aus Gewohnheit weiter), und es dauerte geraume Zeit, bis Sabine erwiderte: „Du liebst mich nicht mehr, sonst könntest du so etwas nicht sagen." Sie gab sich Mühe, verzweifelt zu klingen, aber Trixi war überzeugt, dass ihr Schluchzen nur gespielt war. Sabine weinte nie wirklich, aber sie hatte schon ein paar Mal so getan und stets damit erreicht, was sie bezweckte.

Der Streit traf Trixi völlig unvorbereitet. Vor wenigen Tagen noch hätte sie frohlockt über jede kleine Meinungsverschiedenheit der beiden, bei der ihr Vater nicht sofort klein beigab. Aber dass sie ausgerechnet anlässlich ihrer Beerdigung ihren ersten richtigen Krach bekommen mussten... Trixi fragte sich benommen, ob sie wohl froh wäre, wenn ihr Vater bei Sabine Trost fand, oder ob es ihr lieber wäre, wenn die beiden sich trennten. Das war nun eigentlich nicht mehr nötig, jetzt da sie selbst aus dem Weg war. Sie war so in Gedanken versunken, dass sie die nahenden Schritte erst vernahm, als sich die Tür bereits öffnete und Sabine, ohne auch nur eine Spur von Verzweiflung im Gesicht, in den Flur hinaustrat.

Der Schrei war markerschütternd. Vermutlich hätte jede Frau beim Anblick der in der Luft schwebenden, in Neonfarben leuchtenden Gestalt ihrer verstorbenen, ungeliebten Stieftochter markerschütternd geschrien. Wahrscheinlich hätte das auch jeder Mann getan. Aber kaum jemand hätte es geschafft, wie Sabine mit einem einzigen Schrei alles Glas im Flur zum Zerspringen zu bringen: Die Glasfenster der Vitrine ebenso wie die Vase, die darauf stand, alle drei Glühbirnen der verschiedenen Lampen und sogar den Garderobenspiegel. Ein Regen von Glassplittern ging im Flur nieder, und Trixi rettete sich blitzschnell aus dem Gefahrenbereich, indem sie zurück ins Klo laserte. Als sie durch das Schlüsselloch in den nun fast völlig dunklen Flur linste, bot sich ihr ein Bild der Verwüstung. Sabine saß in dem Lichtbalken, der durch die Wohnzimmertür fiel, auf dem Boden und starrte mit irrem Blick in Richtung Klo. Ihre blondierte Haarsprayfrisur glitzerte von Glasscherben, an Gesicht und Händen blutete sie aus kleinen Schnittwunden. Natürlich war Trixis Vater sofort in den Flur geeilt.

„Um Gottes willen, Schatz", rief er besorgt, „du siehst ja aus, als hättest du ein Gespenst gesehen!"

„Da...!" Sabine zeigte mit der blutrot gefärbten Fingernagel-Kralle zum Klo. „Sie ist zurückgekommen. Sie will sich an mir rächen!"

„Was redest du denn da? Du bist ja völlig durcheinander."

„Da!", kreischte Sabine, Wahnsinn im Blick. „Da war sie eben noch! Bellatrix als Gespenst!"

Trixis Vater starrte verblüfft seine Freundin an. Offensichtlich glaubte er ihr kein Wort, er sah nicht einmal in die Richtung, in die Sabine immer noch zeigte. Einen Augenblick lang dachte Trixi daran, sich ihrem Vater zu zeigen. Zu diesem Zweck war sie doch eigentlich hergekommen oder etwa nicht? Wenn er sie sah, würde er auch wissen, dass Sabine nicht übergeschnappt war, was er allem Anschein nach glaubte. Aber Trixi zögerte. Was, wenn ihr Vater genauso reagierte wie seine Freundin? Die sabberte inzwischen ihr Designer-Shirt voll und brabbelte wirres Zeug. Ein bisschen tat sie Trixi ja leid, aber nicht so sehr, dass sie bereit war zu riskieren, dass ihr Vater in einem ähnlichen Zustand endete.

Also verhielt sie sich ruhig und beobachtete weiter durchs Schlüsselloch, wie ihr Vater beruhigend auf Sabine einredete, die aber keinerlei Reaktion mehr zeigte. Schließlich ging er ins Wohnzimmer, und Trixi hörte ihn telefonieren.

Bis der Krankenwagen kam, hatte ihr Paps schon einen Großteil der Scherben zusammengefegt. Sabine saß immer noch an ihrem Platz und bemerkte kaum, dass er ihr die Splitter aus den Haaren las. Die Sanitäter sahen sich ungläubig im Flur um und betrachteten Trixis Vater dann mit einem Blick, der ihr gar nicht gefiel. Erneut verspürte sie den Impuls, aus ihrem Versteck zu kommen und alles zu erklären. Aber sie blieb, wo sie war. Vielleicht waren die Prismatischen Gebote ja als Schutz der Sterblichen gedacht. Vielleicht wurde *jeder* Mensch beim Anblick einer Leuchte wahnsinnig.

Als der Notarzt kurz nach den Sanitätern eintraf, wich Trixis Vater bis an die Toilettentür zurück, um Platz zu machen. Trixi spürte, dass er sich erschöpft gegen die Tür lehnte. Wie gerne hätte sie ihn tröstend in den Arm genommen! Die Sehnsucht, ihn zu berühren, tat fürchterlich weh. Trixi legte eine Hand an die Tür und streichelte sie, als könnte sie so ihrem Paps näher sein. Ich bin bei dir, dachte sie, du musst nicht traurig sein. Es geht mir gut.

„Meine liebe, kleine Trixi!", glaubte sie die Stimme ihres Vaters zu hören.

Ja, Paps, ich bin da, dachte Trixi, und Lichtperlen rollten ihr über die Wangen.

„Axel, kümmere dich mal um den Mann, ich glaub', der kippt gleich um." Draußen war plötzlich Bewegung zu hören. Einer der Sanitäter war zu Trixis Vater getreten und fragte ihn, ob er sich nicht lieber setzen wolle.

„Es ist gut, mir fehlt nichts!", erwiderte ihr Paps mit weicher Stimme.

„Bitte, kommen Sie mit ins Wohnzimmer", drängte der Sanitäter, „es ist wirklich besser, Sie setzen sich!"

Trixi presste ihre schon fast erloschenen Finger gegen die Tür. Es ist gut, Paps, geh mit ihm, dachte sie. Ich werde dich wieder besuchen. Sie spürte, wie ihr Vater sich von der Tür löste und bückte sich rasch zum Schlüsselloch, um zu sehen, wie er von einem der Männer ins Wohnzimmer geführt wurde.

An der Tür drehte sich ihr Vater noch einmal um. Sein Blick galt nicht Sabine, die eben zur Wohnungstür gebracht wurde, sondern der Toilettentür, hinter der seine Tochter kauerte. Trixi biss sich auf die Lippen, um zu verhindern, dass sie laut aufschluchzte. Dann war ihr Vater im Wohnzimmer verschwunden.

Von allen guten Geistern verlassen

Was Waldmeister im Paradies des Maulbronner Klosters beobachtet hatte, wühlte ihn innerlich so auf, dass er stundenlang durch die Stadt irrte, ohne zu merken, was er tat. Da man an ihn gewöhnt war, achtete kaum jemand auf den heruntergekommenen, unrasierten Opa, der vor sich hin murmelnd und gestikulierend durch die Straßen zog. Nur wenige wunderten sich, was den ‚Professor Waldgeister' heute wohl so aufregte, und ein Pärchen kicherte sich hinter seinem Rücken zu, er müsse wohl mal wieder ein Gespenst gesehen haben, und hielt dies für einen richtig guten Witz.

Sie konnten ja unmöglich ahnen, wie recht sie hatten. Es hätte für den Professor ein so wunderbarer Tag sein können: Alle Welt hätte erfahren, dass er kein harmloser Irrer war, sondern ein begnadeter Wissenschaftler. Sein Ruf wäre wieder hergestellt, das Physikalische Institut würde ihm reuevoll seine alte Stelle anbieten (die er würdevoll ablehnen würde zugunsten einer der vielen anderen Professuren, die ihm angeboten würden), er hätte wieder ein schmuckes Heim, eine Familie... Waldmeister blieb wie angewurzelt stehen. Nein, seine Familie würde er niemals wieder bekommen. Vielleicht würde er seiner Frau eines Tages verzeihen. Sicher würde er seine Kinder von Zeit zu Zeit sehen. Aber eine Familie? Hatte er sich zu Hause je so daheim gefühlt wie bei der dicken Elsie, wenn sie ihn an einem ruhigen

Tag ins Nebenzimmer hereinholte und sich mit ihm bei einem guten Mahl und einem hervorragenden Wein über Gott und die Welt unterhielt?

Der Professor nahm seine rastlose Wanderung durch Maulbronn wieder auf, und, ohne dass es ihm bewusst gewesen wäre, steuerten seine Füße ihn in die Richtung des Klosterhoftores. Ehe er sich versah, stand er vor der Hintertür des ‚Durstigen Maultiers'. Es war später Nachmittag, und für ein Abendessen war er recht früh dran. Da er aber das Mittagessen ausgelassen hatte, müde und ziemlich durcheinander war, setzte er sich kurzerhand auf die Treppe und beschloss, dort so lange zu warten, bis Elsie ihn bemerkte.

Er brauchte nicht lange zu warten. Elsie, eigentlich Elisabeth Märzenkrug, hatte ihren Tag in fast ebenso großer Aufregung verbracht wie der Professor. Der ganze Klosterhof war in hellem Aufruhr. Der tragische Unfall des Mädchens hatte sich natürlich in Windeseile herumgesprochen, halb Maulbronn hatte in den letzten Stunden einen Blick in das inzwischen abgesperrte Paradies geworfen. Die ganze Klosteranlage war den restlichen Tag für Besucher aus Sicherheitsgründen gesperrt worden, und in eben dem Moment, da der erschöpfte Professor sich auf Elsies Hintertreppe fallen ließ, waren nicht weniger als fünf Gutachter damit beschäftigt, das besterhaltene Zisterzienser-Kloster Europas auf mögliche Gefahren und Baufälligkeit hin zu untersuchen.

Über all dem Trubel hatte die gute, dicke Wirtin ihren armen Professor aber nicht vergessen. Den ganzen Tag hatte sie nach ihm Ausschau gehalten. Herr Pillendreher von der Klosterapotheke, der sich zum Zeitpunkt des Unfalls gerade mitten auf dem Platz befunden hatte und daher an diesem Tag einer der gefragtesten Gesprächspartner ganz Maulbronns war, hatte ihr versichert, der alte Geisterjäger, wie er ihn immer abfällig lächelnd nannte, habe unmittelbar beim Paradies gestanden, als der Tumult losbrach. Seither machte Elsie sich große Sorgen. Sie wusste wesentlich mehr über Waldmeisters Vergangenheit, als dieser ahnte. Den Rummel, der damals durch die Presse gegangen war, hatte sie mit großem Interesse verfolgt, und als der ausgediente Professor schließlich im Klosterhof gestrandet war, hatte sie ihn sofort erkannt. Sie hatte ihm dies nie gestanden, ebenso wie sie die Gründe für ihr Interesse an seinem Schicksal nie einer Menschenseele anvertraut hatte. Nun plagte sie die Sorge, dass er, aus Furcht vor einem neuerlichen Zwangsaufenthalt in einer Klapsmühle, der Stadt den Rücken gekehrt hatte. Denn Elsie meinte ganz genau zu wissen, was sich dort drüben im Paradies zugetragen hatte. Und sie hatte ihre Gründe dafür.

So kam es, dass Elsie, kaum dass Waldmeister sich auf ihrer Hintertreppe niedergelassen hatte, vor die Tür trat und erleichtert aufatmete.

„Da sind Sie ja endlich!", rief sie. „Und ganz durcheinander sehen Sie mir aus. Kommen Sie nur erst mal herein!"

Widerstandslos ließ Waldmeister sich am Arm nehmen und ins Hinterzimmer der Gastwirtschaft führen. Im Nu stand eine dampfende Mahlzeit vor ihm, eine Flasche Wasser und ein kleiner Krug Wein. „Essen Sie erst mal tüchtig, damit Sie mir wieder zu Kräften kommen. Ich muss nur eben in der Küche nach dem Rechten sehen, dann komm' ich zu Ihnen."

Der Professor tat dankbar wie ihm geheißen. Mit jedem Bissen und mit jedem Schluck fiel ein wenig von der Anspannung des Tages von ihm ab. Als er schließlich den Teller von sich schob, war nicht nur sein Magen zufriedengestellt. Er fühlte sich mit der Welt und seinem Schicksal versöhnt und alles, was er sich wünschte, war, hier an diesem Platz sitzenbleiben zu dürfen.

Nur zu bald kam Elsie wieder und winkte ihm, ihr zu folgen. Ergeben seufzend erhob er sich, sprach artig seinen Dank für das gute Essen und folgte ihr hinaus in den Flur. Zu seiner Verblüffung führte Elsie ihn an der Hintertür vorbei und eine Treppe hinauf, zu ihren privaten Räumen. Wenige Augenblicke später saß er in einem etwas vernachlässigten, aber sehr gemütlichen Wohnzimmer auf einem durchgesessenen Sofa. Zum ersten Mal seit vielen Jahren befand Waldmeister sich in einem solch intimen Raum, und vor lauter Verlegenheit wusste er kaum, wohin er schauen sollte. Elsie setzte sich ihm gegenüber in einen abgewetzten Ohrenbackensessel, holte tief Luft und verkündete dann mit fester Stimme:

„Ich muss Ihnen etwas gestehen."

Die Überraschungen wollten an diesem Tag einfach kein Ende nehmen. Elsie ließ Waldmeister keine Zeit, sich von dieser neuen zu erholen, sondern fuhr erbarmungslos fort. „Ich weiß, dass Sie nicht verrückt sind", erklärte sie in einem Tonfall, als würde sie ein Staatsgeheimnis ausplaudern. „Ich meine, ich glaube Ihnen nicht nur, sondern ich weiß wirklich, dass es Gespenster gibt. Ich kenne nämlich eines."

Waldmeister starrte sie entgeistert an.

„Sie kennen...?", stammelte er.

„O ja, ich kenne eines. Oder vielleicht sollte ich sagen, ich *kannte* ihn. Ich habe meinen verstorbenen Gatten nämlich schon viele Jahre nicht mehr gesehen."

Waldmeister schloss die Augen und stöhnte. Dies war nun wirklich nicht der richtige Tag, um sich von einer überspannten Witwe anzuhören, ihr seliger Gatte habe sie aus dem Jenseits besucht, um ihr mitzuteilen, wie sehr er irgendeinen Fehltritt bereue oder ähnlichen Unsinn. Als nach der Veröffentlichung seiner Forschungsergebnisse dieser katastrophale Medienrummel losgebrochen war, da waren die Witwen in Scharen gekommen, um ihm Derartiges zu berichten. Alle diese wiedergekommenen Ehemänner ähnelten in ihrer Erscheinung so sehr der Beschreibung des griechischen Gespenstes, die er selbst an die Presse gegeben hatte, dass es ihn nur wunderte, dass die wenigsten von ihnen anmutig durch das jeweilige Wohn- oder Schlafzimmer getanzt waren. Kein Einziger dieser Fälle erwies sich als im Geringsten stichhaltig, und die hinterbliebenen Damen waren allesamt furchtbar anstrengend und nervenaufreibend gewesen. So sehr Waldmeister die gutmütige Wirtin schätzte, so dankbar er ihr war: Er fühlte sich nicht in der Lage, sich ausgerechnet an diesem Tag solch einen Humbug anzuhören. Aber wie konnte er sich, ohne undankbar oder taktlos zu erscheinen, aus der Affäre ziehen? Elsie schien nichts von seiner Verzweiflung zu spüren, denn sie plapperte eifrig weiter.

„Es war nicht hier in Maulbronn, müssen Sie wissen. Wir hatten damals in Speyer eine kleine Wirtschaft, aber nach all der Aufregung habe ich es dort nicht länger ausgehalten." Sie seufzte. „Jedenfalls starb auch er bei einem Unfall, ein ganz absurder Unfall war das, genauso unbegreiflich wie der heute. Vielleicht haben Sie es damals sogar in der Zeitung gelesen? Es ist schon an die... ja, fast fünfzehn Jahre sind es jetzt schon, dass er gestorben ist, der Willi. Riesige Schlagzeilen hat es gegeben, sogar in den Acht-Uhr-Nachrichten war er: *Unverbesserlicher Schürzenjäger vom Dom gerichtet*, und dergleichen." Die dicke Elsie wurde puterrot, erzählte aber tapfer weiter. „Er wurde nämlich auch von einem Stein erschlagen, der sich irgendwie oben, am Dach des Domes, gelöst hatte. Kein Mensch hat je herausgebracht, warum und wie. Und dass die kleine Katie mit ihren Eltern ganz in der Nähe war, als es passiert ist, war für die Presse natürlich ein gefundenes Fressen. Wo doch hinterher rauskam, dass sie von ihm schwanger war, dabei war sie erst siebzehn damals..."

„Er hat mit einer Siebzehnjährigen...?", rief der Professor entrüstet. Er konnte sich überhaupt keine Entschuldigung für ein solches Verhalten vorstellen, zumal der Übeltäter doch eine ganz fabelhafte Ehefrau sein eigen nennen durfte. Arme, gute, dicke Elsie! Einen solchen Halunken hatte sie gewiss nicht verdient.

„Ich fürchte, ja! Und wer weiß, wie viele Kinder er noch der schönen Stadt Speyer geschenkt hat. Ich jedenfalls hab' keines bekommen." Elsie verstummte. Wehmütig sah sie aus dem Fenster, und Waldmeister hätte sie am liebsten in den Arm genommen. Als sie weitererzählte, hatte er das Gefühl, dass sie weit weg war, dass sie vielleicht gar nicht mehr wusste, dass er hier auf ihrem Sofa saß und zuhörte. Fast kam er sich wie ein heimlicher Lauscher vor.

„In der Nacht nach seinem Tod ist er... – er war plötzlich da, schwebte plötzlich direkt vor mir in der dunklen Küche. Ich hab mich nicht einmal gewundert. Ich saß da, hielt mich an der Teetasse fest – sie war längst leer und kalt, ich muss schon mindestens eine Stunde so dagesessen sein. Es war ja noch hell in der Küche, als ich mir den Tee machte..." Sie schluckte ein paar Mal und leckte die trockenen Lippen. Ihr Blick ging jetzt direkt durch Waldmeister hindurch, der ihr aufmerksam lauschte. „Er sah so... seltsam aus, fast wie eine amerikanische Leuchtreklame. Und er konnte meine Gedanken lesen und mit mir sprechen. Ich saß da, während er mir auf seine freche Art erzählte, wie prächtig es ihm ginge und dass ich mir keine Sorgen machen müsse. Natürlich dachte ich, ich würde mir das alles nur einbilden", erklärte Elsie in plötzlich sehr nüchternem Tonfall, und der Blick, den sie Waldmeister dabei zuwarf, machte klar, dass sie ihn keinen Augenblick lang vergessen hatte. „Der Schock, die Erschöpfung und so weiter. Ich war fest überzeugt, dass mir meine Fantasie einen Streich spielte. Dass er durch das Schlüsselloch verschwand, hat mich dann allerdings doch etwas verwundert, aber ich war so schrecklich müde, und sein Besuch hatte mir irgendwie Kraft gegeben... Jedenfalls habe ich nicht viel darüber nachgedacht, sondern bin bald zu Bett gegangen.

Als er das nächste Mal erschien, war es helllichter Tag. Meine Nerven waren in bester Ordnung, und ich war gerade mit der Planung der Mittagsmenus für die kommende Woche beschäftigt. Es gab absolut keine vernünftige Erklärung, warum Willi plötzlich hätte auftauchen sollen. Und so unverschämt, wie er sich benahm, konnte er unmöglich meiner Fantasie entsprungen sein. Tja, und da wurde mir klar, dass ich mich gerade mit einem Gespenst herumstritt."

Ein Professor taucht unter

Der freundliche ältere Herr, der am nächsten Morgen im Schankraum des Durstigen Maultiers frühstückte, erregte bei den Angestellten einiges Aufsehen. Die hübschen, aber winzig kleinen Gästezimmer waren zwar sehr oft belegt, doch ging in der

Küche das Gerücht um, der Gast sei nicht nur spät in der Nacht eingetroffen, sondern er habe das Zimmer auch für mehrere Wochen angemietet – etwas, was noch nie dagewesen war. Normalerweise blieben die Gäste nur eine Nacht. Wer sich länger in Maulbronn aufhalten wollte, quartierte sich in einer der Pensionen oder Ferienwohnungen außerhalb des Klosterbezirks ein, die zumeist um einiges billiger waren, in jedem Fall aber sehr viel komfortabler.

Die alte Köchin wusste außerdem zu berichten, dass der Herr ein Fotograf sei, der an einem Bildband über Maulbronn arbeite. Als Anna, Küchenhilfe, Zimmermädchen und Aushilfskellnerin in einer Person, dies an den Lehrling des Apothekers weitererzählte, war bereits ein weltberühmter Fotokünstler daraus geworden, denn sie war sich ganz sicher, dass sie sein Gesicht schon oft gesehen hatte, im Fernsehen oder in einer der Zeitschriften, die sie so gerne las. Sie hatte ihn tatsächlich schon oft gesehen, die Anna, viel öfter noch, als sie dachte. Und doch täuschte sie sich ganz gewaltig.

Im Nu waren alle Klatschbasen der Stadt über den neuen Gast im Bilde, und wer in Maulbronn gegen Abend noch nicht wusste, dass einer der ganz großen Kunst-Verlage einen üppigen Bildband über das Zisterzienserkloster plante, der war selbst schuld, denn er hatte ganz offensichtlich versäumt, mit seinen Nachbarn einen netten Schwatz zu halten.

Herr Friedrich Meister – unter diesem Namen war der Herr im Gästeverzeichnis des Durstigen Maultiers aufgeführt – machte nicht den Eindruck, als sei er auf ein Gespräch aus. Er saß in einer Ecke des zu dieser frühen Uhrzeit noch leeren Schankraumes und hielt den Blick starr auf sein Rührei gesenkt. Anna scharwenzelte um ihn herum und fragte ihn unnötig oft nach seinen Wünschen, doch er vermied es, ihr in die Augen zu sehen, und versicherte nur immer wieder, er sei sehr zufrieden. Also begnügte sie sich notgedrungen damit, sein Äußeres unter die Lupe zu nehmen, und das bot durchaus einen bemerkenswerten Anblick. Herr Meister sah gepflegt aus – und doch auch wieder nicht. Sein glattrasiertes, rosiges Gesicht passte nicht zu den stümperhaft geschnittenen Haaren, die andererseits frisch gewaschen und akkurat gekämmt waren. In der Brusttasche seines feinen blauen Anzuges steckte ein schneeweißes Seidentuch. Doch der Anzug passte ihm überhaupt nicht, so als habe es bei der Reinigung eine Verwechslung gegeben und er habe nur noch nicht bemerkt, dass er den Anzug eines kleineren und dickeren Mannes trug. Anna war nicht umsonst Mädchen für alles im Maultier, sie hatte eine rasche Auffassungsgabe und war überhaupt fix bei allem, was sie tat, und so kam sie schnell zu der Überzeugung, dieser Herr Meister müsse so berühmt sein, dass er es vorzog, inkognito zu reisen – und wahrscheinlich hatte er überhaupt einen ganz anderen Namen.

Herr Meister bemerkte zunächst gar nicht, wie genau die Maulbronner ihn unter die Lupe nahmen. Das war auch besser so, denn er fühlte sich in seiner Haut ohnehin sehr unwohl. Gleich nach dem Frühstück machte er sich daran, jeden einzelnen Winkel der Klosteranlage aufzusuchen, und stets gebrauchte er dabei einen kleinen Apparat, von dem alle annahmen, er untersuche damit die Lichtverhältnisse, denn die waren für einen Fotografen natürlich von großer Bedeutung. Dass sein Gesicht allen merkwürdig bekannt vorkam, war für seine Berühmtheit ebenso ein Beweis wie die Zurückhaltung, ja Ablehnung, mit der er den Menschen begegnete. Er mied ihre Blicke, konzentrierte sich ganz auf den kleinen Apparat, mit dem er durch das Kloster eilte, und wurde immer aufgeregter und rotwangiger. Als er gegen Mittag zum Essen im Gasthof eintraf, sah er aus, als hätte er eben einen Hauptgewinn im Lotto gezogen.

Kaum hatte er sich gesetzt, da kam auch schon der Apotheker Pillendreher auf ihn zu und fragte ihn, ob er ihn zu einem Bier einladen dürfe und wie er denn mit seiner Arbeit vorankäme. Erschrocken sah Herr Meister zur Wirtin hinüber, die ihm aufmunternd zulächelte.

„Ähem, sehr gerne, herzlichen Dank, sehr gut", stotterte er und nahm ein großes Glas Bier entgegen. Herr Pillendreher verstand dies als Aufforderung, sich zu setzen.

„Natürlich sind wir hier in Maulbronn an Fotografen gewöhnt! Auch das Fernsehen kommt oft, um Aufnahmen zu machen. Trotzdem möchte ich Ihnen versichern, und ich spreche gewiss auch im Namen der anderen Bürger Maulbronns, dass wir überaus stolz sind, gerade *Sie* hier zu haben."

Herr Meister schluckte. „Oh, äh, danke", stammelte er.

„Dürfen Sie denn schon Näheres verraten?", fragte Herr Pillendreher beiläufig, die Verlegenheit seines Gesprächspartners taktvoll übergehend. „Ich meine, welcher Verlag Sie beauftragt hat, wann der Bildband erscheinen soll..."

Hilflos starrte der vermeintliche Fotograf den Apotheker an. Konnte es sein, dass dieser ihn tatsächlich nicht erkannt hatte? Und was wollte der Kerl nur von ihm hören? In diesem Augenblick nahte die Rettung in Form eines Kalbskoteletts, das Elsie höchstpersönlich auftrug. „Versuchen Sie auch Ihr Glück, Herr Pillendreher?", mischte sie sich fröhlich ein. „Ich fürchte, Sie fragen vergeblich. Herr Meister hat mir versichert, er sei vertraglich zum Schweigen verpflichtet. Dabei habe ich mir solche Mühe gegeben, ihn auszuhorchen!"

„Vielen Dank!", seufzte Herr Meister, und es war ihm anzusehen, dass er nicht nur den dampfenden Teller meinte.

„Oh, natürlich", entschuldigte sich Pillendreher, „ich dachte es mir schon. Nichts für ungut. Dann möchte ich Sie mal nicht weiter belästigen. Wenn unsere Elsie mit ihrem Charme nichts aus Ihnen herauslocken konnte, dann werde *ich* gewiss nichts ausrichten können. Aber vielleicht darf ich weitererzählen, dass es um einen großen Bildband geht, der vorläufig aber noch geheim gehalten werden soll? Sie verstehen, die Leute werden Sie dann nicht belästigen..."

„Oh, ja, gut. Vielen Dank", stammelte Herr Meister und sah dem Rücken des sich entfernenden Apothekers nach. Dann wandte er sich verzweifelt an seine Wirtin: „Ich kann das nicht!", stöhnte er, „entweder, sie werden mich bald durchschauen, oder ich werde künftig als der stotternde Fotograf von Maulbronn bekannt sein!"

Elsie lachte gutmütig. „Mach dir mal keine Sorgen, Friedemann. Morgen beachten sie dich schon nicht mehr. Du solltest nur hin und wieder meinen alten Fotoapparat benutzen. Fotografen machen das nämlich so."

„Oh, ja natürlich, wie recht du hast", erwiderte Friedemann Waldmeister errötend. „Ich werde den ganzen Nachmittag fotografieren, ich verspreche es dir, liebe Elsie."

Nun war es an der dicken Wirtin, zu erröten. Es machte die beiden noch etwas verlegen, dass sie sich nun duzten. Aber der Köchin, die gerade in diesem Augenblick ins Gastzimmer guckte, um nachzusehen, ob es sich wohl lohnte, die Anna noch mehr Salat putzen zu lassen, stieß einen leisen Pfiff aus und lächelte wissend. „Da wird das Maultier wohl doch noch einen Mann ins Haus bekommen!", murmelte sie vergnügt und ging in die Küche zurück, um einen feinen Nachtisch zuzubereiten für die Wirtin und ihren Gast.

Trixi geht in Klausur

Der Kreuzgang des Klosters lag noch in völliger Dunkelheit, doch Trixi wusste, dass die Sonne schon bald aufgehen würde. In einem der Bogenfenster sitzend lauschte sie dem Wasser, das im Brunnenhaus gleich neben ihr geheimnisvoll gluckste, plätscherte und tropfte. Sie wäre gerne zum Brunnen gegangen, um ihre Hände in das kalte Wasser zu tauchen, aber das traute sie sich nicht. Irgendwie hatte in den Prismatischen Geboten auch Wasser eine Rolle gespielt, sie wusste aber den genauen Wortlaut nicht mehr. Und die vergangenen Stunden hatten Trixi gelehrt, die Gebote ernst zu nehmen, denn sie hatten sich auf grausame Weise als sehr begründet erwiesen. Sie durfte sich den Sterblichen nicht zeigen: Dieses Gebot würde sie nie wieder vergessen. Zwar diente es nicht ihrem eigenen Schutz, wohl aber dem der Sterblichen, wie Sabines Reaktion sehr eindrücklich bewiesen hatte. Und dass sie im Klosterbezirk bleiben musste, war nur eine Folge des ersten Gebots. Denn wohin hätte sie schon gehen können? Wie auch immer, Trixi beschloss, den Klosterbezirk oder besser noch die Klausur nicht mehr zu verlassen. Es war schlimm genug gewesen, zuzusehen wie Kreissägen-Sabine dem Wahnsinn verfiel. Das nächste Mal konnte es jemanden treffen, um den es wirklich schade war.

Daran, dass das Dasein als Leuchte eine Strafe für irgendwelche Sünden darstellte, konnte Trixi allerdings nicht so recht glauben. Was für Sünden hatte Hansel denn schon begangen? Er hatte gegen die Ordensregeln verstoßen, gut, aber wenn es ein gnadenlos strenger Gott war, der sie alle strafte, wie sah es dann mit dem Alten aus? War der dann auch vom Gott der Christen bestraft worden, oder war es in seinem Fall einer der vielen römischen Götter gewesen? Nein, das machte einfach keinen Sinn. Viel eher glaubte Trixi, dass es eine Art Asyl war, so wie das Paradies früher Verfolgten als Asyl gedient hatte. Nur dass diese Verfolgten ihr Asyl nach einiger Zeit wieder verlassen durften – oder mussten. Und die Leuchten hatten offenbar Bleiberecht für alle Zeiten, ob ihnen dies lieb war oder nicht.

Seit Hansel seine Geschichte erzählt hatte, trieb Trixi dieser Gedanke um. Er hatte sich weit fort gewünscht, und sein Wunsch war auf makabre Weise erhört worden. Auch sie hatte sich weit weg gewünscht. Vielleicht war es ihnen allen so gegangen?

Was war dann mit Radulfus? Die Frage ließ Trixi seit ihrem Gespräch nicht mehr los. Sie meinte genau zu wissen, was Hansel ihr verschwiegen hatte: Radulfus musste der Mönch gewesen sein, über den Hansel und die Frau gesprochen hatten. Und weil die Frau bestimmt nicht vom ‚Bruder Kellermeister' gesprochen hatte, musste Radulfus nun ohne seine Amtsbezeichnung durch das Kloster geistern. Das ergab zur Abwechslung einmal einen Sinn. Radulfus war dazu gekommen, hatte gehört, worüber die beiden sprachen, oder es einfach erraten - und sich weggewünscht. Genau wie Hansel, als der plötzlich den strengen Radulfus vor sich sah. Blieb nur eine Frage offen, und zwar die spannendste: Was hatte Radulfus Schreckliches angestellt?

Plötzlich schreckte Trixi auf: Es war inzwischen hell geworden, nicht mehr lange, dann würden die ersten Besucher im Kloster eintreffen. Sie musste sich schnell ein Versteck suchen. Aber wo sollte sie hin? Sie kannte ja nur die Räume, die zur Besichtigung offen standen. Und weite Teile der Anlage dienten als Schulräume eines Internats, dort durfte sie sich auf keinen Fall hin verirren, denn die Schüler waren bestimmt früher unterwegs als die Touristen. Irgendeine Dachkammer mit viel Gerümpel wäre genau das Richtige... Trixi suchte gerade die Dächer über den Kreuzgängen nach Luken ab, als sie die gehässige Stimme von Radulfus zusammenzucken ließ.

„Bellatrix im Paradies, was tust du hier? Es ist Tag, warum verbirgst du dich nicht?"

Trixi fuhr herum und sah zu ihrer Erleichterung, dass Radulfus nicht alleine war. Neben ihm schwebte Hansel. Sie wollte gerade den Mund öffnen, um eine freche Antwort zu geben (was hatten *sie* beide denn hier zu suchen, am helllichten Tag?), als Hansel ihr zuvorkam, vielleicht, weil er ihre Gedanken las. „Weißt du nicht, wo du dich am besten verstecken kannst, mein Kind?", fragte er betont sanft. Seine Augen blitzten dabei allerdings warnend, daher schluckte Trixi die Worte, die ihr auf der Zunge lagen, hinunter und nickte.

„Es war eigentlich Bruder Johanns Aufgabe, dir solch elementare Dinge möglichst schnell beizubringen", giftete Radulfus. „Ich würde für die erste Stunde etwas Ortskunde vorschlagen", wandte er sich an Hansel, „und bevor sie die Gebote und den Grundriss der Gebäude nicht auswendig kennt, sollte sie überhaupt nicht so unbeaufsichtigt herumgeistern!"

Das Licht in Hansels Kopf wechselte auf zartes Rosa, doch seine Miene blieb ruhig. Er antwortete Radulfus mit einer leichten Verbeugung und bedeutete Trixi mit einem Nicken, ihm zu folgen. Als sie außer Hörweite des strengen Chorherrn waren, erklärte er:

„Radulfus verlangt, dass ich dir richtige Schulstunden gebe. Vermutlich hat er gehofft, dass ich ablehne, dann hätte er dich selbst unterrichten können. Ich nehme an, du ziehst mich als Lehrer vor?"

„Ja, klar!", versicherte ihm Trixi, der es bei der Vorstellung, Einzelunterricht bei Radulfus nehmen zu müssen, knisternd den Rücken hinablief. „Aber was willst du mir denn beibringen? Du hast doch gesagt, du kannst nicht mal lesen und schreiben."

„Oh, wenn ich dich richtig verstanden habe, brauchst du darin ja auch keinen Unterricht mehr. Nein, es geht um die Prismatischen Gebote und ganz allgemein um dein Dasein als Leuchte. Es gibt tatsächlich noch eine Menge Dinge, die du lernen musst. Ich dachte nur, wir könnten das alles etwas gemütlicher angehen." Sie waren inzwischen in einen schmalen Gang gelangt, von dem verschiedene Türen abgingen. „Dieser Teil der Anlage ist etwas baufällig und wird daher kaum genutzt.*) Besonders diese Tür dort ist immer verschlossen. Du wirst gleich selbst sehen warum", erklärte Hansel. Dann deutete er einladend in Richtung Schlüsselloch: „Bitte, nach dir."

Trixi sah sofort, was Hansel gemeint hatte: Im Boden des Raumes, in den sie gelasert waren, klaffte ein riesiges Loch. Ansonsten wirkte der Raum nicht wirklich baufällig, nur etwas vernachlässigt. Eine dicke Staubschicht auf Boden und Möbeln zeigte, dass das Zimmer schon sehr lange nicht mehr betreten worden war. Trixi konnte es den Menschen nicht verdenken, sie selbst war ausgesprochen dankbar dafür, dass sie als Gespenst keinen Boden unter den Füßen brauchte.

Es war ein Klassenzimmer. Möbel und Tafel wirkten etwas altertümlich, ihre Bestimmung aber war

---

*) Nur um das klarzustellen: Meines Wissens gibt es in der ganzen Klosteranlage keine baufälligen oder sonst irgendwie gefährlichen Stellen. Diese Geschichte sollte Dich also nicht von einem Besuch in Maulbronn abhalten, im Gegenteil!

eindeutig. Sogar Schulbücher, Hefte und Stifte lagen noch herum. Dort, wo jetzt das Loch im Boden war, musste zuvor eine Schulbank gestanden haben. Fröstelnd wagte Trixi einen Blick nach unten. Sie konnte tatsächlich die Trümmer erkennen, sie lagen allerdings nicht direkt unter dem Loch, sondern waren ein Stück zur Seite geräumt worden, so als habe man etwas frei räumen müssen, das darunter begraben worden war. Etwas oder vielleicht eher *jemanden*...

„Hansel?", fragte Trixi, ohne den Blick von den Trümmern zu wenden. „Wen hat es denn da erwischt?"

„Du müsstest ihn eigentlich bei deinem Empfang gesehen haben. Allerdings sieht er recht unscheinbar aus und hält sich gerne im Hintergrund. Ein mageres Kerlchen mit Spitzbart und dunklem Anzug. Trägt Augengläser."

Trixi versuchte sich zu erinnern. Es mussten so ungefähr ein Dutzend Leuchten bei ihrem ‚Empfang' anwesend gewesen sein, sie hatte aber nicht alle beachtet. Außer dem Alten und den beiden Mönchen war da noch ein reichlich irre aussehender Tattergreis gewesen, aber den konnte man beim besten Willen nicht als unscheinbar bezeichnen.

„Was ist mit ihm passiert?", fragte sie und schwebte vorsichtig in den Raum unter dem Klassenzimmer, um sich dort ein wenig umzusehen. Es war düster und unheimlich.

„Oh, über *seine* Geschichte weiß ich tatsächlich etwas. Er hat einiges erzählt."

„Was ist das für ein Raum hier, wozu war der gut?", unterbrach Trixi ihn. Sie konnte sich absolut nicht vorstellen, wofür das Gewölbe genutzt worden war. Der Boden bestand aus festgestampftem Lehm, und es roch muffig und nach Keller.

„Das war der Karzer, das Schulgefängnis."

„Das *was*?", keuchte Trixi und sauste durch das Loch zurück ins Klassenzimmer, das ihr auf einmal sehr gemütlich und einladend erschien. „Wozu braucht eine Schule ein Gefängnis?"

Johann lächelte verschmitzt. „Um kleinen, unfolgsamen Gören bei ihrer Suche nach dem rechten Weg ein wenig beizustehen. Ich kann mir vorstellen, dass es unserem Bruder Radulfus sehr leid tut, dass man in diesem Kellerloch keine minderjährigen Leuchten einsperren kann."

Trixi starrte den kleinen, dicken Mönch misstrauisch an. Sie konnte an diesem scheußlichen Karzer absolut nichts Komisches entdecken. „Du wolltest mir erzählen, was hier passiert ist!", erinnerte sie ihn mit zusammengezogenen Augenbrauen.

„Die Geschichte von Hampelmann im Karzer..."

„*Hampelmann?*", kicherte Trixi, „das ist nicht dein Ernst!"

„Oh doch und du solltest dankbar sein, dass du den Namen ‚Bellatrix im Paradies' trägst! Der arme Hampelmann hieß eigentlich Kampelmann und war Lehrer in der Klosterschule. Wie er uns selbst erzählt hat, war er mit einer Schulklasse, die ihr erstes Jahr in Maulbronn verbrachte, in den Karzer gegangen. Zur Motivation und Läuterung der Gedanken, wie er sich ausdrückte. Wenn du mich fragst, wollte er ihnen einfach Angst einjagen. Jedenfalls hat der kleine Ausflug nicht auf alle Schüler abschreckend gewirkt. Zwei Lausbuben haben ihn tatsächlich im Karzer eingesperrt, angeblich aus Versehen. Die armen Bengel waren vom Erfolg ihres Streiches später völlig verstört."

„Das heißt, während er alleine im Karzer eingesperrt war, ist die Decke eingestürzt?"

„So ist es. Glücklicherweise war zu diesem Zeitpunkt dieses Klassenzimmer hier leer, es war nämlich seines, und seine Schüler befanden sich ja alle im

Kellergang vor dem Karzer. Als Hampelmanns Leuchte Gestalt annahm schrie er völlig außer sich, seine Schüler hätten ihn umgebracht und der Karzer sei voller Ratten – was nebenbei gestimmt hat, ich meine, das mit den Ratten. Er hatte schreckliche Angst vor Ratten. Ich glaube, seit seiner Prismatischen Stunde hält er sich nur noch an Orten auf, wo er sicher sein kann, dass er keinem Nagetier begegnet."

„Hätte er seine Schüler eben nicht in dieses eklige Verlies führen sollen", knurrte Trixi. Dieser Hampelmann hatte ihrer Meinung nach sein Schicksal verdient. Aber etwas an Hansels Erzählung hatte sie aufhorchen lassen. „Was meinst du mit *als seine Leuchte Gestalt annahm*? Warst du denn bei seinem Tod dabei?"

„Du solltest dir abgewöhnen, in diesem Zusammenhang das Wort Tod zu gebrauchen, Bellatrix im Paradies", ermahnte Johann sie streng. „Wir alle hoffen und glauben, dass unser jetziges Dasein einmal ein Ende haben und es uns gestattet sein wird, dorthin zu gehen, wo die Menschen nach ihrem Tod sein sollten."

„Natürlich, Verzeihung!", murmelte Trixi wenig überzeugt. Sie hatte es mit dem endgültigen Sterben im Moment gar nicht eilig. „Aber warst du nun bei seinem... – seinem was auch immer dabei oder nicht?"

„Wenn ein Mensch in diesem Kloster durch das Große Prisma geht, das seine lichte Gestalt vom festen Körper trennt, so werden unweigerlich alle Leuchten dieser Gemeinschaft vom Ort des Geschehens oder vielleicht eher vom Prisma selbst angezogen. Ich habe nicht gesehen, wie dem armen Kerl die Decke auf den Kopf gefallen ist, aber im nächsten Augenblick waren wir alle zur Stelle. Es ist, nebenbei bemerkt, ein scheußliches Gefühl, wenn man nichts ahnend in einem Schrank ruht oder in einer abgelegenen Dachkammer sehnsüchtig an die vergangenen Freuden einfacher Mahlzeiten denkt, und plötzlich zwingt dich ein unwiderstehlicher Sog, dich zu verdichten und wie der Blitz zu einer Leiche zu sausen." Hansel schüttelte sich.

„Was genau passiert dann?", bohrte Trixi nach. „Ich meine, was sieht man, wenn jemand zur Leuchte wird?"

„Oh, es ist eigentlich ein sehr schöner Anblick. Das mag dir seltsam erscheinen, denn der Anlass ist ja ein sehr trauriger, und der leblose Körper sieht meist fürchterlich aus. Die Welt versinkt in grauem Nebel und steht still. Aber dann dringen aus den Augen gleißend weiße Lichtstrahlen. Dicht über dem Körper fächern sie sich auf in zwei herrlich funkelnde Regenbögen. Und diese verbinden sich zu einer Art Nebel, der sich bald darauf zu einem Lichtkörper zusammenzieht. – Ich fürchte, das ist eine armselige Beschreibung für dieses großartige Mysterium."

Trixi fand dies nicht. Es war eine wunderschöne Beschreibung. Sie sah wieder die farbigen Nebel vor sich. War es möglich, dass sie sich selbst in diesem Übergangsstadium gesehen hatte? Sicher war es falsch von ihr, aber plötzlich verspürte sie den starken Wunsch, selbst einmal Zeugin einer Prismatischen Stunde zu werden.

Geistern für Fortgeschrittene

Hansel fand sich nur schwer in seine Rolle als Lehrer. Trixi fragte sich schon bald, ob er überhaupt jemals so etwas wie Schulunterricht kennengelernt hatte. Er schien zwar viel zu wissen, aber es waren meist Dinge, die mehr mit Erfahrung zu tun hatten als mit theoretischem Lernen.

Mit den Prismatischen Geboten kam er ganz gut zurecht. Er sagte einfach eines nach dem anderen auf, so dass bei Trixi weniger der Wortlaut hängenblieb als vielmehr die wichtigsten Aussagen. Das meiste davon wusste sie schon. Es war den Leuchten verboten, sich tagsüber zu zeigen, sich überhaupt lebenden Menschen („Sterblichen") zu zeigen oder das Kloster zu verlassen. Diese Gebote waren einleuchtend, obwohl Trixi sie schon überschritten hatte. Was sie überhaupt nicht interessierte, war das ganze Brimborium um die Einhaltung der Gebote, all die schrecklichen, aber nicht näher aufgeführten Folgen, die ihr drohten, wenn Sonnenlicht oder Menschenblicke auf sie trafen. Trixi war fest davon überzeugt, dass diese Gebote nur dem Schutz der Sterblichen dienten.

Merkwürdig war das Gebot, Wasser zu meiden („größter Feind der Leuchten ist das nasse Element, dies gilt es zu meiden, denn es steht in unversöhnlicher Feindschaft zum Element Feuer"). Konnte Wasser sie auslöschen? Trixi konnte es sich nicht vorstellen, immerhin konnte Licht Wasser durchdringen. Aber sie war sich nicht sicher, dass sie der Frage näher auf den Grund gehen wollte, und beschloss, dieses Gebot ungeprüft zu akzeptieren.

Besonders faszinierte sie, dass sie die Kleidung anbehalten musste, mit der sie in die Welt der Leuchten eingegangen war. Irritiert starrte sie auf ihre türkis leuchtenden Hosenbeine und die orange glimmenden Turnschuhe. Ohne das betreffende Gebot wäre ihr überhaupt nicht der Gedanke gekommen, dass sie an ihrer äußeren Gestalt etwas ändern konnte. Sie überlegte gerade, ob sie, nur versuchshalber, einen Schuh ausziehen sollte, als ihr Hansel zuvorkam.

„Du solltest das besser nicht versuchen!", ermahnte er sie streng.

„Warum nicht? Hast du es schon mal getan?"

Das Leuchten in Hansels Gesicht wechselte von fahlem, grünstichigem Weiß auf Hellrot. „Ich... ähem...nun", stotterte er bestürzt.

„Du hast es versucht!", jubelte Trixi. „Erzähl, was ist passiert?"

Der arme Mönch wand sich vor Verlegenheit, und das Hellrot verwandelte sich in ein beunruhigend flackerndes Dunkelrot, aber Trixi blieb gnadenlos. „Wie soll ich die Gebote verstehen und befolgen, wenn ich nicht genau darüber Bescheid weiß?", drängte sie.

Ein tiefer Seufzer kündigte Hansels Kapitulation an. „Ja, ich habe es getan, und ich habe es tausendfach bereut. Die Prismatischen Gebote haben wir erst hinterher aufgestellt, als klar wurde, wie wichtig gewisse Einschränkungen für uns sind. Manche mögen dir unsinnig erscheinen, daher werde ich dir erklären, wie es zu diesem einen Gebot kam. Ich hoffe sehr", fügte er streng hinzu, „dass es dir hilft, auch die anderen zu akzeptieren. Du verlangst viel von mir, ich erwarte, dass du mein Vertrauen nicht enttäuschst!"

„Ich verspreche dir, dass ich mir große Mühe geben werde", versicherte Trixi eilig, „und ich werde auch ganz bestimmt nichts weitererzählen!"

„Du handelst klug, indem du dein Versprechen so vorsichtig formulierst", erwiderte Hansel lächelnd. Er wirkte plötzlich schrecklich müde. „Ich werde gewiss nie mehr von dir verlangen, als dass du dir Mühe gibst.

Wir waren damals erst zu fünft, und niemand konnte mir erklären, was mit uns geschehen war. In der ersten Zeit nach meiner Prismatischen Stunde versuchte ich die Ordensregeln weiter zu befolgen, aber es zeigte sich bald, dass dies unmöglich war. Uns wurde schnell klar, dass wir uns unseren Mitbrüdern nicht zeigen durften, wie also sollten wir den Stundengebeten beiwohnen? Wir warteten, bis die Mönche die Kirche verlassen hatten, dann begab sich Radulfus in den für die Chorherren bestimmten Teil und ich blieb in der Laienkirche, lauschte auf seine einsame Stimme und versuchte, so gut es mir möglich war, am Gottesdienst teilzunehmen. Oft war uns nicht einmal dies möglich, weil einer der Mönche in der Kirche verharrte, um Buße zu tun.

Arbeiten gab es keine für uns zu verrichten. Bruder Radulfus vor der Mühle war schon zu Lebzeiten einer der strengsten und unnachgiebigsten Wächter über die Laienbrüder gewesen, und nun begann er, mir für die Sünden, die mich durch das Prisma geführt hatten, immer neue Bußen aufzuerlegen. Er geißelte*) mich täglich und verlangte von mir, dass auch ich ihn täglich geißelte. Schon zu Lebzeiten hat Radulfus ständig nach der Geißel verlangt, und viele Mönche munkelten, dass ein Chorherr, der so vorbildlich nach den Ordensregeln lebte und trotzdem

---

*) Geißelung: Besonders unschöne Art der Buße oder Strafe: Die Geißel ist schlicht und ergreifend eine Art Peitsche. Den Rest kannst Du Dir sicher vorstellen. Für Leuchten dürfte die Geißelung eher unangenehm als schmerzhaft sein, aber da fehlen noch wissenschaftliche Untersuchungen.

ununterbrochen Buße tat, sich des Hochmuts schuldig machte. Nun, ich wusste inzwischen, dass es bei Bruder Radulfus *kein* Hochmut war, aber das hat mir diese grässliche Pflicht nicht leichter werden lassen." Erschrocken hielt Hansel inne und starrte misstrauisch Trixi an, die sich bemühte, so auszusehen als habe sie nicht verstanden, was Hansel da eben zugegeben hatte: Nämlich dass tatsächlich Radulfus der Mönch gewesen war, gegen den die Frau damals Anklage erhoben hatte.

„Nun", fuhr Hansel fort, „jedenfalls begann ich innerlich zu rebellieren. Ich haderte nicht nur mit meinem Dasein als Leuchte, mit meinen Pflichten als Mönch. Nein, ich haderte mit meinem Gott. Ich begann zu zweifeln an den Glaubenssätzen, nach denen ich gelebt hatte. Und ich kam zu der Überzeugung, der Übergang zur Leuchte, mein leiblicher Tod, habe mich von meinen Gelübden befreit. Also weigerte ich mich, Radulfus weiterhin zu gehorchen, und in meinem verblendeten Zorn zog ich mein Obergewand aus und warf es in den Schmutz. Verbittert irrte ich durch das Kloster. Alle Kraft, alle Zuversicht hatte mich verlassen.

In dieser Nacht erblickte mich ein Mönch."

Es dauerte eine Weile, bis Hansel weitersprechen konnte. Zu spät wurde Trixi klar, wie sehr er unter dieser Erzählung litt, und es tat ihr nun doch leid, dass sie so in ihn gedrungen war. Aber zugleich wollte sie unbedingt wissen, was passiert war.

„Einzelne Mönche hatten Leuchten schon vorher gesehen. Sie waren stets bis ins Mark erschrocken, und es wurde mehr als eine Messe für unser Seelenheil gelesen. Doch diesmal war es anders. Ich sah seine vor Entsetzen aufgerissenen Augen und wunderte mich zuerst nur, ja, ich wurde sogar zornig. Doch dann keimte in mir der Verdacht, dass ich vielleicht aus Versehen auch das Untergewand heruntergerissen hatte und nun nackt dastand, und ich sah an mir herab.

Ich war nicht nackt. Nein, da war – nichts, gar nichts! Meine Hände schwebten in der Luft und tasteten nach meinem Körper, aber er war nicht mehr da. Ich war entsetzt, denn dies schien die Strafe für mein Rebellieren zu sein. Als der Mönch mir sein Kruzifix entgegenstreckte und mit sich überschlagender Stimme zu beten begann, floh ich aus dem Kloster. Ich wusste nicht, wohin, sondern raste völlig verstört davon und über die Grenzen der Klosteranlage hinweg. Und dann...", Hansel stockte, Lichtschauer liefen über seinen Körper, und als er weitersprach, klang seine Stimme rau. „In dem Augenblick, da ich das Klostergelände verließ, spürte ich, wie sich mein Mönchsgewand über mich legte.

Es gibt kein Entrinnen", versicherte Hansel und sah dabei Trixi fest in die Augen, als wollte er sicher gehen, dass sie dies nie wieder vergessen würde. „Wir müssen bleiben, wo wir sind und wie wir sind. Vielleicht wartet eines Tages die Erlösung auf uns, ich glaube fest daran. Es mag sinnlos sein zu versuchen, weiter nach den Regeln zu leben, die für uns als Menschen gegolten haben, aber die Prismatischen Gebote müssen wir befolgen, wenn wir nicht Unheil anrichten wollen. Der Mönch, der mich damals erblickte, sah nur meinen Kopf und meine Hände. Er wurde bei diesem Anblick wahnsinnig und ist nie wieder gesund geworden. Sein vom Irrsinn verzerrtes Gesicht verfolgt mich noch heute, viele hundert Jahre nach seinem Tod."

Im Karzer

Hansel fand, dies sei genug für einen Unterrichtstag, und wollte sich schon verabschieden, als Trixi ihn an Radulfus' Forderung auch Ortskunde zu behandeln, erinnerte. Dieses Fach war ihr wichtig, denn sie hatte bereits festgestellt, dass es unklug war, durch ein Schlüsselloch zu lasern, ohne vorher zu wissen, was sie dahinter erwartete.

Diesmal gab es keine auswendig gelernten Sätze, die Hansel hätte herunterbeten können. Er nahm eines der herumliegenden Schulhefte und einen Stift und zeichnete als erstes ein langes Rechteck, das er ungefähr in der Mitte unterteilte.

„Das ist die Kirche", erklärte er, „auf dieser Seite ist die offen zugängliche Laienkirche, die durch den Ern*)", er deutete auf die Trennlinie, „von der Kirche der Chorherren getrennt ist."

Trixi griff nach einem Stift und beschriftete die beiden Kirchenteile. Nun zeichnete Hansel an der einen Längsseite der Kirche den Kreuzgang ein und fügte nach kurzem Überlegen das Brunnenhaus hinzu. Doch dann begannen die Schwierigkeiten. Kaum hatte er eines der weiteren Bauteile skizziert und Trixi diesen Teil beschriftet, da fiel Hansel auf, dass für einen bestimmten Raum nicht mehr genug Platz blieb. Da sie keinen Radiergummi hatten, begann Hansel Linien durchzustreichen und neue hin-

---

*) Ern: auch Chorschranke genannt. Hohe Trennwand, die den für die Chorherren bestimmten Teil der Kirche vor Blicken schützte. Auf diese Weise konnten die Mönche gleichzeitig mit den Laienbrüdern die Stundengebete abhalten, ohne mit diesen in Kontakt zu kommen.

zuzufügen, und schon bald hatte der Plan sich in ein wüstes Durcheinander verwandelt, aus dem man höchstens ersehen konnte, dass so ein Kloster eine komplexe Angelegenheit war. Seufzend legte Hansel den Stift aus der fast erloschenen Hand und knetete diese mit seiner anderen, um den Lichtfluss anzuregen. Trixi, deren eigene Rechte vom Beschriften des Kuddelmuddels bleischwer geworden war, machte es ihm nach.

„Ich fürchte, ich bin nicht dafür geschaffen, solche Pläne zu zeichnen. Am besten wird es sein, wir sehen uns alles vor Ort an, und du merkst dir eben, was du siehst. Aber jetzt machen wir erst einmal eine Pause. Du bleibst in diesem Raum, bis es dunkel wird. Dann hole ich dich ab, und wir erforschen zusammen ein wenig das Kloster."

„Und wo gehst du jetzt hin?", fragte Trixi erstaunt. „Es ist doch Tag, du wirst bestimmt Menschen begegnen!"

„Meinst du?", entgegnete Hansel verschmitzt. „Ich denke, nach ein paar hundert Jahren wirst auch du in der Lage sein, dich unbemerkt durchs Kloster zu bewegen."

Er winkte kurz zum Abschied, ein orangefarbener Blitz, und er war weg.

Trixi legte sich in die Luft und sah gelangweilt zu einem der schmutzigen Fenster hinaus. Es konnte höchstens Mittag sein, sie musste also noch unzählige Stunden im Versteck bleiben.

Das Klassenzimmer war gar nicht so übel für die langen Stunden des Tages. Viel angenehmer jedenfalls als einer der dunklen Kellerräume.

Andererseits waren dunkle Kellerräume irgendwie interessanter. Langsam schwebte sie hinab in den alten Karzer der Klosterschule. Ob die Internatsschüler, die gerade jetzt in einem anderen Klassenzimmer des Klosters Latein oder Griechisch büffelten, diesen Raum wohl kannten? Die Tür des Karzers war aus so dunklem Holz gefertigt, dass es fast schwarz aussah. Trixi achtete sorgfältig darauf, sie nicht zu berühren, während sie das Schlüsselloch untersuchte. Es bot bequem Platz zum Lasern, und sie hätte zu gerne gewusst, wo die Tür hinführte. Andererseits hatte das bisschen Schreiben viel von ihrer Energie gekostet, der Bleistift hatte ihr das Licht buchstäblich aus den Fingern gesogen. Und sie hatte Hansel ihr Wort gegeben...

In ihren ersten Unterrichtsstunden hatte sie eine Menge erfahren, aber sie war sich ziemlich sicher, dass sie sich selbst darum kümmern musste, wenn sie sich bald im Kloster zurechtfinden wollte. Irgendwo musste es doch Grundrisszeichnungen geben, Pläne der Klosteranlage... Plötzlich erinnerte Trixi sich daran, dass es an der Klosterkasse Bücher über das Kloster zu kaufen gab. Auch eine Buchhandlung gab es innerhalb der Klosteranlage, und wahrscheinlich gab es auch irgendwo eine kleine Bibliothek für das Internat. Gerade hatte sie sich vorgenommen, in der kommenden Nacht nach einem geeigneten Buch zu suchen*), als sie plötzlich mit Schrecken Radulfus bemerkte, der sie durch das Loch in der Decke böse anfunkelte.

„Der Unterricht ist, wie ich sehe, beendet, und du widmest dich deinen Hausaufgaben", zischte er mit eisiger Miene.

Trixi spürte die Wärme des roten Lichtes in ihrem Gesicht. „Han... Bruder Johann hat mir keine aufgegeben. Aber sobald es dunkel ist, machen wir weiter!", fügte sie hastig hinzu, als sie den wütenden Blick des dürren Mönches sah.

„Komm herauf! Ich will sehen, was du gelernt hast."

---

*) Die Mühe kannst Du Dir sparen. Ich habe im Anhang natürlich einen Plan beigefügt.

Trixi beschloss, dass es besser war zu gehorchen. Außerdem fand sie, dass sie für einen Vormittag tatsächlich viel gelernt hatte. Oben im Klassenzimmer öffnete sie den Mund, um aufzuzählen, was sie alles wusste, doch Radulfus kam ihr zuvor.

„Was befindet sich über dem Laienrefektorium?"

„Äh...", stotterte Trixi überrascht.*)

„Dachte ich es mir doch. Aber keine Hausaufgaben!", schnaubte Radulfus verächtlich. „Sag mir das vierte Prismatische Gebot auf!"

„Ich weiß nicht, welches das vierte ist!", entgegnete Trixi wütend. Was fiel diesem Armleuchter eigentlich ein? Er hatte sie nicht unterrichtet, also hatte er sie auch nicht abzufragen! „Aber ich kenne die Gebote alle: Wir dürfen uns keinen Menschen zeigen, weil die sonst verrückt werden. Wir müssen uns bei Tag verstecken, was für Sie und Bruder Johann anscheinend nicht gilt. Wir dürfen den Klosterbezirk nicht verlassen, keine Ahnung warum. Ach ja: und unsere Kleider dürfen wir nicht ausziehen, *und* wir müssen das Wasser in jeder Form meiden. Was passiert eigentlich, wenn wir nass werden: Geht uns dann das Licht aus?"

Sie bereute ihre freche Antwort sofort. Radulfus' Gesicht hatte einen absolut mörderischen Ausdruck angenommen. „Du hast die Gebote im Wortlaut auswendig zu lernen und zu befolgen", zischte er mit zusammengekniffenen Augen. „Sie zu hinterfragen, steht dir nicht zu, dein kleines, dummes Mädchenhirn ist nicht dafür geschaffen. Siehst du diesen Raum da unten? Weißt du, wozu er früher einmal gedient hat?"

Trixi starrte auf das Loch im Boden und war dankbar, dass es da war. Die Vorstellung, in einem sol-

---

*) Das obere Sockwerk ist nicht öffentlich zugänglich, da dürfen wir unsere Nasen nicht zu weit hineinstecken. Deshalb wirst Du im Anhang auch keinen Plan davon finden. Wir können nur abwarten, was Trixi für uns herausfinden wird.

chen Kellerloch eingesperrt zu sein, behagte ihr überhaupt nicht. Plötzlich spürte sie an ihrem Arm einen Schmerz wie von einem Stromschlag: Radulfus hatte sie gepackt. Im nächsten Augenblick sausten sie durch das Kloster, und bevor Trixi wusste, wie ihr geschah, befanden sie sich auf einem Dachboden. Unter all dem Gerümpel, das dort aufbewahrt wurde, befand sich auch eine große, dunkle Truhe, die mit Metallbeschlägen und einem rostigen Schloss versehen war. Radulfus öffnete sie mit seiner freien Hand, und es war deutlich zu sehen, wie viel Kraft ihn dies kostete. Ohne weitere Umstände stopfte er Trixi in die Truhe und warf den Deckel zu. Von Panik erfüllt hörte sie Metall auf Metall schlagen und wusste, dass es das Schloss war. Dann vernahm sie die gehässige Stimme des Mönches, gedämpft durch dickes, dicht schließendes Holz:

„Der alte Karzer mag zerstört sein, aber merke dir: Ich finde einen geeigneten Karzer, wann immer ich einen benötige! Wenn ich dich herauslasse, wirst du das begriffen haben."

Dann hörte sie nichts mehr.

Panik spülte durch ihren Körper wie eine Welle eisigen Wassers. Trixi meinte zu ersticken, verzweifelt hämmerte sie gegen das raue Holz und schrie so laut sie konnte, doch niemand kam, sie zu befreien. Weinkrämpfe schüttelten sie. Es war so entsetzlich eng in der Truhe, und nirgends gab es die kleinste Ritze. Plötzlich bemerkte sie, dass ihre Hände, mit denen sie auf die dunklen Wände ihres Gefängnisses eingeschlagen hatte, ganz blass geworden waren. Entsetzt bemühte sie sich, ihre Gestalt so zu verdichten, dass sie in der engen Truhe schweben konnte, ohne das Holz zu berühren. Erst nach vielen Versuchen konnte sie ihre Panik so weit niederkämpfen, dass sie sich auf diese Aufgabe konzentrieren konnte. Endlich war es geschafft. Zitternd vor Angst und Erschöpfung hing Trixi in der Luft und wagte kaum sich zu rühren.

Inzwischen war ihre Energie fast völlig aufgebraucht. Sie hatte keine Ahnung, wie lange sie die Verdichtung würde aufrecht erhalten können, so geschwächt wie sie war. Während Trixi leise weinend in ihrem Gefängnis steckte und spürte, wie ihre Kraft mehr und mehr schwand, machte sich ein anderes, neues Gefühl bemerkbar und wuchs unaufhaltsam: Hass. Hass auf Radulfus, der ihr dies antat. Er war so bösartig und ungerecht, dass sie es gar nicht fassen konnte. Was hatte sie ihm denn getan? War es denn so schlimm, dass sie ein Mädchen war? War das ein Verbrechen?

Stunde um Stunde verging, und niemand kam, um sie zu erlösen. Irgendwann gab Trixi auf und entspannte sich. Es tat unsäglich gut, zusammengekauert auf dem Boden der Truhe zu liegen, sich an das alte Holz zu schmiegen und auszuruhen, auch wenn sie fühlte, wie der letzte Rest ihrer Energie von der Truhe aufgesogen wurde wie von einem Blatt Löschpapier.

Aber das war Trixi inzwischen gleichgültig. Johann würde sie finden, er würde sie tätscheln und trösten, würde sie bei der Hand nehmen und dann: ein paar Stündchen Wabern im Mondschein... Und nie wieder, schwor sich Trixi, würde sie Radulfus auch nur in ihre Nähe lassen. Das nächste Mal würde sie auf der Hut sein, und wenn er wieder versuchen würde, nach ihr zu greifen, würde sie schneller sein... Sie würde ihm zeigen, dass kein ausgemergelter alter Mönch es mit einem Mädchen aufnehmen konnte, das gewarnt war. Während sie auf Hansel wartete, malte Trixi sich die schönsten Szenen aus, in denen sie Radulfus beschämte und demütigte. Zum Schluss lächelte sie sogar.

Dunkle Zeiten

Es war nicht Hansel, der Trixi aus ihrem Gefängnis herausholte. Völlig entkräftet wie sie war, hatte sie keine Möglichkeit, zu fliehen oder Widerstand zu leisten, als Radulfus sie unsanft aus der Truhe zerrte. Ihr ganzer Körper fühlte sich an wie aus Blei, jede Bewegung fiel ihr unsäglich schwer. Ihre Gedanken und Gefühle dagegen, allen voran der brennende Hass auf Radulfus, waren umso lebhafter. Offensichtlich war nur Trixis Körper durch den Energieverlust geschwächt, nicht aber ihr Geist.

Radulfus war nicht allein. Er hatte ein mageres, kleines Lichtmännchen mitgebracht, dessen violett schimmernder Anzug auf Trixi sehr altmodisch wirkte. Die Haare und ein mickriger Ziegenbart glommen in derselben Farbe, in gruseligem Kontrast zur blassgrünen Haut. Dunkel erinnerte sich Trixi, dass sie diese Gestalt schon einmal gesehen hatte. In ihrer Prismatischen Stunde hatte er sich etwas abseits gehalten und nicht den Mund aufgemacht.

Jetzt grinste das Männchen boshaft, und Trixi schwante Übles.

„Ich habe dir einen neuen Lehrer mitgebracht", verkündete Radulfus. „Du wirst bald erkennen, dass er für dieses Amt sehr viel besser geeignet ist als Bruder Johann. In *jeder* Hinsicht sehr viel besser." Die Gehässigkeit, mit der Radulfus dieses ‚jeder' ausspie, und das gierige Aufblitzen in den Augen des Ziegenbärtigen bestätigten Trixis schlimmste Ahnungen. Ihr war klar, wer ihr neuer Lehrer sein musste.

„Hampelmann im Karzer!", stieß sie schwach hervor.

„Du kennst mich also schon. *Und* meinen Namen", antwortete das Männchen mit säuerlicher Miene. „Du solltest dich von diesem Namen nicht täuschen lassen. Ich verlange strikten Gehorsam, Respekt und Fleiß. Und ich weiß Mittel und Wege, meine Forderungen durchzusetzen."

Er hatte leichtes Spiel mit Trixi. Ihr geschwächter Zustand machte sie völlig wehrlos. In den ersten Unterrichtsstunden war sie noch so unbeherrscht, dass sie ihrem Zorn freien Lauf ließ und alles tat, um Hampelmann ihre Verachtung zu zeigen. Sie gab patzige Antworten, hörte ihm nicht zu, formte direkt vor seiner hässlichen Nase große Kaugummiblasen... Doch an dieser Schule gab es keine Verwarnungen, keine Einträge ins Klassenbuch, auch keine Strafarbeiten oder Nachsitzen. Jedes Vergehen, ob groß oder klein, brachte ihr die Karzertruhe als Strafe ein. Die erste Woche mit Hampelmann als Lehrer verbrachte Trixi mehr Zeit in der hölzernen Truhe als sonst irgendwo. Doch dann gab sie nach. Es war offensichtlich, dass der Ziegenbärtige sich über jeden Vorwand, sie abzustrafen, freute. Also gab sich Trixi Mühe, ihm keinen mehr zu liefern.

Doch das war leichter gedacht als getan. Trixis Dasein verwandelte sich in einen zähen Morast trübseliger Unterrichtsstunden. Es blieb ihr nichts anderes übrig, als sich die größte Mühe zu geben, denn selbst langsames Lernen brachte sie in den Karzer. Bald war ihr Hass auf Hampelmann ebenso groß wie der auf Radulfus, obwohl ihr Lehrer sie nie grundlos bestrafte. Das hatte er gar nicht nötig, denn der Unterricht dauerte Nacht für Nacht von zehn Uhr abends bis fünf Uhr in der Früh, und es war praktisch unmöglich, ihm in dieser langen Zeit keinen Vorwand zu liefern, sie in den Karzer zu stecken.

Manchmal ließ der Ziegenbärtige Trixi allein im Klassenzimmer zurück. Doch selbst diese Stunden boten kaum Erleichterung, denn er hinterließ ihr stets so viele Aufgaben, dass sie sich keine noch so kleine Pause gönnen durfte, wenn sie rechtzeitig bei seiner Rückkehr fertig sein wollte. Blass vor Neid sah sie ihm nach, wenn er sie durch das Schlüsselloch lasernd verließ – ein Ausweg, der *ihr* mangels Energie verwehrt blieb. Wenn er dann zurückkehrte, verriet das Leuchten seines Ziegenbartes, dass er frisches Mondlicht getankt hatte, und der Hass schlug wie eine eisige Flutwelle über Trixi zusammen.

Wenn sie es schaffte, Ruhe zu bewaren, dann durfte sie den folgenden Tag in einem kleinen, verstaubten Dachbodenzimmer verbringen. Hampelmann brachte sie dorthin, bevor die Sonne aufging. Da sie alleine nicht lasern konnte, war sie auch hier wieder eingesperrt, aber es war ein sehr viel angenehmeres Gefängnis als die Truhe, und immerhin ließ man sie hier in Ruhe. Doch es gab kein Fenster, keine Möbel, nichts, was ihr hätte Abwechslung bieten können, und da Trixi keinen Schlaf mehr benötigte, vergingen die Tage auf dem Dachboden noch langsamer als die Nächte im Klassenzimmer. Nicht einmal ihr Hass gab genug Stoff her für einen so langen Tag.

Zwischen dumpfer Verzweiflung und brennendem Hass duckte sich *noch* ein Gefühl, doch Trixi ließ es selten aus dem dunklen Winkel heraus, in den sie es verbannt hatte. Es war Enttäuschung. Sie tat so weh, dass Trixi sogar die Trauer über ihren eigenen Tod und den Verlust ihres Vaters kaum noch spürte. Wo war Hansel?

Der dicke, gutmütige Mönch fehlte Trixi ganz entsetzlich. Ihr war gar nicht bewusst gewesen, wie sehr sie ihn mochte und brauchte, bis er plötzlich aus ihrer neuen Welt verschwunden war. Er war ihr Freund, warum half er ihr nicht? Für ihn wäre es gewiss ein Leichtes, sie zu finden. Aber er kam nicht. Noch nie hatte Trixi sich so einsam und verlassen gefühlt.

Trixi lernte in einer Woche mehr auswendig als in ihrer ganzen bisherigen Schulzeit. Die Prismatischen Gebote hätte sie im Schlaf aufsagen können. Theoretisch. Sie dachte inzwischen wehmütig an all die verschlafenen Stunden zurück, die ihr während ihres kurzen Lebens so überflüssig erschienen waren. Wie hatte sie diesen erquickenden, wunderbaren Zustand der Besinnungslosigkeit jemals für Zeitverschwendung halten können? Konnte es denn etwas Schöneres geben als Schlaf?

Auch über die Geschichte des Klosters und des Ordens der Zisterzienser wusste Trixi inzwischen mehr als jeder Fremdenführer. Doch um die Ortskunde, um den räumlichen Aufbau des Klosters, machte Hampelmann lange einen Bogen. Trixi bedauerte das sehr, denn es war das einzige Unterrichtsfach, das sie wirklich interessierte.

Eines Abends, als Trixi längst die Hoffnung auf freie Wochenenden oder irgendwelche angenehmen Unterbrechungen aufgegeben hatte, brachte Hampelmann sie nicht in das Klassenzimmer, sondern in einen Raum voller Bücherregale. Der Ausflug in die Schulbibliothek des evangelischen Internats kam überraschend und bot eine willkommene Abwechslung. Trixi erwachte wie aus einem zähen Alptraum und sah sich um. Hier gab es Bücher, Spiele, CDs,... Hier gab es Zeitvertreib, *angenehmen* Zeitvertreib. Wie in Trance schwebte sie zu einem der Regale. Wann hatte sie das letzte Mal ein Buch gelesen?

„Das ist das falsche Regal!"

Erschrocken drehte Trixi sich um. Für einen winzigen, seligen Augenblick hatte sie tatsächlich vergessen, mit wem sie hier war. Hampelmann genoss sichtlich ihre Enttäuschung.

„Dort drüben ist das Regal, das dich die nächsten Wochen beschäftigen wird. Vor allem aber wirst du dies hier studieren." Er zog ein unscheinbares Buch aus dem Regal und schlug es weit hinten auf. Trixi brauchte einen Augenblick, bis sie erkannte, was darin abgebildet war: Es war der Grundriss des Klosters.

„Ich werde dich nun exakt eine Stunde lang allein lassen. Du wirst diese Zeit nutzen, um den Plan auswendig zu lernen. Dann bringe ich dich in unser Klassenzimmer zurück, wo du mir diesen Plan aufzeichnen wirst, und zwar fehlerfrei!"

Trixi starrte entsetzt auf die Zeichnung. Der kleine Hoffnungsfunke, der sich beim Anblick der Bibliothek in ihrem Brustkorb gebildet hatte, verwandelte sich jäh in Verzweiflung.

„Das... das schaff ich niemals!", stieß sie hervor.

Hampelmann lächelte boshaft. „Wir werden sehen!", erwiderte er und zupfte mit selbstzufriedenem Grinsen Funken aus seinem mickrigen Bärtchen. „Eine Stunde!"

Ein Blitz, dann war er verschwunden.

Verzweiflung war inzwischen ein vertrautes Gefühl für Trixi. Doch etwas in ihr wehrte sich dagegen, an diesem so viel versprechenden Ort vorschnell aufzugeben. Einen Augenblick lang verspürte sie den Impuls, die Seite mit dem Plan einfach aus dem Buch zu reißen und heimlich mit ins Klassenzimmer zu nehmen. Doch Hampelmann hatte zu lange Schüler unterrichtet, um auf solche Tricks nicht vorbereitet zu sein. Außerdem widerstrebte es ihr, so etwas zu tun. Sie mochte Bücher.

Nicht den Bruchteil eines Augenblicks spielte Trixi mit dem Gedanken, den Plan tatsächlich auswendig zu lernen. Das würde ihr ohnehin nicht gelingen, und wenn sie schon die nächsten Stunden im Karzer verbringen musste, so wollte sie wenigstens diese eine Stunde genießen.

Langsam schwebte sie durch die Regalreihen und las die Titel auf den Buchrücken. Hier wollte sie ihre Nächte verbringen! Sie entdeckte sogar eine Ecke, in der ein PC neben einem CD-Player mit Kopfhörern stand. Warum verbrachten die Leuchten ihre Nächte nicht hier, wo die Welt der Unterhaltung wartete? Nachts würde hier gewiss kein Sterblicher auftauchen!

Trixi schwebte weiter und überlegte gerade fieberhaft, wie sie es anstellen konnte, genug Energie zu tanken, um ihrem Lehrer und dem grässlichen Radulfus zu entwischen, als sie plötzlich ein Kopiergerät entdeckte. Verblüfft starrte sie das Gerät an. Warum war sie nicht gleich darauf gekommen? In jeder Bibliothek gab es einen Kopierer! Hampelmann hatte bestimmt keine Ahnung von all den Geräten, die hier herumstanden. Solange das Buch unversehrt blieb, würde er nicht auf die Idee kommen, Trixi zu durchsuchen.

Langsam schwebte Trixi zu dem aufgeschlagenen Buch zurück und fluchte unterwegs ungeduldig über ihr Schneckentempo. Sie würde die meiste Zeit, die ihr bis zu Hampelmanns Rückkehr blieb, mit dieser einen Kopie verplempern. Das schmale Bändchen wog bleischwer in ihrer Hand. Als sie endlich den Kopierer anschaltete, schien es eine Ewigkeit zu dauern, bis er warmgelaufen war. Nur mit äußerster Willensanstrengung schaffte sie es, die Abdeckung des Kopierers anzuheben. Sie ließ sie einfach oben, presste das Buch auf die Glasfläche und drückte auf den Knopf. Grelles Licht strahlte ihr entgegen, bewegte sich blendend über die Glasfläche und erlosch ebenso plötzlich, wie es aufgeflammt war. Der Kopierer spuckte an der Seite ein Blatt Papier aus, Trixi griff danach und faltete es zu einem kleinen, dicken Päckchen, das bequem in ihrer Faust Platz fand. Dann nahm sie das Buch und schwebte an den Tisch zurück, an dem Hampelmann sie zurückgelassen hatte.

Wenige Minuten später laserte er durch das Schlüsselloch. Trixi schwebte über dem Buch und gab sich den Anschein intensiver Konzentration, während sie ihre rechte Faust um die Kopie ballte. Als sie aufblickte, sah sie, dass Hampelmann sie mit misstrauisch zusammengekniffenen Augen musterte.

„Deine Zeit ist um!", bellte er und starrte sie dabei an, als erwarte er irgendeine Form von Widerstand. Aber Trixi dachte gar nicht daran, ihm den Gefallen zu tun. Sie gab sich lediglich Mühe, etwas ängstlich und geknickt auszusehen, als er sie am Oberarm packte, um sie mit sich zu nehmen.

Das inzwischen so vertraute Gefühl, in die Länge gezogen zu werden, ergriff von ihrem Körper Besitz. Die Bibliothek verwandelte sich in ein Tunnel durcheinanderwirbelnder Farben und im nächsten Augenblick sausten sie durch das Schlüsselloch der Eingangstür. Da spürte sie einen Ruck, als würde ihr die rechte Hand abgerissen. Ihr Arm dehnte sich bis zu einem äußersten, sehr schmerzhaften Punkt, dann gab ihre Faust das Papier frei, und Trixi sauste wie ein von einer Schleuder geschossener Hampelmann hinterher.

Die Erleuchtung

„Was war das?"

Sie waren im Klassenzimmer zum Schweben gekommen, aber Hampelmann hatte sie nicht losgelassen.

„Ich weiß nicht, was Sie meinen", log Trixi und versuchte angestrengt zu verbergen, wie sehr ihr rechter Arm schmerzte. Der Ziegenbärtige packte sie noch fester, und Trixi war dankbar, dass es ihr linker Arm war, den er wie in einem Schraubstock zerquetschte.

„Lüg mich nicht an!", zischte er. „Du wolltest etwas aus der Bibliothek schmuggeln!"

Trixi fühlte zum ersten Mal seit vielen Wochen die vertraute Wärme im Gesicht. Zum Erröten reicht meine Energie also noch, dachte sie wütend. Fieberhaft suchte sie nach einer Ausrede, doch dann wurde ihr klar, dass der Ziegenbart nur nachzusehen brauchte, was in der Bibliothek an der Tür liegengeblieben war. Wütend schrie sie sich den Frust von der Seele:

„Ich habe den Plan kopiert! Ich hatte eine Kopie in der Hand!" Was machte es schon, wenn er das mit dem Kopierer wusste, sie konnte ja doch nichts mit dem Gerät anfangen solange es ihr nicht gelang, die Kopien aus der Bibliothek herauszubekommen. Und in der vermaledeiten Truhe würde sie so oder so landen.

„Gar nicht so dumm wie du aussiehst. Aber hast

du tatsächlich geglaubt, ein Blatt Papier könne durch ein Schlüsselloch passen?" Hampelmann lachte hämisch, zog seinen Bart in die Länge und wickelte ihn sich um die Finger. „Nun, wenn du den Plan schon einmal gezeichnet hast, so wird dir dies sicherlich auch ein zweites Mal gelingen. Du hast eine Stunde Zeit."

Hampelmann war schon mehrere Minuten verschwunden, als der verblüfften Trixi klar wurde, dass er das mit der Kopie falsch verstanden hatte.*) Vielleicht starrte er eben jetzt auf das zerknitterte Blatt und versuchte sich einen Reim darauf zu machen. Denn dass es keine von Hand angefertigte Zeichnung war, das war nicht zu übersehen. Doch das alles spielte kaum eine Rolle, denn Trixi kannte den Grundriss des Klosters kein bisschen besser als vor dem Ausflug in die Bibliothek. Die Holztruhe wartete auf sie, und Trixi wusste noch nicht mal, wo sich der Dachboden mit der grässlichen Truhe befand.

Als Hampelmann zurückkehrte, hatte Trixi keine Zeichnung vorzuweisen. Sie hatte es erst gar nicht versucht. Die Enttäuschung, dass all ihre Mühe mit dem Kopiergerät umsonst gewesen sein sollte, erdrückte sie fast. Sie hätte eine ganze Stunde lang lesen können, all das Elend vergessen und in eine andere Welt eintauchen können. Stattdessen hatte sie sich mit dieser idiotischen Kopie abgemüht, und es hatte ihr nichts eingebracht als einen weiteren Tag im Karzer.

Mit lautem Dröhnen schloss sich der Deckel über ihr, dann hörte sie das Schloss einrasten. Ergeben

---

*) Falls Du jetzt Dein Hirn zermarterst, hier ein kleiner Tipp: Das Wort ‚kopieren' entstand im 15. Jahrhundert aus dem mittellateinischen ‚copiare' und bedeutet schlicht und einfach ‚vervielfältigen'. Es war eine der wichtigsten Aufgaben der Mönche, Bücher zu kopieren. Von Hand, versteht sich. Die Kopien wurden an reiche Adlige verkauft oder untereinander getauscht. Auf diese Weise gelang es den Klöstern, beachtliche Bibliotheken aufzubauen. Mit der Erfindung des Buchdrucks in der Mitte des 15. Jahrhunderts kam die mühselige Handkopie dann bald aus der Mode.

seufzend lehnte Trixi sich zurück und schloss die Augen. Sie spürte, wie das raue Holz an ihr sog, aber was machte das schon aus. – Im nächsten Augenblick riss Trixi die Augen auf und setzte sich so abrupt auf, dass sie mit dem Kopf gegen den Deckel der Truhe knallte. Wie konnte das Holz ihr etwas rauben, was sie schon lange nicht mehr besaß? Verwirrt starrte sie auf ihren Bauch, ihre Arme, ihre Hände... Das Leuchten war an den meisten Stellen kaum wahrzunehmen, doch die Fingerspitzen ihrer linken Hand strahlten wie kleine Glühbirnen.

Die nächsten Nächte waren die pure Folter. Nicht, weil Hampelmann sie schlechter behandelt hätte als sonst. Er behandelte sie immer gleich schlecht. Aber er machte keinerlei Anstalten, Trixi wieder in die Bibliothek mitzunehmen, und genau dorthin drängte es sie mit aller Macht. Es kostete sie all ihre Selbstbeherrschung, sich nicht anmerken zu lassen, wie aufgeregt sie war.

Eine Woche lang ließ Hampelmann sie schmoren, dann verkündete er, dass sie erneut Gelegenheit erhalten sollte, den Plan der Abtei auswendig zu lernen. Trixi jubelte innerlich, zwang sich aber zu einem überzeugenden Stöhnen.

„Ich möchte dir raten, dir diesmal mehr Mühe zu geben", zischte Hampelmann und zog nervös an seinem Bart, bis dieser fast einen halben Meter lang war. „Bruder Radulfus vor der Mühle hat angekündigt, dass er dich morgen prüfen möchte, und er wird dich gewiss nicht in Erdkunde abfragen. Davon hat er nämlich nicht die geringste Ahnung."

Trixi glaubte zu spüren, dass Hampelmann vor dieser Prüfung fast noch mehr Angst hatte als sie selbst. Vielleicht befürchtete er, Radulfus würde ihm sein neues Spielzeug wieder wegnehmen, wenn Trixi die Prüfung nicht bestand.

In der Bibliothek wartete eine herbe Enttäuschung

auf sie. Hampelmann hatte offensichtlich nicht vor, sie dort noch einmal aus den Augen zu lassen. Während Trixi sich über das Buch beugte, schwebte er wie ein Geier in ihrem Nacken, so dass es ihr völlig unmöglich war, sich auf den Plan zu konzentrieren. Schließlich nahm sie sich entnervt Papier und Stifte und begann den Plan abzuzeichnen. Da es mit ihrem eigentlichen Vorhaben nichts wurde, würde sie sich am nächsten Tag wohl oder übel Radulfus stellen müssen.

Sie arbeitete bereits über eine Stunde an ihrer Zeichnung, als sie plötzlich aus dem Augenwinkel wahrnahm, wie ein violetter Blitz durch das Schlüsselloch der Eingangstür verschwand. Sofort ließ sie den Stift fallen.

Ihre eigene Langsamkeit wurde ihr zur Qual. Es schien eine ganze Ewigkeit zu vergehen, bis Trixi endlich neben dem Kopiergerät schwebte und es einschaltete. Zitternd vor Anspannung stemmte sie die Abdeckung hoch, hockte sich über die Glasplatte und drückte auf den großen grünen Knopf, der den Kopiervorgang startete.

Grünlich-weißes Licht flammte auf und leckte über ihren Körper. Trixi schloss die Augen in stummem Jubel: Es funktionierte tatsächlich! Sie fühlte, wie ihre Gestalt das Licht in sich aufsog wie ein ausgetrockneter Schwamm Wasser. Wieder und wieder drückte sie auf den Knopf, wand und räkelte sich über der Glasscheibe, bis jeder kleinste Zentimeter ihrer Gestalt so übervoll von Licht war, dass es überall in Perlen aus ihren Poren drang und bei jeder Bewegung ein Funkenregen von ihr weg sprühte.

Dann blitzte sie ab.

Als blendend heller Blitz sauste Trixi durch die Gänge zwischen den Regalen, bildete feurige Pirouetten und Spiralen. Sie laserte zwischen Büchern und Regalbrettern hindurch und überschlug sich juchzend in der Luft, ohne dass es ihr die geringste Mühe bereitet hätte. Bäume hätte sie ausreißen können.

Schließlich kam sie vor einer Tür zum Schweben und betrachtete das Schlüsselloch. Sie wusste, dass sie spielend hindurch lasern konnte, doch einer plötzlichen Eingebung folgend ergriff Trixi die Türklinke. Es kostete sie einiges an Kraft, doch Trixi konnte die Türe tatsächlich öffnen. Nicht einmal eine ganze Nacht im Mondlicht konnte ihr solche Kraft verleihen. Trixi schwebte im Vorraum einer Toilette und grinste bei dem Gedanken, dass sie derlei Örtlichkeiten schon lange nicht mehr benötigte. Eben wollte sie zurück in die Bibliothek lasern, als ihr Blick auf den Spiegel über dem Waschbecken fiel.

Langsam schwebte sie darauf zu.

Es war stockdunkel in dem engen Raum, doch das Gesicht, das Trixi aus dem Spiegel angrinste, hatte die Leuchtkraft einer Hundertwattglühbirne. Ihre Augen waren blaue Laser-Kanonen, die Haare glühten wie ein Hochofen. Ganz langsam und genüsslich formte Trixi eine Kaugummiblase im grellsten Pink, das sie je gesehen hatte. Nie wieder!, schwor Trixi ihrem eigenen Spiegelbild, nie wieder Unterricht bei Hampelmann! Nie wieder kuschen vor Radulfus! Nie wieder würde sie sich einsperren lassen! Die Kaugummiblase platzte mit einem scharfen Knall, und Funken wie von einem Feuerwerkskörper stoben nach allen Seiten.

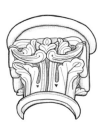

Im Eimer

Trixi lauerte hinter einem der Regale. Sie hatte den PC hochgefahren und eine DVD eingelegt („Ausgespukt" mit Vanessa Ghost und Brian Buster), um ihren Lehrer in den hinteren Teil der Bibliothek zu locken. Neben dem PC stand ein riesiger, schwarzer Plastik-Mülleimer bereit, dessen Inhalt sie hinter eines der Regale geleert hatte, sowie ein Stapel der größten und schwersten Bücher, die sie hatte finden können.

Sie brauchte nicht lange zu warten. Hampelmann laserte schon bald durch die Eingangstür, kam neben Trixis unvollständiger Zeichnung zum Schweben und sah sich überrascht um.

„Bellatrix im Paradies, wo hast du dich versteckt?", zischte er böse. „Ich will doch sehr hoffen, dass du deine Zeit diesmal besser genutzt hast!" Trixi gab keinen Laut von sich. Sie kaute nicht einmal auf ihrem Kaugummi, obwohl sie wusste, dass sie ohnehin keine Schmatz- und Knatschgeräusche mehr produzierte.

Sehr langsam, mit misstrauisch zusammengekniffenen Augen, schwebte Hampelmann durch die Regalreihen näher. „Es wird dir nichts nützen, wenn du dich versteckst!", keifte er und spähte hinter eine Säule. „Ich finde dich ja doch, du kannst mir gar nicht entwischen!"

Inzwischen war Hampelmann in der Computerecke angekommen. Im Film machten gerade zwei

Typen in irren Schutzanzügen Jagd auf etwas, das offensichtlich ein Gespenst sein sollte. Fassungslos starrte Hampelmann auf den Bildschirm. Auf diesen Augenblick hatte Trixi gewartet. Bevor ihr Lehrer wusste, wie ihm geschah, hatte sie ihm von hinten den schwarzen Mülleimer über den Kopf gestülpt, ihn zu Boden gedrückt und mit den bereitgelegten Büchern beschwert.

„Was fällt dir ein, du missratenes Gör", giftete Hampelmann. „Lass mich raus, sofort, sonst wirst du den Tag bereuen, an dem du geboren wurdest!"

„Wohl eher den, an dem ich gestorben bin!", feixte Trixi.

Der Mülleimer wackelte bei Hampelmanns verzweifelten Versuchen, ihn abzuwerfen, hielt aber Stand. Grinsend schwebte Trixi daneben und stellte sich vor, wie das Violett des Ziegenbarts mit jeder Anstrengung, die er unternahm, blasser wurde. Der schwarze Kunststoff musste bereits einen ansehnlichen Teil von Hampelmanns Energie aufgesogen haben. Das schien endlich auch Hampelmann zu bemerken, denn der Eimer hörte plötzlich auf zu wackeln, und in der Bibliothek waren nur noch die Stimmen der Schauspieler zu hören, denen es inzwischen gelungen war, ein Gespenst in eine Art Konservendose zu sperren, und die nun beratschlagten, was weiter zu tun war.

Genau darüber grübelte auch Trixi nach. Ihr war nämlich siedend heiß klar geworden, dass sie den verhassten Kerl nicht einfach so zurücklassen konnte, wenn sie nicht riskieren wollte, dass am nächsten Vormittag ein Angehöriger des Internats in eine Nervenheilanstalt eingeliefert wurde. Sie dachte kurz daran, die Bücher vom Boden des Mülleimers zu nehmen und dann abzublitzen, aber was, wenn Hampelmanns Energie schon nicht mehr genügte, um den Eimer zu bewegen? Und selbst wenn er sich befreien konnte: Womöglich verbrauchte er damit den letzten Rest seiner Kraft und war gezwungen, in der Bibliothek zu bleiben, bis die ersten Sterblichen die Tür öffneten. Trixi stieß einen Fluch aus, der genügt hätte, ihr zwei volle Tage Karzer einzubringen. Sie musste den Mistkerl nicht nur freilassen, sondern ihm auch noch durch das Schlüsselloch helfen.

Zunächst aber beeilte sie sich, die Spuren ihres Aufenthalts in der Bibliothek zu tilgen. Den ausgeleerten Müll musste sie verschwinden lassen, ebenso die Kopien, die sie von sich selbst gemacht hatte. Die Dinger sahen ziemlich seltsam aus, in etwa so als hätte jemand versucht eine brennende Glühbirne zu fotokopieren. Trixi stopfte kurzerhand alles in einen weiteren Mülleimer, den sie aus einer anderen Ecke der Bibliothek holte. Dann sauste sie zum PC, um ihn auszuschalten.

Es war kurz nach fünf, als Trixi ihren Lehrer befreite. Hampelmann kauerte dicht über dem Boden, richtete sich aber sofort auf und starrte Trixi giftig an. Kopf und Gliedmaßen waren fast erloschen, am kräftigsten leuchtete noch sein Bauch. Es war auf den ersten Blick klar, dass er Hilfe benötigen würde, um die Bibliothek zu verlassen.

Trixi fläzte vor ihm auf einem nicht vorhandenen Sofa in der Luft und kaute mit offenem Mund auf ihrem Kaugummi.

„Hampelmännchen", schnurrte sie, sich genüsslich räkelnd, „mir scheint, du wirst dich nach einem anderen Opfer umsehen müssen." Sie formte eine riesige Kaugummiblase und ließ sie platzen, dass die Funken stoben.

„Das werden wir ja sehen!", zischte Hampelmann. „Ich bin nicht alleine, im Gegensatz zu dir!"

„Benimm dich, du garstiger Ziegenbock", wies Trixi ihn ärgerlich an, „sonst lass ich dich nämlich hier. In... ", sie sah kurz zur Uhr, „... ungefähr drei

Stunden tauchen hier die ersten Sterblichen auf, um ihre Blicke auf dich zu heften und mit ihnen deine Sünden in dich einzubrennen, so dass es dir in der Stunde der Sammlung leider unmöglich sein wird, deine Linsensuppe auszulöffeln."

Auf Hampelmanns Gesicht kämpften die verschiedensten Gefühle miteinander. Wie Trixi das wichtigste Prismatische Gebot verballhornte, musste ihm ebenso gegen den Strich gehen wie der Tonfall, in dem sie mit ihm sprach. Andererseits hatte er offensichtlich tatsächlich Angst vor den Blicken der Lebenden, auch wenn Trixi ihren Kaugummi darauf verwettet hätte, dass es nicht die Sorge um andere war, die ihn plagte. Glaubte dieser Armleuchter tatsächlich, dass es *ihm* schadete, wenn ein Sterblicher ihn sah?

Plötzlich wurde Trixi ganz schlecht bei dem Gedanken, dass sie den Ziegenbärtigen anfassen musste, wenn sie ihn durch das Schlüsselloch mitnehmen wollte. Drei Stunden waren eine lange Zeit, da musste es doch möglich sein, jemanden zu finden, der ihr diese unangenehme Aufgabe abnahm. Ohne Hampelmann noch eines Blickes zu würdigen, blitzte sie ab.

Rehabilitation für einen Hexer

Es tat so gut, wieder frei zu sein, dass Trixi ihren Lehrer am liebsten vergessen hätte. Sie wollte nach draußen und hoch hinauf zu Mond und Sternen, statt dessen sauste sie durch die noch nächtliche Klausur und hoffte, dass es nicht gerade Radulfus war, dem sie zuerst über den Weg schwebte. Durch eines der schönen Bogenfenster sah sie den fast vollen Mond scheinen. Sicher waren die Leuchten von Maulbronn allesamt wabern, aber der aufziehende Morgen musste sie bald ins Kloster zurückzwingen. Zwischen Kreuzgang und Kirche traf sie endlich auf einen aus der Gemeinschaft. Es war der Opa mit dem irren Blick und den zerfetzten Kleidern, den sie in ihrer Prismatischen Stunde irrtümlicherweise für den ‚Alten' gehalten hatte. Er schwebte mit dem Rücken zu ihr über der Höllentreppe*), brabbelte wirres Zeug und schüttelte die geballten Fäuste. Trixi beschloss, dass es *keine* gute Idee war, ausgerechnet diesen durchgeknallten Tattergreis um Hilfe zu bitten, da drehte der Kerl sich um und kam auf sie zu.

„...eine Schande, sage ich!", krächzte er. „Oh, ich werde sie zwingen, es abzuhängen, ja!" Plötzlich hielt er inne und starrte Trixi an, die schlucken musste, als sie in die aufgerissenen Augen des Mannes blickte. Von nahem wirkte er nicht ganz so alt, aber ziemlich abgewrackt und definitiv übergeschnappt. „Du da!", stieß er hervor, „du wirst mir recht geben! Sie müssen es abhängen!"

„Äh...", machte Trixi und überlegte fieberhaft, ob sie wirklich schneller war als er, und in welche Richtung sie am besten abblitzen sollte. „*Was* abhängen?", fragte sie, um Zeit zu gewinnen.

„Das Schild natürlich! Es ist eine Schande! Oh, ich weiß genau, was man ihnen erzählt, wenn sie wie die Schafe durch das Kloster getrieben werden. Sie sagen, der Teufel hätte mich hier geholt, und deshalb nennen sie die Treppe die Höllentreppe. Aber sie lügen!"

---

*) Die gibt es tatsächlich! Sie führt zwar nicht in die Hölle, aber früher hing neben ihr tatsächlich ein Schild mit der Aufschrift ‚Höllentreppe'. Warum, vor allem aber, warum es da jetzt nicht mehr hängt, wirst du sicher bald verstehen.

„Oh. Äh, ja klar tun sie das", stimmte Trixi ihm mit großen Augen zu. „Ich meine: sie lügen."

Der Kerl machte ein Gesicht, als hätte ihm der Papst höchstpersönlich recht gegeben. Trixi konnte es nicht fassen. Sie kannte die Geschichte mit der Höllentreppe. Es war so ziemlich das Interessanteste, was sie einem bei den Klosterführungen erzählten. Dass sie nun tatsächlich vor dem legendären Doktor Faustus*) schwebte, vor dem größten Alchemisten des Mittelalters, das war das Krasseste, was ihr je passiert war.

Trixi starrte fasziniert den Geist des berüchtigten Alchemisten an und kaute heftig auf ihrem Kaugummi, während sie überlegte, wie sie ihn dazu bringen konnte, seine Geschichte zu erzählen. Eigentlich galt es nämlich als erwiesen, dass Faust *nicht* in Maulbronn gestorben war. Um diese Ehre stritten sich, soweit Trixi wusste, zwei andere Städte.

„Übrigens...", tastete sie sich vorsichtig an das Thema heran, „bei den Klosterführungen wird *immer* darauf hingewiesen, dass das mit der Höllentreppe nur eine Legende ist. Sie sagen immer, dass es nicht wirklich so passiert ist."

„Oh. In der Tat?" Faust sah sie überrascht an. Für einen Augenblick sah er fast vernünftig aus. Dadurch ermutigt fuhr Trixi fort: „Ja, wirklich! Ich bin sogar sehr überrascht Sie hier zu sehen, denn angeblich sol-

---

*) Johann Faust hat es tatsächlich gegeben. Um ihn ranken sich die tollsten Geschichten, u.a. auch darüber, wie und wo er ums Leben kam. Ganz klar ist das bis heute nicht, und ich sehe nicht ein, warum *meine* Version nicht die richtige sein soll. Faust soll in Maulbronn im Auftrag eines verschwenderischen Abtes versucht haben, Gold herzustellen. Das war die Lieblingsbeschäftigung der Alchemisten, und natürlich hat es keiner jemals geschafft. Der Abt hieß übrigens Entenfuß. Im Ernst, so hat der Typ tatsächlich geheißen! Und weil diesem die Rolle des großen Bauherren besser gefiel als die des guten Hirten, häufte er in seiner Amtszeit einen Schuldenberg an, den er nur noch mit Hilfe eines Wunders loswerden konnte. Da sein Gott sich aber weigerte, dies Wunder für ihn zu vollbringen, sollte der damals berühmt-berüchtigte Faust einspringen. Nach Faust ist übrigens auch der Faustturm benannt, der im Garten des Klosters steht. In diesem Turm soll Faust während seiner Maulbronner Zeit gelebt haben.

len Sie in einer ganz anderen Stadt gestorben sein..."
Erschrocken zuckte Trixi zurück, denn der Geist des Alchemisten war in ein so schrilles Gelächter ausgebrochen, dass es im Kreuzgang widerhallte. Richtig gespenstisch hörte sich das an, und Trixi überlegte beklommen, ob die Schlafsäle des Internats sich wohl in Hörweite befanden. Womöglich konnten Sterbliche ja sogar überschnappen, wenn sie eine Leuchte nur *hörten?*

„Sagen sie das?", kicherte Faust. „In welcher Stadt soll es denn passiert sein?"

„Ähm... Also ehrlich gesagt, das weiß ich nicht mehr. Aber es waren mindestens zwei Städte, ich meine, ..." Wieder wurde Trixi durch das Gelächter des Alchemisten unterbrochen. Der Kerl schien sich köstlich zu amüsieren.

„Natürlich!", brüllte er vergnügt. „Ich kann dir sogar sagen, welche Städte es sind: Staufen und Rimlich! Ich habe dort ein wenig herumgespukt, es ist ja so leicht den Menschen etwas vorzumachen!"

Jetzt musste auch Trixi lachen. Ungläubig sah sie Faust an. „Und die haben nicht gemerkt, dass Sie ein Gespenst waren?"

„Leuchte, Bellatrix im Paradies, Leuchte!", erklärte Faust mit gespieltem Ernst. „Ich höre, du erhältst Unterricht bei diesem Esel von Hampelmann. Hat er dir denn nicht beigebracht, dass Gespenst ein garstiges Wort ist?"

„Oh, ähm... Entschuldigung", stotterte Trixi verwirrt. „Ich dachte nur, weil Sie sagten, Sie hätten dort gespukt... Das Wort hat er mir nämlich auch verboten."

Wieder brüllte Faust vor Lachen. Es war ein Wunder, dass weder Leuchten noch Sterbliche auftauchten, um nachzusehen, was hier vor sich ging. Plötzlich erinnerte sich Trixi an den hilflosen Ziegenbart in der Bibliothek.

„Ähm, hören Sie, ich hätte eine Bitte – nein: zwei Bitten", fügte Trixi schnell hinzu. Sie wollte zu gerne wissen, wie Faust tatsächlich gestorben, oder besser: durchs Prisma gegangen war.

„Gleich zwei? Nun, so nenne sie mir, Bellatrix im Paradies. Ich war zu meiner Zeit bekannt dafür, dass ich jungen Mädchen immer gerne geholfen habe, zumal wenn sie einen so hübschen Namen trugen wie du!" Wieder lachte er schallend.

Trixis Gesicht verwandelte sich in einen Heizstrahler. „Also, ja, meine erste Bitte...", stotterte sie verlegen. „Hampelmann ist in der Bibliothek und kann nicht alleine wieder raus."

Auf dem Gesicht des Alchemisten zeichnete sich erst Verständnislosigkeit, dann Überraschung und schließlich ungläubiges Entzücken ab.

„Du hast ihn hereingelegt! Das ist fantastisch! Oh göttlicher Augenblick, verweile! – Wir lassen ihn dort drin natürlich vermodern", erklärte er schadenfroh.

„Das geht leider nicht", widersprach Trixi. „Bald werden die ersten Menschen dort auftauchen."

„Oh." Faust zog bedauernd die Augenbrauen nach oben. Seine linke sah angekokelt aus. „Da werden wir dem dummen Kerl wohl doch heraushelfen müssen."

„Ich wäre Ihnen wirklich *sehr* dankbar, wenn *Sie* das tun könnten."

„Warum? Hast du Angst, dass du kotzen musst, wenn du ihn berührst?", schrie Faust und brüllte vor Lachen. „Es wird mir ein Vergnügen sein, edle Herrin. Ihm allerdings nicht, fürchte ich. Und deine zweite Bitte?"

Trixi holte tief Luft und beschloss, nicht lange um den heißen Brei herumzureden. „Ich wüsste zu gerne, wie Sie ... zur Leuchte wurden. Und wie man Sie seither nennt."

Faust hatte aufgehört zu lachen. Einige Augenblicke lang sah er Trixi abschätzend an. „Meinen Namen darfst du gerne wissen", erklärte er endlich. „Gestatten: Hexer im Turm*). Ich kann dir leider nicht sagen, welcher nette Mensch mir diesen Ehrentitel kurz vor meinem Übergang verliehen hat. Ist auch nicht weiter von Belang, sie haben mich oft genug so genannt."

„Es war also im Faustturm, als..."

„... mir mein Laboratorium um die Ohren geflogen ist? Ja, so nennt man den Turm wohl heute. Dass trotzdem diese lächerliche Geschichte mit der Treppe hier existiert, habe ich meinem alten Freund und Gönner Entenfuß zu verdanken. Was musste der Esel auch gerade in diesem Augenblick die Treppe im Turm heraufkommen! Was ich gerade trieb, war nicht für seine Augen bestimmt. Es war zur Stunde des Mittagsgebets, ich hatte mit keinem ungebetenen Besucher gerechnet. Er hatte in der Woche zuvor wieder einmal mit Ärger gedroht, wollte endlich Ergebnisse sehen. Also war ich gezwungen, den Durchbruch vorzugaukeln. Ich hatte etwas von dem Gold, das er mir gegeben hatte, eingeschmolzen und wollte es eben präparieren, um es so aussehen zu lassen, als hätte ich es selbst hergestellt. Ich war ganz dicht an einem wirklichen Erfolg, da konnte ich nicht zulassen, dass mir so ein Kleingeist mit seinen albernen Geldsorgen dazwischenfuhr. Warum war der Abt nicht in der Kirche, wo er hingehörte?" Faust starrte Trixi mit weit aufgerissenen, anklagenden Augen an. „Er durfte mich so nicht finden, aber es gab keinen Ausweg... Glaube mir, am liebsten hätte ich mich in Luft aufgelöst! – Nun, es passierte etwas ganz Ähnliches. Im selben Augenblick, in dem Entenfuß in mein Labor trat, explodierte ein Glaskolben und

---

*) Keine falschen Schlüsse, bitte: Der so genannte Hexenturm, der die östliche Ecke der Klosteranlage markiert, hat nichts mit Faust zu tun.

sorgte dafür, dass ich mich sozusagen in *Licht* auflöste." Der Hexer seufzte, und ein Lächeln stahl sich wieder in sein zerfurchtes Gesicht. „Ich schien der Schande glücklich entkommen, nicht aber Entenfuß. Was er in meinem Laboratorium vorfand, dürfte ihm kaum gefallen haben. Er konnte nicht zulassen, dass bekannt wurde, dass er die Schulden des Klosters noch weiter in die Höhe getrieben hatte, indem er viel Gold in nutzlose Versuche eines ‚Hexenmeisters' gesteckt hatte. Er hatte ohnehin bereits alle möglichen Ausreden ersonnen, um zu erklären, warum sich ein berühmter Alchemist im Kloster aufhielt.

Nun, die Lösung, die er sich auf die Schnelle ausdachte, verhinderte nicht, dass die ganze Sache herauskam. Und für mich", knurrte Faust zornig, „für mich bedeutete sie Schmach ohne Ende! Er ließ meinen Leichnam verschwinden, und ein ihm treu ergebener Mönch erklärte am folgenden Tag, er habe in der Nacht grausiges Heulen und Jammern gehört und auf der Treppe habe er *mich* gefunden, verzweifelt und mit Schaum vor dem Mund. Der Teufel habe mich geholt und all mein Wehklagen habe mir nichts genutzt! Der Kerl will sogar gesehen haben, wie sich am Fuß der Treppe der Boden auftat, Flammen und Schwefelgestank sollen aus dem Loch aufgestiegen sein. Und dahinein soll ich gestürzt sein.

Mich, der Teufel geholt! Das hatte er sich fein ausgedacht. Natürlich waren alle bereit, ihm zu glauben. Ich selbst hatte ja das Gerücht gesät, dass ich mit dem Teufel im Bunde sei. Es half mir dabei, leichtgläubige Geldgeber für meine kostspieligen Experimente zu finden. *Und* für mein kostspieliges Leben", fügte er grinsend hinzu. „Aber ich habe ihm gehörig in die Suppe gespuckt, diesem Abt Hasenfuß. Hah, in die Suppe *gespukt*, sollte ich sagen. Ich habe dafür gesorgt, dass ich nach meiner Entleibung in weit entfernten Städten gesehen wurde. Und auch ihm selbst bin ich erschienen. Ich verspreche dir, Bellatrix im Paradies: Er hatte Gelegenheit, seine bösartige Verleumdung sehr zu bereuen."

Erleuchtende Lichtbilder

Friedrich Meister, alias Friedemann Waldmeister, ehemals Physik-Professor an der Universität Freiburg, saß an dem winzigen Tischchen seines Gästezimmers im Durstigen Maultier und summte vor sich hin. Das Tischchen war völlig ungeeignet für seine Arbeit, er hatte seine Unterlagen über Bett und Fußboden verteilen müssen, doch das störte Waldmeister wenig. Mit Vergnügen verrenkte er seinen Hals beim Versuch, die hingekritzelten Tabellen am Boden zu entziffern. Seinen riesigen Nussbaum-Schreibtisch, den er einst in einem anderen Leben in seinem Arbeitszimmer im schmucken Einfamilienhaus besessen hatte, vermisste er ebensowenig wie seinen PC am Physikalischen Institut.

Waldmeister arbeitete wieder an seinem Lebenswerk. Zum ersten Mal seit undenklicher Zeit war es ihm möglich, ordentliche Aufzeichnungen zu erstellen. Und er hatte ein Bett zur Verfügung, einen Tisch und – welch unerhörter Luxus! – eine Tür, die er hinter sich schließen konnte. Waldmeister war glücklich.

Plötzlich flog diese Tür auf. Mit unwilligem Stirnrunzeln blickte Waldmeister dem Eindringling entgegen. Doch kaum hatte er erkannt, dass es Elsie war, da glättete sich seine Stirn, und mit rosa angehauchten Wangen sprang er von seinem Stuhl auf, um seine Wirtin und Freundin zu begrüßen.

„Friedemann!", stieß sie kurzatmig hervor, „Das

musst du dir ansehen!" Sie drückte ihm aufgeregt einen Stapel Fotos in die Hand.

Ein Blick auf das erste genügte, um Waldmeister in helle Aufregung zu versetzen. Während er mit aufgerissenen Augen und galoppierendem Herzen den Stapel durchsah, sprudelten die Worte aus Elsie nur so heraus.

„Ich dachte mir, es geht doch nicht, dass *du* die Filme bei der Kiebitzer zum Entwickeln abgibst, du weißt schon, als echter Fotograf würdest du das bestimmt nicht tun, du hättest sicherlich ein eigenes Labor, also dachte ich mir, ich geb' sie einfach ab, nicht alle auf einmal, das würde auffallen, da ich sonst *nie* fotografiere. Und weil ich so neugierig war, hab' ich gesagt, bitte, über Nacht, und wie ich sie vorhin abholen gehe, da sieht mich die Kiebitzer so komisch an. Fragt die mich doch, ob ich mir nicht einen neuen Fotoapparat kaufen wolle, sie hätte da einen digitalen im Angebot, der sei ganz einfach zu bedienen. Meiner sei halt doch ein sehr alter Fotoapparat, der sei wohl leider nicht mehr in Ordnung. Und ich sage, nein, danke, der alte tut es noch sehr gut, und draußen vor dem Laden werfe ich einen Blick auf die Bilder... Das gibt's doch nicht!, denke ich. Ja, und dann bin ich den ganzen Weg zurück so schnell gelaufen, dass die Leute schon geguckt haben, aber ich dachte mir, das *muss* der Friedemann sofort sehen!" Völlig außer Atem klappte sie den Mund zu und sah Waldmeister erwartungsvoll an.

Der Professor war inzwischen ganz blass geworden, aber seine Augen glänzten fiebrig. „Fantastisch!", murmelte er und starrte ein Foto an, das einen recht langweiligen Ausschnitt vom Dach des Rathauses zeigte und noch dazu viel zu dunkel war. Doch Waldmeister schien gar nicht zu bemerken, dass das Bild völlig misslungen war. Wie gebannt starrte er auf einen weißen, länglichen Fleck auf dem Giebel des Daches. Fast alle Fotos, die er am Nachmittag im grellen Sonnenlicht aufgenommen hatte, waren unterbelichtet und zeigten solche weißen Stellen. Und diese Stellen waren exakt dort, wo Waldmeister zuvor mit seinem Sensormat eindeutig die Anwesenheit lichtgestaltiger Geisterwesen festgestellt hatte.

Spätes Glück, trautes Heim

Nur wenige Tage später berührten sich leise klirrend zwei Sektgläser.

„Auf den Römer!", erklärte Waldmeister mit erhobenem Glas.

„Und auf deinen Bildband!", fügte Elsie mit verschmitztem Lächeln hinzu.

Auf dem Couchtisch im Wohnzimmer der Wirtin vom Durstigen Maultier lag ein kleiner Berg frisch entwickelter Fotos, gekrönt von einem fast völlig schwarzen Bild, in dessen Mittelpunkt ein Mann in altrömischem Gewand fläzte. Der Kontrast zwischen der hell leuchtenden Gestalt und dem schwarzen Hintergrund hätte nicht größer sein können. Waldmeister hatte mit verschiedenen Objektiven und Farbfiltern experimentiert. Die besten Ergebnisse hatte er mit einem Spezialfilter erzielt, der eigentlich für direkte Aufnahmen der Sonne, etwa bei einer Sonnenfinsternis, diente.

„Jaah," gab Waldmeister mit hochgezogenen Augenbrauen zu, „dafür würde ich sicherlich einen Verlag finden, der die Sache ganz groß herausbringen würde. Aber leider,..." fügte er kopfschüttelnd hinzu, „... würde sich kein *seriöser* Verlag auf so etwas einlassen. Es wäre heutzutage eine Kleinigkeit, solche Bilder am Computer herzustellen. Kein halbwegs vernünftiger Mensch wird mir abnehmen, dass diese Fotos echt sind."

„Aber..." protestierte Elsie entrüstet, „... warum sollte dir jemand so etwas Ungeheuerliches unterstellen?"

„Weil ich der Professor Waldgeister bin, der Geisterjäger von Maulbronn. Und weil ich ein Jahr meines Lebens in einer psychiatrischen Klinik zugebracht habe. Die Fakten, mit denen ich damals an die Öffentlichkeit gegangen bin, waren nicht weniger stichhaltig als diese Fotos hier. Nur leider hat sich niemand die Mühe gemacht, es nachzuprüfen."

Verwirrt setzte seine Wirtin ihr noch halbvolles Sektglas ab. „Aber ich dachte...", stammelte sie, „ich meine, ich war so überzeugt..."

„Nein", unterbrach Waldmeister sie, „meine Rehabilitation ist noch in weiter Ferne. Aber..." fügte er eilig hinzu, als er Elsies enttäuschtes Gesicht sah, „... sie ist ein deutliches Stück nähergerückt."

Für eine Weile herrschte Stille. Dann meldete sich Elsie wieder: „Und wie soll es nun weitergehen? Ich meine, die Leute wundern sich schon, dass du immer noch da bist. Kein professioneller Fotograf würde sich so viel Zeit lassen!"

„Ja", seufzte der Professor und sah sich wehmütig in dem gemütlichen Zimmer um, „ich werde wohl oder übel wieder ins Asyl umziehen müssen. Adieu, Herr Friedrich Meister!"

„O nein", rief Elsie erschrocken, „so habe ich das ganz bestimmt nicht gemeint! Das kommt überhaupt nicht in Frage!"

„Aber meine gute, liebe Elsie!", widersprach ihr der Professor und nahm die kleinen, dicken Hände der Wirtin in die seinen. „Es muss nun mal sein. Und überhaupt, ich kann doch nicht noch länger unter einem falschen Namen leben, das musst du einsehen."

„Aber warum willst du deine Tarnung jetzt schon aufgeben? Dazu ist noch Zeit, wenn wir bewiesen haben, dass du nicht verrückt bist. Alles, was wir brauchen, ist ein einleuchtender Grund, warum Herr Friedrich Meister immer noch im Durstigen Maultier wohnt."

„Nun ja, da magst du ja recht haben. Aber selbst ein noch so berühmter Fotograf muss seiner Arbeit nachgehen. Und es gibt weiß Gott keinen Winkel im Kloster, den ich in den vergangenen Tagen nicht mehrmals fotografiert habe. Wenn ich nur wüsste, wie ich dir all die Ausgaben, die du wegen mir hast, ersetzen könnte."

„Ach Papperlapapp! Und wenn du denn darauf bestehst: Du kannst mir alles zurückzahlen, wenn du erst wieder ein angesehener Professor bist."

„Ach, meine Elsie! Was bist du doch für ein Goldstück!", seufzte Waldmeister mit Tränen in den Augen und drückte ihre Hände. „Wenn wir jetzt nur noch einen plausiblen Grund finden könnten, warum ich immer noch hier bin..."

Die dicke Wirtin wurde puterrot im Gesicht und schlug die Augen nieder. „Ich dachte..." murmelte sie verlegen, „... wir könnten vielleicht... so tun... natürlich nur, wenn es dich nicht stört..."

„Wenn mich was nicht stört?", fragte Waldmeister verwirrt.

„Nun, wir könnten so tun, als würdest du nur wegen *mir* hier bleiben. Dann bräuchtest du auch nicht mehr in dem engen Gastzimmer zu wohnen, wo ich hier bei mir doch so viel Platz habe."

Nun wurde der Professor rot. „Aber Elsie!", stammelte er, „Das geht doch nicht!"

„Oh." Die Wirtin ließ schnell seine Hände los. „Natürlich... wenn dir das unangenehm ist..."

„Aber nein, ganz im Gegenteil! Ich könnte mir gar nichts Schöneres vorstellen! Ich dachte nur an deinen guten Ruf."

„Im Ernst, Friedemann!", rief Elsie da erleichtert lachend aus. „Wir leben doch im einundzwanzigsten Jahrhundert!"

Die Sonne bringt es an den Tag

Trixi spürte ein leichtes Kitzeln über ihren Leuchtkörper huschen, als sie durch die Gänge schwebte. Sie befand sich im oberen Stockwerk der Klausur. Hinter einer Tür waren gedämpfte Stimmen zu hören: Die Schüler des Internats hatten gerade Unterricht. Am Ende des Ganges machte sie vor einer weiteren Tür halt und studierte, aufmerksam auf jedes Geräusch lauschend, die Kopie in ihrer Hand. Trixi genoss den Nervenkitzel. Sie konnte zwar kein Herzklopfen mehr bekommen, dafür pulsierte die Energie heiß durch ihren Körper. Hinter der Tür schien alles ruhig. Trixi bückte sich, schob das Papier unter der Tür hindurch und lauschte noch einmal angestrengt. Dann laserte sie durch das Schlüsselloch.

Sie befand sich nun in einem Vorraum, von dem mehrere Türen und eine Treppe wegführten. Trixi war noch nie hier gewesen, denn in diesem Teil des Klosters hatten die Jungen, die hier zur Schule gingen, ihre Schlafräume. Wo die Mädchen untergebracht waren, hatte sie noch nicht herausgefunden, aber auch das würde sie bald wissen, da war sie sich ganz sicher.

Trixis Dasein als Leuchte von Maulbronn hatte sich in den vergangenen vier Tagen von Grund auf geändert. Niemand wagte mehr, sie zu gängeln und zu drangsalieren. Als sie Hampelmann das letzte Mal begegnet war, hatte dessen Gesicht bei ihrem Anblick einen leuchtend olivgrünen Ton angenommen, und er hatte sich eilends verdünnisiert. Und Radulfus behandelte sie bei ihren wenigen Begegnungen mit eisiger Nichtbeachtung, was Trixi nur recht war.

Die Kopie, mit deren Hilfe sie das Kloster erkundete, hatte sie gleich in ihrer ersten Nacht in Freiheit gemacht. Nachdem ihr die Idee gekommen war, sie unter der Tür der Bibliothek hindurchzuschieben, war alles ganz einfach gewesen. Seither verbrachte sie ihre Nächte damit, das Kloster zu erkunden und nach guten Verstecken für die langen Tage zu suchen. Zwischendurch tankte sie am Kopiergerät auf, so dass sie nicht auf langwieriges Wabern angewiesen war und immer noch genug Zeit fand, Filme anzusehen, im Internet zu surfen oder Bücher zu lesen. Die grellen Lichtblitze pumpten sie derart mit Energie voll, dass sie es wagen konnte, ihre Hände zu benutzen, wann immer ihr danach war. Das künstliche Licht hatte allerdings auch zur Folge, dass sie selbst in ätzenden Neonfarben leuchtete. Außerdem versprühte sie oft Funken und löste kleine Stromschläge aus, wenn sie Metall oder eine der anderen Leuchten berührte. Da Letztere sich dies nicht erklären konnten, gingen sie ihr bald aus dem Weg. Umso besser, dachte Trixi und genoss es, den anderen Streiche zu spielen, indem sie sich heimlich von hinten näherte und sie dann plötzlich anfasste. Ihr Dasein wäre perfekt gewesen, wenn sie Hansel nicht so vermisst hätte. Von dem kleinen, dicken Mönch war nach wie vor keine Spur zu finden.

Trixi hatte in der Truhe nachgesehen, in der sie selbst so viele Stunden hatte schmachten müssen. Sie guckte, gestärkt durch den Lichtblitz des Kopierers, in jeden Schrank und jede Kiste, die sie auf den Dachböden und in dunklen Kellerräumen fand. Weder der Alte noch der Hexer hatten Hansel in den letzten Wochen gesehen, und Trixi hatte den Eindruck, dass sie nicht die Einzige war, die sich Sorgen machte. Aber was konnte einem Gespenst denn schon passieren? Man konnte es einsperren, wie Trixi nur zu gut wusste, und sie war fest überzeugt, dass Radulfus bei Hansels Verschwinden die langen, dünnen Finger im Spiel hatte.

Trixi kannte inzwischen fast alle Winkel der Klausur, nur den Teil mit den Schlafräumen hatte sie bislang gemieden. Es war kaum möglich, dass Hansel hier irgendwo steckte. Doch die vergangenen Nächte hatten Trixi übermütig gemacht, und schließlich hatte ihre Neugier gesiegt. Sie wollte wissen, wie die Internatsschüler untergebracht waren, und der beste Zeitpunkt, ihre Zimmer aufzusuchen, war der Vormittag, wenn sie alle brav die Schulbank drückten.

Am liebsten wäre Trixi kurzerhand in das Klassenzimmer gelasert und hätte den Schülern Hallo gesagt. Sie waren nur wenig älter als sie. Trixi sehnte sich mit jedem Tag heftiger nach Gleichaltrigen. Hampelmanns giftige Bemerkung, dass sie - im Gegensatz zu ihm - alleine dastand, hatte sie empfindlicher getroffen, als sie sich eingestehen wollte. Es stimmte einfach: Sie war allein. Seit Hansel verschwunden war, hatte sie niemanden mehr, dem sie sich anvertrauen konnte. Aber sie durfte sich den Schülern nicht zeigen. Umso mehr drängte es sie, wenigstens einen Blick in ihre Zimmer zu werfen.

Nach kurzem Studium des Plans entschied sich Trixi für eine der Türen, doch als sie eben das Papier durch den Spalt unter der Tür schieben wollte, hörte sie hinter dieser Stimmen näherkommen. Hastig wandte sie sich der Tür zu, durch die sie in diesen Vorraum gelangt war, doch der plötzliche, fröhliche Lärm, der dahinter auflebte, machte ihr klar, dass sie mitten in eine Pause hineingeraten war. Gehetzt starrte Trixi die Treppe an, die sich in einer Ecke des

Raumes nach oben wand. Sie wusste noch nicht, wohin sie führte. Der Plan in ihrer Hand galt nur für das Stockwerk, auf dem sie sich befand. Kurzentschlossen wählte sie eine breite, zweiflügelige Tür, ließ den kopierten Plan mit leisem Bedauern fallen und verschwand eben durch das Schlüsselloch, als die ersten Schüler durch die andere Tür traten.

Wie sie richtig vermutet hatte, hatte sie den für das Internat reservierten Gebäudeteil nun verlassen. Rechts führte eine breite Treppe nach unten, und die Geräusche und Stimmen, die von dort heraufklangen, machten Trixi klar, dass auch dort kein Entrinnen möglich war. Heftig Kaugummi kauend fixierte Trixi abwechselnd zwei schwere Türen in der Wand gegenüber. Hätte sie den dummen Plan nur genauer studiert, bevor sie sich zu ihrem waghalsigen Unternehmen aufgemacht hatte! Neben einer der Türen war ein Schild angebracht, und Trixi wollte eben lesen, was darauf stand, als Schritte und Stimmen die Treppe heraufkamen. Leise fluchend entschied sie sich für die rechte Tür.

Sie hätte ebenso gut die linke nehmen können. Beide Türen führten in denselben großen Raum. Zu beiden Seiten eines schmalen Ganges waren einfache Stühle aufgestellt. Vor der gegenüberliegenden Wand stand ein schlichter Altar. Das musste die Winterkirche sein, die von den Mönchen immer dann genutzt worden war, wenn es in der großen Klosterkirche zu kalt gewesen war. Erschöpft hing Trixi in der Luft, dankbar, dass sie hierher gefunden hatte. An einem ganz normalen Wochentag würde gewiss niemand hierher kommen. Seltsam nur, dass einige der Fenster weit geöffnet waren... Trixi blieb keine Zeit, über die Bedeutung dieser Entdeckung nachzudenken, denn in eben diesem Augenblick schloss jemand eine der beiden Eingangstüren auf.

Völlig in Panik nahm sie den einzigen ihr noch offenstehenden Ausweg.

Gleißendes Sonnenlicht blendete sie und traf sie zugleich wie eine warme Energiedusche. Trixi schwebte über dem Klosterhof, wenige Meter neben dem Brunnen, und starrte entsetzt die Touristen an, die unter ihren Füßen Fotos von der Klosterfront machten. Es waren zum Glück noch nicht viele unterwegs, aber es konnte gar nicht ausbleiben, dass Trixi entdeckt wurde. Sie musste hier weg, sofort! Die Verzweiflung lähmte sie wie in einem bösen Traum, und vom Tor her kam gerade jetzt eine ganze Busladung Japaner! Plötzlich wurde Trixi klar, dass ein Ehepaar, das mitten auf dem Hof stand und die Klosterkirche betrachtete, sie schon längst hätte entdecken müssen. Doch die beiden alten Leutchen guckten seelenruhig durch sie hindurch und zeigten keinerlei Anzeichen beginnenden Wahnsinns. Verblüfft drehte Trixi sich um die eigene Achse. Tatsächlich: Niemand schien sie zu bemerken. Sie sah an sich hinunter und entdeckte, dass ihre Lichtgestalt flimmerte und undeutlich wirkte. War es möglich, dass sie für Sterbliche unsichtbar war? Aber wieso hatte Sabine sie dann sehen können? Vielleicht, dachte Trixi boshaft, konnten nur Verrückte Gespenster sehen und Sabine war nicht von Trixis Anblick verrückt geworden, sondern es schon vorher gewesen.

Unter ihr hielt ein Opa sein Enkelkind hoch, damit es die Hand ins kühle Brunnenwasser tauchen konnte. Spritz ihn nass, dachte Trixi unwillkürlich. Im nächsten Augenblick schon schrie der Opa erschrocken auf, setzte das Kind ab und wischte sich das Wasser vom Gesicht. Ungläubig starrte Trixi auf das kleine Mädchen hinab. Es schien selbst ganz erschrocken von seiner Tat und traute sich kaum zu lachen. Wieder warf Trixi einen Blick in die Runde. War es wirklich möglich, dass die alle sie nicht bemerkten?

Ein Stück weiter entfernt entdeckte Trixi den alten Mann, der sie in ihrer Prismatischen Stunde angesehen hatte. Sie war sich ganz sicher, dass er es war, obgleich er sich völlig verändert hatte: Er wirkte nun nicht mehr wie ein Stadtstreicher, sondern wie ein gepflegter, etwas altmodisch gekleideter Herr. Auch er fotografierte, hielt dabei aber den Fotoapparat in einem merkwürdigen Winkel, gerade so als wolle er den Himmel über dem Rathaus fotografieren. Unwillkürlich blickte Trixi in diese Richtung und zuckte zusammen. Oben, dicht über dem Dach des ehemaligen Marstalls, fläzte der Alte in der Luft und schien nicht zu bemerken, dass er gerade von einem Sterblichen fotografiert wurde. Die Gestalt des Römers flimmerte genauso wie ihre eigene, und Trixi wurde klar, dass sie die Farbtöne, in denen er leuchtete, als Sterbliche nie gesehen hatte. Sie wusste nicht einmal Namen für diese Farben. Das also war das Geheimnis: Das Sonnenlicht gab ihrem Leuchtkörper für Sterbliche unsichtbare Farben, für die Menschen war schlimmstenfalls das Flimmern heißer Luft zu erkennen.

Trotzdem: Zwei Wesen befanden sich im Hof, die Trixi entdecken konnten: der Alte und der Ex-Stadtstreicher. Und da Trixi nicht die geringste Lust verspürte gesehen zu werden, blitzte sie ab, über das Dach der Klosterfront hinweg in Richtung Kreuzgang. Führungen fanden um diese Uhrzeit noch keine statt, und selbst wenn sich der eine oder andere Tourist bereits in den Kreuzgang verirrt haben sollte: Trixi war ja neuerdings unsichtbar. Eine Tatsache, die ungeahnte Möglichkeiten barg, über die Trixi ganz dringend und in aller Ruhe nachdenken musste.

Erleichtert seufzend kam sie im Innenhof zum Schweben. Einen Augenblick lang genoss sie mit geschlossenen Augen das Murmeln und Plätschern, das aus dem Brunnenhaus drang. Ein bisschen hörte es sich so an, als würde der Brunnen Selbstgespräche führen. Trixi lauschte dem Frage- und Antwortspiel, es hatte etwas so Tröstliches, Vertrautes. Fast schien ihr, als könne sie einzelne Wörter verstehen. Dann wurde ihr klar, dass sich in das Gemurmel des Wassers auch Stimmen mischten. Die Stimmen erinnerten sie an etwas, an etwas lang Vergangenes... Siedendheiß kam Trixi die Erkenntnis: Die Stimmen erinnerten an Unterricht in einer richtigen Schulklasse! Erschrocken riss sie die Augen auf. Die Pause war vorüber, und in dem Klassenzimmer, das sich im oberen Geschoss des Brunnenhauses befand, ging der Unterricht weiter. Trixi hing reglos in der Luft und starrte durch die Fenster. Dies war also das berühmte Klassenzimmer, auf das sie bei den Klosterführungen immer so stolz waren. Angeblich war es eines der schönsten in ganz Deutschland. Aber das hatte jetzt keine Bedeutung für Trixi. Sie hatte nur noch Augen für die Schüler, die da wenige Meter von ihr entfernt ein ganz normales Leben führten. Sie mühten sich mit ihren Mathe-Aufgaben ab, ohne zu ahnen, dass sie beobachtet wurden. Trixi beneidete sie, selbst um die Aufgaben, über denen sie brüteten. Benommen wurde ihr klar, dass sie nun tatsächlich beim Unterricht dabei war. Zumindest irgendwie.

Allein in der Menge

In den folgenden Tagen fühlte Trixi sich fast so einsam und verlassen wie in den Wochen ihres Unterrichts bei Hampelmann. Sie hielt sich wieder meist im Verborgenen auf und gab sich düsteren Gedanken hin.

Der Alte hatte sich bestimmt nicht zum ersten Mal in der Sonne geaalt. Auch Hansel musste von der Wirkung des Sonnenlichts gewusst haben, sonst hätte er sich bei Tag nicht so sicher in der Klosteranlage bewegen können. Warum hatten sie ihr nichts verraten? Und wo war Hansel? Immer wieder kam Trixi auf diese eine Frage zurück. Sie vermisste den gutmütigen Kerl mehr denn je. Die giftige Stimme Hampelmanns zischte in ihrem Kopf, immer und immer wieder: „Du bist allein..."

Ja, sie war allein. Es gab niemanden, mit dem sie reden konnte – außer vielleicht den Hexer. Aber der Blick in das Klassenzimmer hatte Trixi schmerzlich bewusst gemacht, was ihr wirklich fehlte: gleichaltrige Freunde. Sie lebte in einer Geisterwelt, in der es außer ihr nur Männer gab, und die stammten noch dazu aus grauer Vorzeit und hatten eine seltsame Vorstellung davon, was für Kinder gut war. Wenn wenigstens Hansel wieder da gewesen wäre!

Es gab da noch etwas anderes, um das Trixis Gedanken kreisten, aber nur vorsichtig und zögernd, wie eine Katze, die um den heißen Brei herumschleicht. Das Kind am Brunnen: Es sah fast so aus, als hätte es Trixis Gedanken gehört und prompt darauf reagiert. Schon einmal hatte Trixi das Gefühl gehabt, dass sie mit ihren Gedanken Botschaften an Sterbliche senden konnte. Damals war es ihr Vater gewesen, und er hatte sich auf der anderen Seite einer massiven Tür befunden. In beiden Fällen waren noch andere Sterbliche in unmittelbarer Nähe gewesen, hatten aber offensichtlich nichts von Trixis Anwesenheit bemerkt...

Trixi führte diese Gedanken nicht zu Ende, sie waren ihr nicht recht geheuer. Aber immer wieder sah sie das Kind vor sich, das erst mit leerem Gesicht in seiner Bewegung verharrte, um dann mit beiden Händchen aufs Wasser zu schlagen und seinen Großvater und sich selbst klatschnass zu spritzen.

Nach einigen Tagen wagte Trixi sich bei strahlendem Sonnenschein wieder nach draußen. Ab da verbrachte sie fast ihre ganze Zeit im Freien und genoss es, die Sonnenenergie zu spüren, die ihre Gestalt bis in die Fingerkuppen ausfüllte. Bald war sie fast so aufgetankt wie nach einem Besuch des Kopiergerätes, nur dass sich die Sonnenenergie viel angenehmer anfühlte und auch nicht zu lästigen Stromschlägen führte.

Trixi gewöhnte sich bald an, den Alten nachzuahmen, der ihr jedes Mal fröhlich zuwinkte, wenn er sie über dem Dach des Fruchtkastens entdeckte: Sie räkelte sich stundenlang in der Sonne und beobachtete in aller Ruhe das Treiben auf dem Klosterhof. Wurde ihr dies zu eintönig, so dachte sie sich Streiche aus. Einmal versuchte sie ein Kind dazu zu bringen, sein Eis in den Ausschnitt der Mutter zu stecken, aber entweder war die Entfernung zu groß, oder aber die Abneigung des Kindes, sein Eis so zu verschwenden. Ein anderes Mal machte sie sich einen Spaß daraus, eine Klosterführerin dazu zu bewegen, den Kopf in den Brunnen zu stecken, um vorzumachen, wie es das Maultier im Jahre 1147 angeblich getan hatte. Einer alten Oma flüsterte sie ein, in der Klosterbuchhandlung nach unanständigen Büchern zu fragen, was diese und den Buchhändler in ziemliche Verlegenheit brachte, wie Trixi durch die offen stehende Ladentür hämisch beobachtete.

Immer wieder beobachtete Trixi auch größere Kinder und Jugendliche, die mit ihren Eltern das Kloster besuchten. In den späten Vormittagsstunden, wenn sie sicher sein konnte, dass der Innenhof des Kreuzgangs sonnendurchflutet war, hielt sie sich am liebsten vor den Fenstern des Brunnenhaus-Klassenzimmers auf und verfolgte den Unterricht.

Die Nächte verbrachte sie wieder in der Bibliothek mit Filmen, Büchern und dem Internet, in dem sie unter dem Namen ‚Ghostie' die Chatrooms in Verwirrung stürzte. Alles in allem ging es Trixi gut. Und doch hielt sie ständig nach etwas Ausschau, ohne so recht zu wissen wonach. Bis zu jenem Sonntagvormittag. Sie entdeckte ihn im Brunnenhaus.

Mäx

Es war kühl im Brunnenhaus. Mäx hockte auf dem Boden, den Rücken gegen die Wand gelehnt, und versuchte sich auf das Geplätscher und Gegurgel des Brunnens zu konzentrieren. Witzlos. Das Gekeife seiner Eltern ließ sich nicht so einfach ausblenden. Das ging nun schon den ganzen Morgen so. Sobald andere Leute in Hörweite waren, senkten die beiden ihre Stimmen und gifteten sich nur noch leise zischelnd an. Im Moment waren sie leider alleine im Kreuzgang. Ob die beiden überhaupt einen Blick für diese genialen Bauwerke übrig hatten? Bestimmt nicht, sonst hätte ihnen nämlich klar werden müssen, dass man an einem solchen Ort nicht herumschrie.

Mäx kickte mit seinem Turnschuh ein Steinchen beiseite und kämpfte gegen den Kloß in seinem Hals. Es war einer dieser immer häufiger anbrechenden Tage, an denen er das Gefühl hatte, dass seine Eltern ihn völlig vergessen hatten. Hin und wieder riefen sie mechanisch seinen Namen, bei Tisch reichten sie ihm seinen Teller und im Auto warteten sie, bis er sich angeschnallt hatte. Aber eigentlich sahen sie die ganze Zeit durch ihn hindurch. Sie nahmen sich nicht einmal mehr die Zeit, an ihm herumzumeckern. Mit zusammengekniffenen Lippen zog er ein Feuerzeug aus der Knietasche seiner Skaterjeans. Nicht einmal was er anhatte, war ihnen aufgefallen: Durfte man mit einem T-Shirt, auf dem eine Teufelsfratze höhnisch aus einem Meer von Flammen herausglotzte, überhaupt eine Kirche betreten? Noch dazu eine Klosterkirche? Dass sie kein Wort über sein Outfit verloren hatten, bewies eindeutig, dass sie ihn heute noch gar nicht wahrgenommen hatten. Aber das würde sich jetzt gleich ändern.

Aus einer anderen Hosentasche (er hatte ziemlich viele davon) zog er ein Päckchen Sammelkarten. Sein Vater würde ihm Geld für neue geben. Er brauchte nur zu erwähnen, dass seine Mutter die Dinger nicht ausstehen konnte. Eine nach der anderen knickte er die Karten und schichtete sie zu einem kleinen Scheiterhaufen auf. Den zündete er an.

Beißender, stinkender Rauch stieg auf. Die Karten brannten nicht richtig, weil sie mit Kunststoff beschichtet waren. Hätte er sich denken können. Andererseits war die Wirkung so um einiges krasser. Seine Eltern würden ein Herz und eine Seele sein, während sie ihn fertig machten. Jetzt musste er nur noch warten und sein Feuerchen in Gang halten, bis sie endlich zum Brunnenhaus kamen.

Es dauerte einen Augenblick, bis Mäx klar wurde, dass er von seinen Eltern nur noch ein unterdrücktes Zischeln hörte. Au verdammt! Das konnte nur heißen, dass andere Klosterbesucher den Kreuzgang betreten hatten. Tatsächlich vernahm Mäx Stimmen, leise Stimmen, die sich andächtig flüsternd über das alte Gemäuer unterhielten und unaufhaltsam näherrückten. Unter diesen Stimmen war eine, die er sofort erkannte. Sie gehörte dem hübschen Mädchen mit den Rehaugen, das er vorhin in der Kirche beobachtet hatte. Mäx brach der Schweiß aus. Nimm deine Mütze, füll sie mit Wasser und lösch das Feuer!, drängte sein Kopf, doch er war unfähig sich zu bewegen. Mit brennendem Feuerzeug, die Augen aufgerissen, so hockte er im Brunnenhaus, starrte durch das Tor zum Kreuzgang und wartete wie ein Idiot auf die Katastrophe.

Sie war es tatsächlich. Da stand sie, flankiert von ihren Eltern, hinter dem Seil, mit dem das Brunnenhaus abgesperrt war. Der verwunderte Blick ihrer großen, dunklen Augen wanderte zwischen dem kokelnden Kartenhaufen und Mäx' Gesicht hin und her. Ihre Mutter sog scharf die Luft ein, und ihr Vater zog seine Augenbrauen zu einem dunklen Strich zusammen. Vorwurfsvoll starrten die drei ihn an. O Shit!, dachte Mäx, und wünschte sich, der Steinboden möge sich auftun und ihn verschlingen.

Ein wenig Nachhilfe

Trixi sah mit einem Blick, dass der Junge unter Schock stand. Seit das dunkelhaarige Mädchen mit ihren Eltern den Kreuzgang betreten hatte, rührte er sich nicht mehr, sondern starrte mit vor Panik geweiteten Augen auf das Tor des Brunnenhauses. Dafür, dass er eben noch an einem heiligen Ort (der noch dazu für Klosterbesucher gesperrt war) mit Feuer gespielt hatte, bewies er bemerkenswert wenig Nerven. Hatte er allen Ernstes gedacht, dass er unentdeckt bleiben würde?

Trotzdem: Er sah einfach süß aus! Lange blonde Locken quollen unter seiner Skatermütze hervor, und die schreckgeweiteten, grünen Augen wurden von dichten, langen Wimpern gesäumt. Trixi schätzte ihn auf etwa vierzehn Jahre. In einem Anfall von Mitleid versuchte sie ihn dazu zu bringen, seine Mütze mit Wasser zu füllen, das Feuer zu löschen und dann hinter dem Brunnen in Deckung zu gehen. Seine linke Hand fasste auch tatsächlich nach der Mütze, doch die rechte hielt eisern das brennende Feuerzeug, und sein Blick löste sich nicht vom Tor des Brunnenhauses. Und dann war es auch schon zu spät. Die Neuankömmlinge standen da wie festgefroren und guckten, als würde der Junge gerade ins Brunnenbecken pinkeln.

Das Mädchen war ziemlich hübsch. So wie der Junge sie anstarrte, musste er wohl zu derselben Erkenntnis gekommen sein. Offensichtlich war *sie* der

Grund für seine Panik, und das versetzte Trixi einen Stich. War sie etwa eifersüchtig? Wie auch immer, was hatte die blöde Kuh gerade jetzt aufzutauchen! Andererseits... Er befand sich an einem prismatischen Ort, er hatte zweifellos eine schlimmere Sünde begangen als sie selbst mit ihrem Kaugummi, *und* er befand sich in einer für ihn ausgesprochen unangenehmen Situation. Fehlte nur noch der Wunsch zu verschwinden!

Trixi konzentrierte sich mit jeder Lichtfaser ihrer Gestalt auf das, was sie vorhatte. Im selben Moment hörte sie auch schon ein Knirschen, das ihr einen Lichtschauer über den Rücken jagte. Die oberste Etage des Brunnens geriet ins Wanken und ergoss ihren Inhalt in einem Schwall auf den kauernden Jungen. Etwas von dem Wasser spritzte auch durch das Fenster und traf Trixi, doch bevor sie sich darüber klar werden konnte, was für ein Gefühl dies in ihr auslöste, hatte das schwere Brunnenbecken sein Opfer erreicht und niedergestreckt.

Der Sog setzte so plötzlich ein, dass Trixi kaum wusste, wie ihr geschah. Mit unwiderstehlicher Macht und recht unsanft beförderte er sie ins Innere des Brunnenhauses. Unter der engen Dachkuppel war im Nu die gesamte Leuchtengemeinde dicht gedrängt versammelt, ängstlich darauf bedacht, dem Wasser nicht zu nahe zu kommen, das aus dem zerstörten Brunnen spritzte. Trixi brauchte wie die anderen einige Augenblicke, um zu erkennen, dass die Wasserstrahlen in der Prismatischen Stunde ebenso eingefroren waren wie die glotzende Familie im Kreuzgang. Gerade als sie sich entspannte und anfing, nach Hansel Ausschau zu halten, begann das Schauspiel.

Zwei blendend weiße Lichtstrahlen schossen aus den offenen Augen des Jungen, der, wie sie nun mit einem Mal ganz sicher wusste, Maxi hieß. Wie Laserstrahlen durchschnitten sie den Raum, und die Leuchten wichen auseinander, um ihnen Platz zu machen. Bevor die Strahlen die Decke erreicht hatten dehnten sie sich zu immer breiteren Kegeln aus regenbogenfarbigem Licht aus, das bald als ein bunter Nebel das ganze Brunnenhaus ausfüllte. Da der Platz so eng war, konnten die Leuchten nicht ausweichen, und Trixi spürte eine sanfte, fast zärtliche Berührung. Dieser bunte Nebel, das ist Maxi, dachte sie verwundert und glücklich.

Langsam zogen sich die Nebel zusammen. Blau fand zu Blau, Grün zu Grün und Gelb zu Gelb... An der Stelle, an der die beiden Lichtkegel sich eben noch überschnitten hatten, verdichteten sich die Farben langsam zur Gestalt eines Jungen. Fasziniert starrte Trixi die Leuchtreklamen-Version Maxis an. Seine eben noch blonden Haare leuchteten butterblumengelb, die Augen strahlten neongrün. Sein T-Shirt hatte den tiefvioletten Ton angenommen, in dem alles ehemals Schwarze in der Welt der Leuchten glomm, und die aufgedruckten Flammen loderten so intensiv, dass Trixi einen Augenblick glaubte, das T-Shirt würde tatsächlich brennen. Dagegen war die Teufelsfratze auf mysteriöse Weise verschwunden – offensichtlich hatte sie nicht den Weg durch das Prisma geschafft. Wie das Blaulicht der Feuerwehr leuchtete Maxis Jeans, und die riesigen Turnschuhe glommen violett wie das T-Shirt.

„Maxi im Brunnenhaus, willkommen in der Gemeinschaft der Leuchten von Maulbronn!", begann Radulfus seine Begrüßungsrede. Anscheinend hatte er mit minderjährigen Neuzugängen keine Probleme, solange sie nur männlich waren. Er begann seine Litanei herunterzubeten, und Trixi ließ ihn eine Weile gewähren bevor sie ihn unterbrach. „Schon gut, du kannst dir das ganze Blabla sparen. Ich werde ihm die Prismatischen Gebote schon verklickern und auch alles andere, was er wissen muss. Ihr braucht ihm also kein Kindermädchen zu suchen."

Aufgeregtes Gemurmel erhob sich. Der Alte grinste amüsiert, und der Hexer gackerte lauthals los. Nur Ziegenbart-Hampelmann und Radulfus schienen wirklich empört. Mit einem mulmigen Gefühl wurde Trixi bewusst, dass Hansel nicht unter der Gemeinschaft war. Was konnte ihn davon abgehalten haben zu erscheinen? Er hatte in einer Prismatischen Stunde doch eigentlich gar keine andere Wahl!

„Natürlich werden wir ihn nicht wie ein kleines Kind behandeln!", giftete Radulfus. „Er ist ein junger Mann und kein dummes kleines Mädchen. Verzeih", fuhr er an Maxi gewandt fort, „du solltest sie nicht beachten. Doch da es unmöglich sein dürfte dich in Anwesenheit von Bellatrix im Paradies in der gebührenden Form willkommen zu heißen, schlage ich vor, dass wir dies an anderem Ort und in aller Ruhe nachholen." Er fasste Maxi am Arm. „Es kann ohnehin nicht mehr lange dauern…"

Trixi schluckte. Darauf war sie nicht gefasst gewesen. Radulfus wollte Maxi mitnehmen, das konnte sie auf keinen Fall zulassen! Plötzlich hatte sie das Gefühl, dass eine unsichtbare, riesige Hand, die sie bis dahin eisern festgehalten hatte, ihren Griff lockerte. Bevor Trixi reagieren konnte, waren Radulfus und sein Opfer auch schon auf und davon. Die grauen Nebel, die durch Innenhof und Kreuzgang waberten, hoben sich langsam, und während eine Leuchte nach der anderen abblitzte, sah Trixi die Farben in die Welt zurückkehren. Mit einem leisen Fluch machte sie sich auf, um herauszufinden, wo Radulfus den Jungen hingebracht hatte.

Ausgetrixt

Nun zahlte es sich aus, dass Trixi so eifrig das Kloster erkundet hatte. Allzu viele Orte gab es nämlich nicht, wo man vor den Menschen sicher war, und es war nicht einfach, diese abzuklappern, ohne dabei gesehen zu werden. Trixi versuchte es zuerst im alten Klassenzimmer und dann auf dem Dachboden, auf dem sich die Holztruhe befand, die Radulfus so gerne als Karzer benutzte. Sie warf sogar einen Blick hinein, man konnte ja nie wissen. Aber im Grunde hatte sie gar nicht erwartet, dass der dürre Mönch es ihr so einfach machen würde, er musste sich ja denken, dass sie versuchen würde, ihm den Neuen abzujagen. Sie kam also in der staubigen Luft zwischen dem Gerümpel zum Schweben und dachte nach. Wo würde Radulfus sich vor ihr sicher fühlen?

Trixi war fest davon überzeugt, dass Radulfus sich an die Prismatischen Gebote hielt: Keine Sonne, keine Menschen, kein Wasser... Und natürlich würde er es auch nicht wagen, den Klosterbezirk zu verlassen. Da es helllichter Tag war, fesselten ihn diese Gebote an die Gebäude der Klausur, die unmittelbar miteinander verbunden waren. Und da es inzwischen später Vormittag war und die Touristen in Scharen eintrafen, gab es nicht allzu viele Möglichkeiten sich zu verstecken.

Zunächst einmal waren da die Dachböden und Kellerräume. Doch die waren bei den Leuchten so beliebt, dass Radulfus nicht hoffen konnte, ungestört zu bleiben. Das Erdgeschoss war zu großen Teilen den Klosterbesuchern frei zugänglich, und im Moment waren bestimmt auch noch Notarzt und Polizei da. Für einen Augenblick fragte sich Trixi, was dieser neuerliche Unfall wohl für das Kloster bedeuten mochte, was für Folgen sich daraus ergeben würden... Doch dann wandte sie ihre Gedanken entschlossen wieder dem naheliegendsten Problem zu: Wo war Maxi?

Wenn sie weder im Keller noch auf den Dachböden oder im Erdgeschoss nachsehen wollte, blieben eigentlich nur noch die Räume des Internats übrig. Und da waren die Schüler... – Halt, waren sie nicht! Es war Wochenende! Ohne weiter zu überlegen, blitzte Trixi ab.

Sie versuchte es zuerst mit der Winterkirche, vielleicht weil sie sich gut vorstellen konnte, wie Radulfus den Jungen zwang, vor dem Altar niederzuknien, um die Prismatischen Gebote zu vernehmen. Der Raum lag verlassen da. Durch die geschlossenen Fenster konnte Trixi aber deutlich die Unruhe hören, die über dem Klosterplatz lag. Ein Blick nach draußen zeigte, dass Polizei und Krankenwagen tatsächlich schon eingetroffen waren. Um die Fahrzeuge herum scharten sich Klosterbesucher und Maulbronner und redeten auf einen Polizisten ein, der offensichtlich die Aufgabe hatte, Neugierige am Zutritt zum Kloster zu hindern. Eine kleine Gruppe Japaner wuselte mit gezückten Digitalkameras herum und nahm den Beamten aus jedem erdenklichen Winkel ins Visier.

Trixi wollte eben den Raum verlassen, als sie hörte, dass jemand einen Schlüssel in genau das Schlüsselloch schob, das sie bereits anvisiert hatte. Ein Fluch lag ihr auf den Lippen, den sie aber mit Blick auf das Altarkreuz hinunterschluckte. Es war wirklich zum Verrücktwerden. Sie nahm sich fest vor, künftig einen großen Bogen um die Winterkirche zu machen. Vielleicht war dies hier einfach nicht der richtige Ort für Leuchten.

Eine kleine Gruppe Menschen trat ein, unter ihnen Maxis Eltern, die sich beim Gehen gegenseitig stützen mussten. Keiner von ihnen bemerkte die seltsam bunte Glühbirne, die sich unter die Milchglaskugeln an der Decke gemischt hatte.

„Bitte, nehmen Sie doch Platz!", flüsterte der Verwalter der Klosteranlage heiser und führte das Ehepaar zu den Stühlen. Der Mann war fast so weiß im Gesicht wie Maxis Eltern, und Schweiß stand ihm auf der Stirn. Trixi hatte ihn schon ein paar Mal bei Klosterführungen erlebt, die er fröhlich mit Anekdoten und Witzen auflockerte. Da sprach er immer mit voller, lauter Stimme. Jetzt konnte er kaum mehr krächzen.

„Ich weiß wirklich nicht... Es tut mir so furchtbar leid. Die Klosteranlage wurde erst vor kurzem von einer ganzen Truppe von Gutachtern untersucht. Ich kann das gar nicht begreifen, das ist nun schon der zweite Unfall..."

Maxis Mutter starrte ihn an, als wäre er ein Gespenst.

„Soll das heißen", presste sie fassungslos hervor, „dass das schon einmal... - Nein!" Sie war nun aufgestanden. „Das ganze Kloster ist baufällig, und Sie lassen ahnungslose Besucher in die Todesfalle laufen?", kreischte sie.

„Liebling, bitte!", beschwor sie ihr Mann. „Er kann nichts dafür..."

Trixi zitterte unter der Anstrengung, die Verdichtung zur Glühbirne aufrecht zu erhalten. Lange würde sie es nicht mehr schaffen. Bestimmt nicht lange genug, bis der Raum wieder menschenleer war. Sie musste einfach hoffen, dass niemand den Lichtblitz bemerken würde oder aber dass sie dachten, es wäre nur eine Spiegelung, die ihnen in die Augen stach. Trixi blitzte ab und laserte, ohne innezuhalten, durch die Saaltür und einige Meter weiter durch die Tür, die zu den Wohnräumen der Internatsschüler führte.

Diesmal waren die Räume des Internats tatsächlich verlassen. Sie hätte nun in aller Ruhe die einzelnen Zimmer besichtigen können, statt dessen wandte sie sich in Richtung Unterrichtsräume, und dort zeigte sich, dass ihr Gefühl sie tatsächlich nicht getrogen hatte: Aus dem Klassenzimmer im oberen Stockwerk des Brunnenhauses hörte sie leise Stimmen. Radulfus und Maxi befanden sich gerade mal ein paar Meter über Maxis totem Körper! Ob dem Jungen das wohl klar war? Radulfus hatte wirklich Nerven!

Noch wusste Trixi nicht, wie und wohin sie Maxi entführen sollte. Zunächst einmal brauchte sie neue Energie, damit sie problemlos mit Radulfus fertig wurde. Draußen herrschte strahlender Sonnenschein. Auf der Suche nach einem offenen Fenster schwebte Trixi weiter und kam dabei der Bibliothek immer näher. Natürlich! Das Kopiergerät!

Wenige Minuten später war Trixi zurück. Aus jeder Pore troff ihr das Licht. Ihr Plan war denkbar einfach: Rein ins Klassenzimmer, Maxi schnappen, raus aus dem Klassenzimmer. Dann wie der Blitz in eines der Zimmer der Internatsschüler, Fenster auf, raus ins Sonnenlicht, ...und schon wären sie vor Radulfus in Sicherheit.

Maxi machte ein Gesicht, als sähe er ein Gespenst, als Trixi plötzlich dicht hinter dem hageren Mönch Gestalt annahm. Was so nicht ganz stimmte, denn nun sah er ja schon zwei Gespenster. Radulfus ahnte wohl etwas, denn er zuckte zusammen und hielt mitten in seinem Vortrag inne, doch bevor er sich umdrehen konnte, hatte Trixi ihn auch schon am Genick. Mit einem scharfen Knall entlud sich ihre überschüssige Energie und schleuderte den Mönch fast einen Meter in die Höhe.

„Bellatrix!", schrie Radulfus und fuhr herum, seine Augen brannten vor Hass und Wut. Und vor Angst.

Statt ihrem Plan zu folgen und Maxi am Arm zu packen, blieb Trixi dicht vor Radulfus schweben und starrte ihn herausfordernd an. Wie sie diesen Kerl hasste! Sie formte eine große, grellpinke Kaugummiblase und ließ sie direkt vor seinem Gesicht platzen, so dass ihn die davonstiebenden Funken trafen. Mit Genugtuung sah sie ihn zurückzucken. Der scharfe Lichtblitz des Kopiergerätes hatte sie aggressiv gemacht, und Trixi hatte große Lust, dem Kerl den hässlichen, dürren Hals umzudrehen.

Radulfus fasste sich als Erster wieder. Er griff nach Maxis Arm, doch diesmal war Trixi vorbereitet und vor allem: sie war schneller. Als der zum Blitz verdichtete Mönch durch das Schlüsselloch laserte, hatte sie bereits den anderen Arm des Jungen fest im Griff. Der dehnte sich wie ein Gummiband, und im nächsten Augenblick hielt Trixi nur noch ein langes, unglaublich dünnes Ärmchen in der Hand. Der Rest von Maxis Körper war bereits durch das Schlüsselloch verschwunden. Wenn sie ihm nicht den Arm ausreißen wollte, musste sie ihn nun loslassen. Oder hinterher lasern. Trixi ließ nicht los.

Aufgepumpt mit Energie, wie sie war, war es für Trixi ein leichtes, Radulfus einzuholen. Allerdings blitzte sie auf der falschen Seite einer der vielen Säulen vorbei, so dass Maxis langgestreckter Körper dagegen knallte. Seine Arme dehnten sich noch ein Stück weiter, dann spannten sie sich mit einem Ruck, und Trixi und Radulfus wurden zurückgeschnellt. Sie schafften es nur mit Mühe zum Schweben zu kommen, als sie mit Maxi auf einer Höhe waren. Der sah inzwischen ziemlich bematscht aus.

Wieder standen sich Radulfus und Trixi gegenüber und starrten sich an, als hätten sie sich liebend gerne Gift gegeben.

„Nun gut, ich überlasse ihn dir!", zischte Radulfus mit zusammengekniffenen Augen.

„Soll ich dir was verraten?", knurrte Trixi zurück, „Du hast auch gar keine andere Wahl!"

„Nein!", schrie Maxi entsetzt. Er konnte immer noch kaum geradeaus sehen und krallte sich an dem Mönch fest, doch der zerrann ihm regelrecht zwischen den Fingern, als er als greller Lichtblitz davonschoss. Fassungslos starrte der Junge auf seine nun leeren Hände.

„Sie können mich mit dieser Verrückten doch nicht alleine lassen!", schrie er Radulfus hinterher.

Trixi konnte kaum glauben, was sie da hörte.

„He, vertraust du mir etwa nicht?", stieß sie vorwurfsvoll hervor. Der Junge, der sich langsam wieder berappelt hatte, starrte sie an, als wäre sie vollkommen übergeschnappt. „Maxi, hör zu, ich weiß ja nicht, was dieser Armleuchter über mich erzählt hat...", fing Trixi an, doch der Junge unterbrach sie mit einer unwilligen Armbewegung. Seine Leuchtkraft war fast völlig erloschen, nur ein zarter Anflug von Rosa auf seiner Stirn zeigte, wie wütend er war.

„Mir reicht es", knurrte er, „ich habe keinen blassen Schimmer, was hier läuft."

„Ich kann dir alles erklären, Maxi..."

„Hör auf, mich Maxi zu nennen!", röhrte der Junge. „Wenn es sich schon nicht vermeiden lässt, dann nenn mich wenigstens Mäx!" Er lehnte sich gegen die Säule, verzog das Gesicht zu einer Grimasse und murmelte: „‚Maxi im Brunnenhaus'. Ich fass' es nicht!"

„He, kein Problem. Ich kann's auch nicht leiden wenn sie mich Bellatrix im Paradies nennen. Nenn mich einfach Trixi, und ich nenn dich Mäx."

Mäx sah sie zweifelnd an. Er machte nicht den Eindruck, als hätte er Lust, sie überhaupt irgendwie anzureden.

„Hör zu, Mäx, ich weiß, das alles ist total krass", Mäx schnaubte, „aber wenn du deine Eltern nochmal sehen willst, dann sollten wir uns jetzt echt beeilen."

Mäx kniff die Augen zusammen. „Wie meinst du das?"

„Naja, sie werden sicher bald heimgehen, meinst du nicht?"

„Wohl kaum ohne mich", widersprach Mäx.

„Ähm, also, ich glaub' nicht...", stotterte Trixi überrascht. „Also, deinen Körper werden sie kaum mitnehmen. Oder meinst du, sie wollen ihn daheim aufbahren oder so?"

„Hä? Wieso aufbahren? Ihr habt doch alle 'nen Knall! Verdammt, wie bin ich überhaupt hierher gekommen? Ich geh jetzt meine Leute suchen." Er sah sich kurz um und wandte sich dann in die Richtung, aus der sie gekommen waren.

„Ich kenne einen kürzeren Weg", rief ihm Trixi hinterher, als er sich davonschleppte. Er ging tatsächlich, wie Sterbliche es taten: Auf dem Boden und einen Fuß vor den anderen setzend. Und es fiel ihm offensichtlich nicht leicht. „Außerdem weiß ich, wie du wieder zu Kräften kommst!"

Mäx schien nicht gewillt, sie weiter zu beachten, also schwebte sie gemächlich hinter ihm her. Bis zur nächsten Tür waren es ohnehin nur noch wenige Meter. Dort angelangt sah sie amüsiert zu, wie Mäx sich mühte, die Türklinke zu drücken. Er schaffte es nicht und lehnte sich völlig erschöpft gegen die Tür.

„Du gestattest?", fragte Trixi und packte seinen Arm, ohne auf seine Zustimmung zu warten. Als sie sich auf der anderen Seite der Tür wieder zu ihrer normalen Gestalt ausgedehnt hatten, packte Trixi Mäx bei den Schultern und sah ihm beschwörend in die Augen. Sie hatte darauf geachtet, dass sie dicht unter der Decke zum Schweben gekommen waren. „Sieh nach unten!", befahl sie dem Jungen, der gehorchte und prompt ein Gesicht machte, als wäre ihm sterbensübel. „Das ist kein Traum. Du bist ein Gespenst. Ich bin ein Gespenst. Ich werde dir nachher alles haarklein erklären, aber jetzt müssen wir erst mal raus an die Sonne, damit du Saft tanken kannst, und danach ist es vielleicht noch nicht zu spät, deine Eltern zu suchen. Du willst sie doch noch mal sehen?"

Mäx starrte immer noch an ihren Füßen vorbei nach unten. Der Boden befand sich fast zwei Meter unter ihnen. Beklommen überlegte Trixi, ob Leuchten sich übergeben konnten. Sie wollte es lieber nicht wissen, also packte sie Mäx erneut am Arm und suchte einen Weg nach draußen.

Im Himmel und auf Erden

Es war nicht leicht, Mäx nach draußen zu bekommen. Nachdem ihm dämmerte, dass da tatsächlich etwas gewaltig schief gelaufen war, entschloss er sich nämlich, die Prismatischen Gebote bitter ernst zu nehmen.

„Bist du total bescheuert?", schrie er, als Trixi mit der freien Hand versuchte, ein Fenster zu öffnen. Es kostete sie gewaltige Mühe, denn der Widerstand ihres Schützlings hatte bereits einen großen Teil ihrer Energie aufgefressen. „Lass mich los, ich geh nicht da raus! Der Mönch hat gesagt, dass... dass..." Mäx hielt einen Augenblick in seinem Gezappel inne, um nach Worten zu suchen. Trixi nutzte die Gelegenheit und schaffte es tatsächlich, das Fenster zu kippen. Mehr brauchte es nicht.

„Radulfus ist ein Schafskopf", seufzte sie und sammelte ihre verbliebenen Kräfte. „Du wirst doch nicht jeden Müll glauben, den der verzapft!"

„Ach, aber *dir* soll ich glauben? Er hat gesagt, du wärst wahnsinnig *und* gefährlich!"

O Mann, womit hab ich das verdient, dachte Trixi und musterte das von Panik verzerrte Gesicht des Jungen. Warum lass ich ihn nicht einfach in Radulfus' Gesellschaft vermodern? Natürlich wusste sie die Antwort: Weil sie einsam war. Und weil Mäx nichts dafür konnte, dass Radulfus ihn zuerst in die Finger bekommen hatte. Wenn Trixi ihm erst einmal bewiesen haben würde, dass die Prismatischen Gebote nur dazu dienten, die Leichtgläubigeren unter den Leuchten zu gängeln, würde Mäx schon von selbst erkennen, auf welche Seite er gehörte. Also packte sie seinen Arm fester und blitzte durch das Fenster ins grelle Licht der Mittagssonne.

Mäx schrie. Er schrie aus Leibeskräften. „Schschsch!", zischte Trixi ihn an, aber Mäx kümmerte sich nicht darum. Er hatte die Augen fest zusammengekniffen und schrie und zappelte, was das Zeug hielt. Trixi spürte, wie ihr die Panik Lichtperlen auf die Stirn trieb. Sie schwebten am Rand des Klosterplatzes, etwa zehn Meter über dem Boden. Die Leute begannen bereits nach der Ursache des Lärms zu suchen, manche glaubten offenbar, die Schreie kämen aus der dichtbelaubten Krone eines großen Baumes in unmittelbarer Nähe. Aber andere starrten mit so entgeisterten Mienen in den Himmel, als erwarteten sie, dass gleich jemand aus den Wolken fallen würde. Nur dass da keine Wolken waren. Trixi glaubte, die Blicke der Sterblichen tatsächlich zu spüren, und es lief ihr eiskalt über den Rücken, obwohl sie doch wusste, dass Mäx und sie unsichtbar waren. Jedenfalls für die Menschen.

Plötzlich sauste ein flimmernder Blitz auf sie zu, und Trixi fühlte sich gepackt und nach oben gezogen. Mit Lichtgeschwindigkeit stiegen sie in den Himmel, bis die Klosteranlage nur mehr ein kleiner Fleck in einem Teppich aus Häusern und Gärten war. Hier stoppte der Alte abrupt und stieß einen dieser Flüche aus, die in Büchern immer ‚grässlich' oder ‚unsäglich' oder etwas in der Art genannt werden, weil die Autoren selbst keine Ahnung haben, wie ein solcher Fluch lauten könnte. Trixi, die sich so plötzlich nicht hatte verdichten können und daher genau wie Mäx als Gummilitze hinter dem Alten hergezogen worden war, hätte ihm gerne in passenden Worten geantwortet, doch der Alte ließ sie nicht zu Wort kommen.

„Bellatrix im Paradies, ich sollte dich in eines dieser Gefängnisse sperren, die Radulfus so sehr liebt! Wie kannst du einen, dem gerade erst die Prismatische Stunde geschlagen hat, unvorbereitet mitten unter die Sterblichen bringen? Ich dachte, du hättest den eigentlichen Sinn der Prismatischen Gebote begriffen, aber Radulfus hat recht: Du bist einfach ein dummes Mädchen!"

Trixi brannte vor Scham und Zorn. „Ich wollte doch nur...", fing sie an, aber der Alte kümmerte sich nicht weiter um sie, sondern wandte sich Mäx zu. Der hatte inzwischen einen ähnlichen Gesichtsausdruck wie Kreissägen-Sabine, nachdem sie Trixi als Gespenst erblickt hatte. Die Miene des Römers drückte Besorgnis aus, und als er wieder sprach, war seine Stimme leise und sanft, wie Trixi sie noch nie gehört hatte. „Maxi im Brunnenhaus", flüsterte er,

„kannst du mich hören?" Mäx hob den Blick und starrte den Römer verwundert an. „Es ist gut", fuhr der Alte fort, „du brauchst dich nicht zu ängstigen. Ich werde dir alles hier erklären, hier sind keine Menschen. Die Sonne wird dir nicht schaden, im Gegenteil, sicher spürst du bereits, dass sie dir Kraft gibt?"

Mäx nickte zögernd. Er hob die Hände und starrte sie verwundert an. „Nein, sieh *mich* an!", befahl der Römer scharf, fügte aber sogleich in sanfterem Tonfall hinzu: „Es ist besser, wenn du vorerst nur mich ansiehst. Sieh vor allem nicht nach unten, bis ich es dir erlaube."

Trixi warf einen Blick nach unten und musste zähneknirschend zugeben, dass der Römer sehr viel feinfühliger mit Mäx umging als sie. Selbst ihr wurde schlecht, wenn sie aus dieser Höhe nach unten blickte. Andererseits wäre es ihr auch nicht im Traum eingefallen, bei Tag mit Mäx hier hoch zu kommen.

„Es ist dies kein guter Ort, um dich in deinem neuen Dasein willkommen zu heißen, doch ich musste dich so schnell wie möglich außer Hörweite der Sterblichen bringen.

Maxi im Brunnenhaus, hast du bereits begriffen, was mit dir geschehen ist? Nein? Du brauchst dich deshalb nicht zu schämen. Ich selbst habe Jahre gebraucht, um es zu begreifen. Ich weiß nicht, was dort unten im Brunnenhaus geschehen ist, aber auf irgendeine Weise hast du das Prisma angerufen. Deine lichte Gestalt hat deinen Körper verlassen. Für die Sterblichen bist du nun tot – ja: tot. Sie haben deinen leblosen Körper gefunden und sie können nicht wissen, dass ein Teil deines Wesens weiterlebt. Tatsächlich ist es nur sehr wenigen Sterblichen bestimmt, durch das Prisma zu gehen, das Körper und Licht voneinander trennt. Hat Bruder Radulfus vor der Mühle die Gelegenheit gehabt, dir die Prismatischen Gebote zu erklären, bevor dieses verrückte Kind dich entführt hat?"

„Vor der Mühle? Wir waren nicht vor der Mühle", stammelte Mäx. Die Sonnenenergie troff ihm mittlerweile aus allen Poren, aber seine Haltung verriet, dass er nur noch ein kleines Häufchen Elend war. Trixi spürte einen Kloß in der Kehle, als sie ihn so sah.

„Verzeih, ich habe dich durcheinander gebracht. Der Mönch heißt Bruder Radulfus vor der Mühle, so wie du in dieser Gemeinschaft Maxi im Brunnenhaus heißt."

„Er heißt Mäx!", mischte sich plötzlich Trixi ein. Sie hatte das mit dem ‚verrückten Kind' sehr wohl gehört. Doch statt Dankbarkeit erntete sie von Mäx nur einen genervten Blick.

„Ja, er hat mir die Gebote vorgesagt", antwortet er dem Alten und zeigte Trixi die kalte Schulter. „Sonnenlicht und Menschenblicke sind am gefährlichsten, so viel habe ich begriffen. Trotzdem...", Mäx riskierte einen kurzen Blick nach unten und lief grün an, sprach aber tapfer weiter, „... trotzdem schweben wir hier und sind der Sonne näher, als es je ein Mensch gewesen sein dürfte, und vor wenigen Minuten haben uns noch unzählige Menschen gesehen."

„O nein, gesehen haben sie dich nicht, wohl aber gehört."

Mäx erglühte.

„Sie konnten dich nicht sehen, weil das Licht der Sonne uns Leuchten für die Augen der Sterblichen unsichtbar macht. Bellatrix wusste das, sie wollte dir durchaus nicht schaden, als sie dich ins Sonnenlicht brachte. Tatsächlich habe ich nicht die leiseste Ahnung, was sie mit eurem Ausflug bezweckt hat." Damit wandte der Alte sich endlich wieder Trixi zu.

„Na was wohl?", begehrte sie zornig auf. „Ich wollte ihm eine Energiedusche verpassen, er war ja total alle."

Der Alte hob erstaunt die Augenbrauen. „Er war geschwächt? So kurz nach seiner Prismatischen Stunde?"

„Und außerdem wollte ich ihm helfen, seine Eltern noch einmal zu sehen", fügte Trixi hastig hinzu, bevor der Alte weiter nachfragen konnte. „Aber dafür ist es jetzt natürlich zu spät."

„Seine Eltern sehen?", fragte der Alte düster. „Wozu soll das gut sein? Du weißt, dass er keinen Kontakt mit ihnen aufnehmen darf, wenn er ihnen nicht schaden möchte."

Jetzt hatte Trixi endlich Mäx' Aufmerksamkeit wieder auf sich gezogen.

„Vielleicht sind sie ja noch da?", fragte er mit rauer Stimme.

„Maxi im Brunnenhaus, du solltest das nicht versuchen...", fing der Alte an, aber Trixi unterbrach ihn. „Es ist überhaupt kein Problem, wenn du ein paar einfache Regeln befolgst: Sie dürfen dich nicht sehen, das heißt, dass du entweder im direkten Sonnenlicht bleiben oder dich hinter irgendetwas verstecken musst. Und du musst leise sein. Aber du kannst ihnen trotzdem etwas sagen." Der Römer sah Trixi so überrascht an, dass ihr klar wurde, dass ihm zweitausend Jahre nicht genügt hatten, dies herauszufinden. „Sie können deine Gedanken hören. Und wenn du dich konzentrierst, kannst du auch ihre verstehen."

„Wozu soll das gut sein?", fragte der Römer noch einmal. „Du wirst deine Eltern nur in Verwirrung stürzen."

„Nein!", widersprach Mäx und sah Trixi mit ganz neuem Interesse an. „Sie hat recht: Ich möchte es versuchen.

In Trauer vereint

Direkt über dem Brunnen des Klosterhofes kam Trixi mit Mäx im Schlepptau zum Schweben und sie bereute es sogleich. Sie hätten sich für ihr Erscheinen keinen ungünstigeren Zeitpunkt aussuchen können. Besorgt wandte sie sich Mäx zu. Der starrte mit weit aufgerissenen Augen die Bahre an, die in diesem Moment aus dem Kloster getragen wurde. Seltsam flach war ein Tuch darüber gebreitet. Nur an einem Ende türmte es sich geradezu grotesk auf. Mäx senkte den Blick, um das Lichtbild seiner Turnschuhe anzustarren. Sie waren ihm noch nie so fett vorgekommen. Mit einem gurgelnden Geräusch kippte er nach vorne.

Trixi erwischte ihn gerade noch an seinem T-Shirt, bevor er kopfüber ins Brunnenbecken plumpste. Mit einiger Mühe schaffte sie es, ihn wieder in eine aufrechte Haltung zu bringen. Sein Gesicht, das eben noch in einem irisierenden Grünton geflimmert hatte, war so fahl geworden, als hätte es die Sonne nie gesehen, und mit plötzlichen Schrecken wurde Trixi klar, dass Mäx auf dem besten Wege war, sichtbar zu werden. Gerade griff sie seinen Arm fester, um ihn an einen menschenfreien Ort zu bringen, da wechselte seine Gesichtsfarbe plötzlich zu flirrendem Neonmagenta. Aus Mäx' Augen schossen kleine grüne Laserblitze, und über seiner Nasenwurzel erschien eine zornige Falte.

„Die *küssen* sich!", zischte er. „Und ich bin noch nicht mal richtig kalt!"

Zurück in luftiger Höhe ließ Mäx seinen Zorn an Trixi aus.

„Was soll *das* nun wieder?", schrie er sie an. „Warum hast du mich schon wieder nach hier oben geschleppt?"

„Na ja", druckste Trixi herum. Mäx tat ihr viel zu sehr leid, als dass sie ihm seinen aggressiven Tonfall hätte übel nehmen können. „Du hast dich aufgeregt, und sie können uns nun mal *hören*."

„Klar hab ich mich aufgeregt! Hast du sie nicht gesehen?"

Hatte sie. Vor lauter Rührung hatte sie jetzt noch einen Kloß im Hals. Die beiden hatten so verzweifelt ausgesehen. Aber das sagte sie lieber nicht, sie hatte ohnehin keine Ahnung, warum Mäx sich so aufregte. Der polterte weiter.

„Ich hab' ja gewusst, dass sie sich nicht viel aus mir machen. Aber, verdammt, ich bin *tot*! Da könnten sie doch wenigstens so tun, als wären sie traurig!"

Trixi sah ihn überrascht an. „Mäx, die sind nicht nur traurig, die sind am Boden zerstört!"

„Ach ja? Und deshalb knutschen sie wahrscheinlich auch rum, drei Meter neben meiner Leiche!"

Trixi stöhnte. So doof konnten wirklich nur Jungs sein. Warum hatte ihr das Prisma eigentlich kein Mädchen geschickt?

Mäx ließ nicht locker. „Den ganzen Tag keifen sie sich an – und jetzt... Vielleicht war ich ihnen ja im Weg?" Er drehte sich weg, aber Trixi hatte die verräterischen Lichtperlen längst gesehen. Auch so eine Jungens-Macke: Bloß nicht zeigen, dass man heulte.

„Vielleicht versuchen sie einfach nur sich gegenseitig zu... *trösten*?", schlug sie vor. „Ich hab' die beiden gesehen, kurz nachdem... es passiert ist."

Mäx hörte regungslos zu, als Trixi von der Szene berichtete, die sie in der Winterkirche beobachtet hatte. Danach schwiegen beide eine Weile. Endlich drehte Mäx sich zu ihr um und lächelte sie verlegen an.

„Ich hab mich wohl ziemlich dämlich angestellt." Trixi zuckte nur kurz mit den Schultern und grinste. „Meinst du, sie sind noch da?"

„Keine Ahnung", erwiderte Trixi. „Nachsehen kostet nix, aber versprich mir, dass dir nicht wieder die Birne durchbrennt."

„Ich rege mich nicht mehr auf, versprochen."

„Das meine ich nicht. Vorhin wärst du fast ohnmächtig geworden, und ich habe den Verdacht, da werden Leuchten auch im Sonnenlicht sichtbar."

Ein paar Lichtminuten später schwebte Mäx nur einen Meter über den Köpfen seiner Eltern, die eng umschlungen dem Krankenwagen nachsahen, der eben das Klostertor passierte. Wie ein zufriedener Kater sah er aus, während er zuhörte, wie seine Eltern mit weichen Stimmen über ihn sprachen und sich gegenseitig versicherten, wie sehr sie seine Nähe spürten.

Trixi hielt sich etwas abseits, um ihn nicht zu stören. Schmunzelnd schüttelte sie den Kopf, als sie sah, wie die beiden sich wieder küssten. Sie hatte sehr wohl bemerkt, wer ihnen die Idee zu *diesem* Kuss eingeflüstert hatte.

Big Business

„Now, Will, what siehst du hier?", fragte Mr J.P. Owing aus Texas und stieß eine Wolke beißenden Zigarrenqualms aus. Die kleinen Schweinsäuglein in seinem feisten Gesicht glitzerten gierig, während er breit grinsend das große Gebäude betrachtete, vor dem die beiden standen.

„Ähm... den Fruchtkasten*)?", näselte sein Begleiter diensteifrig. Neben dem kugelrunden Bauch seines derzeitigen Brotherrn, über den sich eine Weste mit schwerer, goldener Uhrkette spannte, sah Wilhelm Hähling ausgesprochen mickrig aus. Dieser Eindruck wurde durch sein spitzes Rattengesicht und das schüttere, farblose Haar noch verstärkt.

„Imagination, Will! Ohne Imagination du wirst nie werden eine große Geschäftsman."

Hähling unterdrückte ein gereiztes Stöhnen. Er konnte es nicht ausstehen wenn sein Boss so tat, als wäre bis zum Himmel stinkender Reichtum nur eine Frage des Einfallsreichtums. Aber er wollte Owing nicht verärgern, immerhin hatte er noch nie so viel verdient wie in den Diensten des amerikanischen Geldsacks. Also machte er gute Miene zum bösen Spiel.

„Hmmm, ich sehe einen alten, maroden Kasten**), der in den nächsten Jahren Berge von Geld schlucken

---

*) Nach der Kirche das größte Gebäude der Klosteranlage. Es wurde früher als Speicher benutzt und wird auch manchmal ‚Haberkasten' genannt.
**) Du kennst mich ja inzwischen: Immer wenn in meiner Geschichte irgendwelche Steine purzeln, sich Löcher in Fußböden auftun oder gar von Baufälligkeit die Rede ist, lüge ich wie gedruckt!

wird. Erst recht nach diesen Unfällen... Die Verantwortlichen stecken bis zum Hals in der... äh, Schlamassel, möchte ich meinen."

Owing machte ein schmatzendes Geräusch. „Ah, yes, diese kleine Unfälle. Ick liebe diese kleine Unfälle." Sein Begleiter starrte ihn ungläubig an. „Oh no, ick habe nickts damit su tun, aber, really, sie kommen wie gerufen. All right. Ick auch sehe Berge von Geld. Aber diese alte Kasten wird hergeben Berge von Geld. Erst er wird sie schlucken, that's right, aber dann ick werde macken viele gute Dollars mit diese alte Kasten."

„Ähm... Boss...", näselte Hähling mit schiefgezogenem Mund.

„Ah, du glaubst nickt? Du verstehst nickt? Dann werde ick dir erklären. Die alte Kasten muss gemackt werden... neu. Right?"

„Renovieren muss man ihn, richtig."

„Das wird kosten eine Menge Geld, right?"

„Jepp."

„Die Stadt aber hat nickt eine Menge Geld. Sie hat alles schon gesteckt in die andere Gebäude. Right?"

„Kann man so sagen, ja."

„Wenn nun aber kommt eine sehr reiche amerikanische Geschäftsman und verliebt sich in die alte Kasten und sagt: Ick will kaufen ihn und macken neu, und ihr dürft weiter ihn ... use it, ohne su sahlen für das."

„Dann werden sie abwinken, jedenfalls wenn der reiche amerikanische Geschäftsmann J.P. Owing heißt und als skrupelloser Spekulant bekannt ist."

Owings Grinsen wurde bei diesem zweifelhaften Kompliment noch breiter.

„Exactly. Nobody wird glauben, dass ick will verschenken mein Geld. Und deshalb ick brauche dick. Du wirst sein die reiche amerikanische Geschäftsman."

„Oh. Okay... Und wo sind die Berge von Geld, die der alte Kasten ausspucken soll?"

„Ah, jaaa. Imagination, Will! Imagine, da ist eine Feuer, und die alte Kasten brennt ab!"

„Waaas? Sie wollen ihn abfackeln? Aber, aber... Das ganze Kloster würde..."

„Nickt, wenn du es mackst richtig. No risk, no money."

„Und dann muss die Versicherung zahlen. Und das soll sich lohnen?"

„Will, ick bin enttäuscht von dir! Hältst du mick für eine Betrüger von Versickerungen?"

Na logisch, dachte Wilhelm Hähling, hielt aber den Mund.

„Die reiche amerikanische Geschäftsman wird gehen weinend su die Stadt, weil er war so verliebt in die alte Kasten. Er kann bauen nur wieder auf, wenn er verdient damit money. Und er mackt eine Vorschlag. Er mackt Kasten neu und Häuser daneben, aber er mackt nur außen alte Kasten. Weil innen er will macken modernes Hotel, funf Sterne, mindestens. Now, Will, und dann wir werden macken lots of money!"

Fünf Meter über dem Klosterhof schwebend tauschten Mäx und Trixi alarmierte Blicke. Ihr übliches Gezanke, das durch die Ankunft und das Gespräch der beiden Männer unterbrochen worden war, war vergessen. Sie lauschten noch weitere zehn Minuten, ohne dabei Neues zu erfahren, dann lud der Dicke das Rattengesicht auf einen Drink ins Durstige Maultier ein. Langsam schwebten die beiden Leuchten zum Dach des Fruchtkastens, ohne dabei die Männer aus den Augen zu lassen, die gemächlich den Klosterhof überquerten und im Eingang des Gasthofes verschwanden.

Mäx kaute auf seiner Lippe und spielte dabei gedankenverloren mit seinem Feuerzeug. „Können wir da irgendwie rein?", fragte er, ohne Trixi dabei anzusehen. Er hatte in den vergangenen Tagen lernen müssen, dass er in vielen Dingen nach wie vor auf Trixis Hilfe angewiesen war, und das wurmte ihn gewaltig.

„Klar. Einfach durch eines der gekippten Fenster lasern. Wäre ne gute Gelegenheit, dir zu zeigen wie Sterbliche auf unseren Anblick reagieren", erklärte Trixi schnippisch.

Mäx verzog gereizt den Mund. „*Ohne* gesehen zu werden, natürlich."

„Nicht, dass ich wüsste. Aber *du* findest sicherlich einen Weg." *Sie* hatte in diesen Tagen erfahren dürfen, was für ein Gefühl es war, wenn andere nicht auf einen hören wollten. Natürlich war es in ihrem Fall etwas ganz anderes als bei Radulfus oder dem Ziegenbart. Sie hatte schließlich recht mit dem, was sie Mäx zu erklären versucht hatte, aber der war so was von stur...

Erst heute morgen hatte er darauf bestanden, die Sache mit dem Wasser auszuprobieren. Nur um Trixi zu ärgern, da war sie sich sicher. Sie konnte auf ihn einreden, so viel sie wollte, er musste unbedingt seine Hand in den Wasserstrahl des Brunnens halten. Mit einem Schrei war er zurückgewichen, doch hinterher hatte er steif und fest behauptet, es habe sich nur ‚komisch' angefühlt.

Mäx ging auf ihr Gestichel nicht ein. „Wir brauchen Hilfe", murmelte er, ohne das Gasthaus aus den Augen zu lassen, „*Sterbliche* Hilfe."

„Häh?"

„Einen Sterblichen, der da reingeht und für uns spioniert."

Trixi starrte ihn an, als wäre er von allen guten Leuchten verlassen, und musste so laut lachen, dass die Menschen auf dem Platz anfingen, den Himmel abzusuchen. Rasch presste sie die Hand auf den Mund, kicherte aber weiter.

„Klar, nichts leichter als das. Da unten hat es haufenweise Sterbliche. Brauchst dir nur einen auszusuchen. Wird nur vielleicht nicht ganz einfach sein, ihm zu erklären, was er tun soll, wenn er erst mal übergeschnappt ist."

„Du hast doch behauptet, dass dich mal einer gesehen hat, der davon nicht durchgeknallt ist."

„Jaaa, aber ich weiß nicht warum. Vielleicht war er vorher schon verrückt, und das Ganze war so ne Art Schocktherapie für ihn. Das würde auch erklären, warum er jetzt nicht mehr wie ein Penner daherkommt."

„Hast du ihn denn in letzter Zeit gesehen?"

„Klar, da drüben steht er. Der, der den kleinen Apparat in der Hand... he, wo willst du denn hin?" Aber Mäx war schon davongeblitzt und kam dicht über dem alten Mann zum Schweben. Fluchend sauste Trixi hinterher.

Sie kam gerade noch rechtzeitig, um zuzusehen, wie der Opa mit leerem Blick davonwankte, am Paradies vorbei, zu dem von einer Mauer eingefassten Grasfleck neben der Kirche, der in längst vergangenen Zeiten den Mönchen als Friedhof gedient hatte. Kurz vor der Totenpforte*) blieb er stehen und sah sich verwirrt um. Im nächsten Augenblick hörte Trixi Mäx flüstern:

„Glauben Sie an Gespenster?"

Trixi ballte in ohnmächtigem Zorn die Fäuste. Dieser Idiot! Warum benutzte er nicht den telepathischen Weg, wenn er dem Opa schon unbedingt etwas mitteilen musste? Hatte Mäx denn immer noch nicht kapiert, was für eine Gefahr die Leuchten für die Sterblichen bedeuteten?

---

*) Die einzige Tür, die von Chorherren und Laienbrüdern gleichermaßen verwendet wurde, und zwar bei ihrem letzten Gang zum Grab - und natürlich wenn sie ihre Mitbrüder auf diesem Weg begleiteten.

Der Gesichtsausdruck des alten Mannes änderte sich schlagartig, als er die Stimme aus dem Nichts vernahm. Doch zu Trixis Überraschung breitete sich keine Panik in seinen Zügen aus, im Gegenteil, der Opa strahlte, als hätte er eben einen Sechser im Lotto gezogen.

„Ja", wisperte er aufgeregt, nachdem er sich vergewissert hatte, dass keine sterbliche Seele in Hörweite war. „Und ich wäre überaus stolz, eines kennenzulernen."

Mäx grinste Trixi überlegen an und murmelte: „Das können Sie haben. Ist aber nicht ganz ungefährlich, manche werden verrückt, wenn sie uns sehen."

Bei dem ‚uns' wurde der alte Herr ganz aufgeregt. „Oh, aber gewiss waren diese Menschen auf euren Anblick nicht vorbereitet. Ich jedenfalls möchte das Wagnis sehr gerne auf mich nehmen. Schlimmstenfalls lande ich in der Nervenheilanstalt, es wäre nicht das erste Mal."

„Entzückend!", stöhnte Trixi. „Ein Irrer, genau das, was wir jetzt brauchen."

„Keinesfalls, junges Fräulein", erwiderte der alte Mann und richtete das kleine Kästchen, das er in der Hand trug, in die Richtung aus der er Trixis Stimme gehört hatte. „Ich wollte damit nur sagen, dass nach einem Jahr, das ich bei gesundem Verstand in der Psychiatrie verbringen musste, nur weil ich mich weigerte abzustreiten, dass es Gespenster gibt – nun, nach einem solchen Jahr ist die Vorstellung, verrückt im Irrenhaus zu landen, doch recht harmlos. Doch Verzeihung, ich habe mich noch gar nicht vorgestellt. Mein Name ist Friedemann Waldmeister, besser bekannt allerdings als ‚Professor Waldgeister', muss ich gestehen. Manche ziehen auch die Bezeichnung ‚Geisterjäger von Maulbronn' vor. Zur Zeit wohne ich freilich unter dem Namen Friedrich Meister im Durstigen Maultier." Trixi verdrehte die

Augen. Dann starrte sie Mäx vorwurfsvoll an und tippte sich an die Stirn. Waldmeister, der dies natürlich nicht sehen konnte, fuhr unbeirrt fort. „Und *du* musst die kleine Bellatrix sein, deren tragisches Ableben ich vor wenigen Monaten miterleben musste?"

Bevor Trixi eine ätzende Antwort geben konnte, mischte Mäx sich wieder ein.

„Hören Sie, Herr Waldmeister, wir können uns hier und jetzt nicht zeigen. Das holen wir nach, wenn Sie das wirklich wollen. Aber wir brauchen Ihre Hilfe, es ist irrsinnig wichtig."

„Oh, aber selbstverständlich. Ich bin entzückt! Aber sagen Sie, junger Mann, Sie sind nicht zufälligerweise..."

„Ja", unterbrach Mäx ihn ungeduldig. „Mich hat's erst letzte Woche erwischt, das wissen Sie bestimmt, wenn Sie sich schon so gut auskennen."

Der Professor wurde ganz rosarot im Gesicht und strahlte wie ein Honigkuchenpferd, ganz im Gegensatz zu Trixi, die wütend ihren Kaugummi bearbeitete. Wenn es nach ihr gegangen wäre, hätte der alte Penner seine Tage ruhig im Irrenhaus beschließen können. Von wegen: die kleine Bellatrix! Aber Mäx war natürlich ein ‚junger Mann', den man sogar siezen musste. Beleidigt setzte sie sich über dem Steinlöwen in die Luft und verfolgte, wie Mäx in groben Zügen das Gespräch wiedergab, das sie belauscht hatten. Waldmeister hörte mit großer Aufmerksamkeit zu, doch schon bald wurde sein freudiger Eifer von Verblüffung und schließlich von Empörung verdrängt.

„Aber, das ist ja... einfach ungeheuerlich! Ich werde diesen Schurken sofort auf den Zahn fühlen. Unglaublich!" Zornig vor sich hin grummelnd machte er einige Schritte, wandte sich dann jedoch nochmals um. „Ach, ehe ich's vergesse: Wäre es möglich, dass in der neuen Informationssäule auf dem Platz ein Gespenst eingesperrt ist und nicht heraus kann?"

Abwarten und Licht tanken

Wie versteinert hockte Trixi auf ihrem Löwen und starrte die Säule an, die sie von ihrem Platz aus eben noch erkennen konnte. Die Energie pulsierte in ihren Schläfen, und zugleich knisterte und brizzelte es in ihrem Schädel. In der Säule! Wie hatte Radulfus... Das war doch gar nicht möglich!

„Trixi? Trixi!" Mäx hatte sie am Arm gepackt und war schon auf dem Weg nach oben, als Trixi wieder zu sich kam. „Was war *das* denn?", fragte er sie entgeistert.

Zu einem anderen Zeitpunkt hätte sich Trixi über seinen besorgten Tonfall gefreut, doch jetzt konnte sie nur einen einzigen Gedanken fassen.

„Hansel! Er ist in der Säule gefangen!", stieß sie hervor und starrte nach unten. Doch der Klosterhof war viel zu weit entfernt, als dass sie die schmale Säule hätte erkennen können.

„Hansel? Du meinst, dieser Mönch, nach dem du ständig suchst?"

„Ja, und auf irgendeine Weise hat Radulfus es geschafft, ihn dort einzusperren."

„Wenn's stimmt", erwiderte Mäx wenig überzeugt. Trixi funkelte ihn wütend an. Aber Mäx zuckte mit den Schultern und meinte: „Der Typ hat nur was von irgendwelchen Schwingungen gebrabbelt, die er gemessen haben will. Vielleicht täuscht er sich ja."

„Nein." Trixi starrte mit finsterem Gesichtsausdruck auf Maulbronn hinab, das wie eine Spielzeugstadt zu ihren Füßen lag. Eben fuhr ein Zug in den weit außerhalb liegenden West-Bahnhof ein und machte die Illusion komplett. Aber Trixi sah weder die Häuser noch den Zug noch die herrliche Landschaft mit den Seen und bewaldeten Hügeln... Sie sah den alten Geisterjäger, wie er mit geradezu gespenstischer Zielsicherheit seinen Fotoapparat auf den für ihn unsichtbaren Römer richtete, der nichts ahnend oben auf dem Rathaus fläzte. Wenn Waldmeister behauptete, dass in der Säule eine Leuchte saß, dann war das auch so, dafür hätte Trixi ihre Hand ins Wasser gehalten.

„Hör zu", unterbrach Mäx ihre düsteren Gedankengänge, „ich muss wieder runter, sonst verpass ich den alten Knaben womöglich noch..."

„Glaubst du etwa, ich bleibe hier?", begehrte Trixi entgeistert auf. „Ich werde nicht zulassen, dass Hansel auch nur eine Minute länger in diesem grässlichen Ding bleiben muss!"

Sie wollte schon abtauchen, aber Mäx erwischte sie noch am Ärmel. „Bist du jetzt völlig durchgeknallt?", zischte er. „Du kannst jetzt nichts für ihn tun. Da unten wimmelt es nur so von Touristen."

„Na und? Die Säule steht mitten in der Sonne."

„Ja, klar, und niemandem wird es groß auffallen, wenn sie sich plötzlich wie von Geisterhand öffnet, ein Mönch heraussteigt, der sich dann im nächsten Augenblick im Sonnenlicht in Luft auflöst. Dein Freund wird wohl oder übel noch ein wenig aushalten müssen. Und in der Zwischenzeit müssen wir verhindern, dass der Fruchtkasten in Flammen aufgeht."

Zornig wollte Trixi widersprechen, aber sie wusste, dass Mäx recht hatte. Genau genommen hatte sie gar nicht wirklich vorgehabt, die Säule *sofort* zu öffnen. Falls sie sich überhaupt so einfach öffnen ließ. Trotzdem machte es sie wütend, dass Mäx sich mehr Sorgen um ein altes, marodes Gebäude machte als um Hansel.

„Dein Ami wird dir schon nicht davonlaufen!", zischte sie deshalb giftig. „Und überhaupt, was ist mit deinem sterblichen Helfer? Dein Geisterjäger wird schon dafür sorgen, dass bekannt wird, was diese Gangster vorhaben."

„Dummerweise sind die Gangster aber reiche amerikanische Geschäftsmänner. Der Professor dagegen war schon mal in der Klapse. Was glaubst du wohl, wem sie glauben werden?"

„Tja, *du* wolltest ja unbedingt einen Irren zum Komplizen", erinnerte Trixi ihn spitz.

Mäx erglühte. Er öffnete den Mund, um zu protestieren, überlegte es sich dann aber anders und klappte ihn wieder zu. Mit einem gereizten Schnauben stürzte er sich nach unten, dem Klosterhof entgegen.

Den restlichen Nachmittag sprachen sie kein Wort miteinander. Jeder hatte grollend über dem Gegenstand seiner Sorge Posten bezogen. Mäx patrouillierte ruhelos über dem Dach des Fruchtkastens und wollte sich und vor allem Trixi nicht eingestehen, dass Waldmeister, wenn er es gewollt hätte, längst zurückgekommen wäre. Owing und sein rattengesichtiger Helfer hatten das Gasthaus schon vor einer ganzen Weile verlassen.

Vermutlich war Waldmeister nur wenige Minuten im Durstigen Maultier geblieben und hatte den Klosterhof verlassen, solange Trixi und Mäx sich noch in luftiger Höhe gestritten hatten. Und sehr wahrscheinlich würde er nach seinem gespenstischen Erlebnis Maulbronn auf der Stelle verlassen. Das

Ganze war der totale Reinfall, aber das würde Mäx dieser kleinen Leucht-Zicke gegenüber nie zugeben.

Trixi dagegen lag die meiste Zeit dicht über der Informationssäule in der Luft und belauerte sie wie eine Katze. An einer Seite hatte sie ein kleines Schlüsselloch entdeckt, aber es war leider eines von der modernen Sorte, durch die kein Durchschlüpfen möglich war.

Im Gegensatz zu Mäx hatte Trixi sehr genau beobachtet, wie Waldmeister das Durstige Maultier verlassen hatte. Von ihrem Platz aus hatte sie den Hinterausgang des Gasthauses gut im Blick. Kaum eine Minute, nachdem der Amerikaner zur Vordertür herausgetreten war, huschte der Geisterjäger in den alten, schäbigen Kleidern, in denen Trixi ihn in ihrer Prismatischen Stunde gesehen hatte, aus der Hintertür und heftete sich an die Fersen der beiden Männer, die den Klosterhof gemächlich durch das Tor verließen.

Der durchgeknallte Gespensterjäger spielte also tatsächlich mit, aber Trixi, die mit Genugtuung beobachtet hatte, dass Mäx dem davonschleichenden Stadtstreicher keinerlei Beachtung schenkte, hätte lieber ihren Kaugummi verschluckt, als Mäx einen Tipp zu geben.

Als die Sonne so tief stand, dass Trixi ihren Platz verlassen musste, um den wachsenden Schatten zu entgehen, tigerte Mäx immer noch auf dem Dachfirst des Fruchtkastens hin und her. Trixi starrte unentschlossen die Säule an. Es war an der Zeit zuzugeben, dass auch sie ‚sterbliche Hilfe' benötigte. Für einen Menschen würde es ein Leichtes sein, die vermaledeite Säule aufzubekommen. Sie beschloss, mit Mäx Frieden zu schließen, indem sie ihm berichtete, was sie beobachtet hatte. Im nächsten Moment machte sie eine Entdeckung, die sie in ihrer Absicht bestärkte: Der Geisterjäger trat soeben durch das Tor und eilte zur Hintertreppe des Durstigen Maultiers. Gewiss würde er bald versuchen, mit ihnen Kontakt aufzunehmen, und dann wollte Trixi ihn bitten, Hansel zu befreien. Mit neuer Zuversicht erfüllt sauste sie zu Mäx hinauf. Doch der Empfang war rüde.

„Na? Hast du das Ding ausgebrütet? Wann schlüpft dein kleiner Mönch denn?"

Trixis Gesicht brannte. „Und du?", zischte sie gereizt, „Fehlt dir nicht noch ne Lanze oder ein Gewehr oder so für deinen Wachdienst?"

„Ich bewache nicht den Fruchtkasten, du blöde Pute!", erwiderte Mäx hochmütig. „Zufälligerweise hat man von hier aus eine hervorragende Sicht auf das Durstige Maultier."

„Ach ja?", grinste Trixi verächtlich. „Zu dumm, dass man nicht auch den Hinterausgang sieht."

Verunsichert suchte Mäx mit den Augen das alte Gebäude ab, doch von seinem Platz aus konnte er nur die Front und eine der Seiten übersehen.

„Wieso Hinterausgang? Und überhaupt, der Ami ist doch schon ewig fort, hast du ihn nicht gesehen? Aber ich kann ihm ja blöderweise nicht folgen, weil wir die Klosteranlage nicht verlassen können. Also warte ich hier auf den Geisterjäger..."

„... der übrigens gerade eben von einem Spaziergang zurückgekommen ist", ergänzte Trixi und verkniff sich eine höhnische Bemerkung über das Verlassen der Klosteranlage. Dafür war später noch genug Zeit.

„Woher willst du das wissen?", fragte Mäx misstrauisch.

„Hab ihn gesehen."

„Wa- ...? Halt, nein, so leicht legst du mich nicht rein! Von dort, wo du die ganze Zeit Ostereier ausgebrütet hast, hättest du ihn bestimmt nicht sehen können. Wenn es überhaupt einen Hinterausgang gibt."

„Gibt es. Und der alte Geisterjäger benutzt ihn regelmäßig." Mit wenigen Worten erklärte sie, warum Waldmeister ihrer Meinung nach heimlich ausgebüxt war. Sehr langsam beruhigte sich Mäx, und auf einmal tat es Trixi leid, dass sie sich schon wieder stritten. „War echt eine gute Idee von dir", beendete sie daher versöhnlich ihren Bericht. „Ich meine, ihn um Hilfe zu bitten. Selbst falls er nicht mehr herausgefunden hat, als wir schon wissen: Er kann die Klosterverwaltung warnen, und das können *wir* nicht."

Mäx nickte und starrte nachdenklich zum Gasthaus hinüber. Plötzlich verengten sich seine Augen zu Schlitzen.

„Kennst du die?", fragte er aufgeregt. „Eben hat sie noch an den Tischen draußen bedient. Was hat die vor?"

Eine dicke Frau eilte nervös über den Platz und steuerte den alten Friedhof an. Trixi und Mäx folgten ihr und beobachteten überrascht, wie die Frau vor der Totenpforte stehenblieb und auf diese einredete. Dabei warf sie immer wieder nervöse Blicke um sich. Es war nicht zu übersehen, dass sie sich mehr als nur unwohl fühlte. Vorsichtig näherten sich die beiden, soweit es die sich ausbreitenden Schatten zuließen. Als sie nahe genug heran waren, um die hektisch geflüsterten, sich immer aufs neue wiederholenden Worte zu verstehen, sahen sie einander überrascht an.

„Heute Nacht in der Geisterstunde im Abtsgarten. Heute Nacht in der Geisterstunde im Abtsgarten. Heute Nacht in der..."

„Ist gut", flüsterte Trixi, „wir haben Sie gehört." Die Frau schrak zusammen, stand einen Augenblick stumm und wie zur Salzsäule erstarrt und atmete dann hörbar aus. „Friedemann wird da sein, er hat Neuigkeiten für euch", erklärte sie hastig. Dann eilte sie davon.

In der Klosterkirche stand ein Ehepaar wie festgefroren vor der Totenpforte und lauschte den geflüsterten Stimmen, die durch das runde Fenster mit dem Metallkreuz drangen.

„In der Geisterstunde...?", wiederholte die Frau und sah ihren Mann mit schreckgeweiteten Augen an. Dem standen deutlich sichtbar die Haare zu Berge. Dann drehten die beiden auf dem Absatz um und rannten schreiend aus der Kirche.

Und noch jemand hatte den kurzen Wortwechsel belauscht. In einer von unten uneinsehbaren Nische in der Nähe der Totenpforte kauerte Bruder Radulfus vor der Mühle und zermarterte sich das Hirn: Was hatte Bellatrix im Paradies mit Sterblichen zu schaffen? Er würde es erfahren. Heute Nacht, in der Geisterstunde.

Verschwörung gegen die Verschwörer

Der Abtsgarten war ein kleiner Innenhof hinter dem Dormentgebäude*), dem Trixi bislang keinerlei Beachtung geschenkt hatte. Vielleicht war dies der Grund, warum Waldmeister ihn zum Treffpunkt bestimmt hatte: Tagsüber verirrte sich nur sehr selten jemand dorthin. Woran er jedoch nicht gedacht hatte, waren die zahlreichen Fenster, die als gähnend schwarze Löcher in den nächtlichen Garten hinunterblickten und den beiden Leuchten, die kurz vor

---

*) Heißt so, weil im oberen Teil die Mönche geschlafen haben. Dormitorium bedeutet Schlafsaal.

Mitternacht in den Garten schwebten, Lichtschauer über die Rücken jagten. Es brauchte nur einer der Schüler des Internats unter Schlaflosigkeit zu leiden und aus einem dieser vielen Fenster zu sehen...

„Der ideale Platz, um nicht aufzufallen", knurrte Mäx stirnrunzelnd und versuchte sich unter dem großen Holunder am Eingang des Gartens zu verbergen. Seine Lichtgestalt schimmerte gespenstisch zwischen den Ästen.

„Er kann ja nicht wissen, wie gut man uns im Dunkeln sieht", versuchte Trixi ihn zu beschwichtigen, als sie sich zu ihm unter den großen Busch gesellte.

Eigentlich war der Abtsgarten kein Garten, sondern die Ruine der abgebrannten Abtswohnung. Duftige Blumenrabatten oder säuberliche Gemüsebeete gab es dort nicht, doch davon einmal abgesehen war der Abtsgarten ein lauschiges Plätzchen. Sterbliche betraten ihn durch eine kleine Tür in einer Mauer, die das einzige Überbleibsel der Abtswohnung darstellte. Es ging ein paar Stufen hinab und unter dem Holunder hindurch zu einem vernachlässigt wirkenden Hof, auf dem eine Anzahl Holzbänke vor sich hin moderten. Von drei Seiten war der ‚Garten' von hohen Gebäuden umschlossen. An der vierten Seite schloss sich die Mauer an, in der sich die kleine, hübsche Pforte befand, die Trixi und Mäx nervös beobachteten.

Die Turmuhr schlug zwölfmal, als vor der Pforte leise Schritte zu hören waren. Ein dunkler Schatten trat in den Garten. Waldmeister hatte sich vollständig schwarz gekleidet und trug sogar einen dunklen Hut, um sein weißgraues Haar darunter zu verbergen. Trixi und Mäx feixten sich an: Der Opa hatte vermutlich angenommen, auch sie würden sich tarnen. Als ob das möglich gewesen wäre.

Natürlich sah der alte Herr die beiden Leuchten in ihrem dunklen ‚Versteck' sofort.

„Aaah,... jaaa, wunderbar!", hauchte er und eilte die wenigen Treppenstufen herab, um sich zu ihnen zu gesellen. „Ich bin entzückt, in der Tat! Darf ich mich nun in aller Form vorstellen? Es geht doch besser, wenn man seine Gesprächspartner dabei sieht. Friedemann Waldmeister, ich bin entzückt, Sie kennenzulernen, junges Fräulein. Natürlich sehen wir uns nicht zum ersten Mal... Um so glücklicher bin ich, Sie dieses Mal bei so... strahlender Gesundheit zu sehen. Ich darf Sie doch Bellatrix nennen?"

Trixi, die noch nie – weder in ihrem sterblichen Leben noch in ihrem Dasein als Leuchte – von irgendjemandem mit dem förmlichen ‚Sie' angesprochen worden war, kaute verlegen auf ihrem Kaugummi herum und nickte.

Der Professor wandte sich Mäx zu. „Und Sie..."

„Bitte, nennen Sie mich Mäx", erklärte dieser, und Trixi beneidete ihn für die Lässigkeit, mit der er dies tat. „Ich weiß nicht, ob ich Ihnen die Hand geben kann, Herr Waldmeister, wir haben manchmal eine ziemlich ungesunde Wirkung auf Sterbliche."

„Oh, tatsächlich? Nun, Sie haben recht, es wäre vielleicht ein zu gewagtes Experiment."

Einen Augenblick herrschte Schweigen. Dann ging plötzlich ein Ruck durch Waldmeister, als habe er sich gerade an etwas Wichtiges erinnert.

„Ach bitte", begann er und sah die beiden Leuchten mit großen Augen an, „wenn es Ihnen nicht unangenehm ist... Ich würde Ihnen sehr gerne jemanden vorstellen. Jemand, der uns bei unserem... *Problem* von großer Hilfe sein kann", fügte er eilig hinzu, als er ihre Gesichter sah.

„Ähm...", machte Trixi. Ihre Unsicherheit nahm noch zu, als Mäx erneut mit einer Selbstverständlichkeit antwortete, als täte er nie etwas anderes als mit alten, durchgeknallten Professoren zu reden.

„Ich fürchte", erklärte er überzeugend bedauernd,

„das wäre keine gute Idee. Sehen Sie, die meisten Sterblichen werden nämlich wahnsinnig, wenn sie eine Leuchte zu Gesicht bekommen."

„Leuchte... welch hübsche und überaus treffende Bezeichnung. Und uns nennt ihr also Sterbliche. Nicht so hübsch, aber auch mehr als treffend, würde ich meinen. In der Tat... Nun, was Elsie betrifft, so glaube ich, Ihre sehr löbliche Sorge ist unbegründet. Es wäre für sie nicht das erste Mal. Tatsächlich ist sie sogar mit, ähm, einer Leuchte verheiratet... oder *war* verheiratet... nein, da war er natürlich noch keine Leuchte, also...", der Professor hielt verwirrt inne, und es war ihm anzusehen, dass ihn die Frage, ob Elsie nun mit ihrem Mann immer noch verheiratet war oder nicht, schmerzlich berührte. „Immerhin ist er ja nicht wirklich tot, nicht wahr?", fügte er mehr zu sich selbst gewandt hinzu.

Elsie, die kurz darauf an Waldmeisters Seite in den Abtsgarten trat, wirkte zwar sehr nervös, erwies sich aber als resistent gegen jede Anwandlung von leuchtenbedingtem Wahnsinn. Nachdem Waldmeister alle einander vorgestellt hatte, begann er mit seinem Bericht.

Er war tatsächlich den beiden Verschwörern gefolgt, als diese den Klosterhof verließen. Allerdings nur bis zum Parkplatz vor dem Klosterbezirk. Dort hatte Owing sich von seinem Gehilfen getrennt, nachdem er ihm noch wichtige Anweisungen gegeben hatte, deren Zeuge Waldmeister geworden war. „Es hat seine Vorteile, wenn man schon von weitem als Stadtstreicher zu erkennen ist", erklärte er schmunzelnd, „die Leute beachten einen kaum mehr als eine lästige Fliege. Nicht weit von den beiden befand sich ein Abfalleimer, in dem ich nach Zeitungen stöberte, während sie sprachen." Elsie machte ein finsteres Gesicht, unterbrach ihn aber nicht. Owing hatte dem anderen, den er mit Will anredete, einen kleinen Schlüssel für ein Bahnhofs-Schließfach gegeben. Dort warte auf ihn ein Koffer mit amerikanischer Kleidung, Ausweispapieren, Kreditkarte und was er sonst noch für seine Verwandlung in einen amerikanischen Milliardär benötige. Außerdem fände er im Koffer die Anschrift eines vertrauenswürdigen Anwalts, über den er jederzeit Kontakt zu ihm, Owing, aufnehmen könne.

„Allerdings hat Owing ihm streng verboten, seinen Namen zu benutzen, ob am Telefon oder schriftlich", fügte Waldmeister hinzu. „Danach sind sie in zwei Autos gestiegen und in verschiedene Richtungen davongefahren."

Mäx machte ein finsteres Gesicht. „Das heißt, wir haben keine Ahnung, wo die Kerle jetzt stecken!", murrte er.

„Tatsächlich habe ich einen fatalen Fehler gemacht", entschuldigte Waldmeister sich bedauernd. „Ich nahm an, dass Will für uns wichtiger ist, da Owing ja in den Hintergrund treten wollte. Also begab ich mich sofort zum Bahnhof. Leider zum falschen", seufzte er. „Ihr wisst natürlich, dass Maulbronn zwei Bahnhöfe besitzt? Nun, ich begab mich dummerweise zu dem *in* der Stadt, obgleich dieser kaum noch benutzt wird. Natürlich war Will auf dem Weg zum Westbahnhof, das hätte ich wirklich wissen müssen!" Seltsamerweise machte Waldmeister ein listig-fröhliches Gesicht, als er von seinem folgenschweren Irrtum berichtete. Durchgeknallt, dachte Trixi und bedauerte es schon, überhaupt zu dem nächtlichen Treffen gekommen zu sein. Mäx ging es ähnlich, das sah sie ihm an.

Doch Waldmeister war noch nicht fertig. Sein Lächeln wurde immer breiter, je länger er die beiden enttäuschten Leuchten schmoren ließ. Endlich fuhr er fort.

„Hier nun kommt die liebe, gute Elsie ins Spiel", sagte er und strahlte die errötende Wirtin an. „Stellt euch nur vor: Als ich entmutigt und enttäuscht in das Durstige Maultier zurückkehre, was erzählt mir da meine Elsie? Dieser Will hat sich doch tatsächlich ein Zimmer bei ihr genommen. Unter dem Namen Will Howard hat er sich eingetragen. Wir haben ihn", schloss Waldmeister strahlend, „und wir werden seinen Plan vereiteln!"

Ganz ähnlich dachte einer, von dessen Anwesenheit keiner der vier Verschwörer etwas ahnte. Nur wenige Meter entfernt befand sich ein Gullideckel, aus dem leise das Geräusch fließenden Wassers drang. Der Schacht führte zu einem der zahlreichen unterirdischen Kanäle, die von den Zisterziensern beim Bau des Klosters angelegt worden waren. In einer Wand dieses Schachtes befand sich eine kleine Nische, deren ursprünglicher Zweck längst in Vergessenheit geraten war. Radulfus hatte eine neue Verwendungsmöglichkeit dafür gefunden. Zusammengeballt zu einer kleinen weißen Lichtkugel, die durch einen einzelnen violetten Streifen in zwei Hälften geteilt wurde, schwebte er in dieser Nische und vernahm jedes Wort, das über ihm im Abtsgarten geflüstert wurde. Er wusste nicht, worum es in dieser Verschwörung ging, doch eines wusste er ganz sicher: Es durfte nicht sein, dass Leuchten sich mit Sterblichen verbündeten, zu welchem Zweck auch immer. Er würde diesen vorwitzigen Kindern zeigen müssen, wo die Grenzen waren. O ja. Das würde er.

Die Sache mit dem Mönch

Was als Nächstes passieren musste, darüber waren sich die vier Verschwörer einig: Die Bürgermeisterin und die Klosterverwaltung mussten vor Howard gewarnt werden. Und dies konnte nur die Wirtin des Durstigen Maultiers übernehmen, denn einem stadtbekannten Geisterjäger würde wohl niemand Gehör schenken. Elsie versprach, sich gleich am nächsten Morgen darum zu kümmern.

Damit war *dieses* Problem gelöst, und Trixi, die bislang kaum etwas gesagt hatte, wurde immer unruhiger. In Waldmeisters und Elsies Gegenwart fühlte sie sich schrecklich unsicher, und die Tatsache, dass Waldmeister darauf beharrte, sie zu siezen, änderte nichts daran, dass sie sich bei der nächtlichen Besprechung wie ein kleines Kind fühlte, auf das es nicht ankam. Sie ärgerte sich ganz fürchterlich über ihre Verlegenheit, trotzdem hatte sie insgeheim gehofft, Mäx würde auf Hansel zu sprechen kommen. Doch der schien ihre Ungeduld und Unsicherheit richtig zu genießen. Innerlich fluchend gab Trixi sich einen Ruck.

„Ähm...", räusperte sie sich, „Professor Waldgeister?"

„Wald*meister*, meine Liebe, Wald*meister*!", verbesserte der Professor sie.

„Oh... äh... ja, Entschuldigung", stotterte Trixi und spürte, wie ihr Gesicht aufglühte. Aus dem Augenwinkel nahm sie wütend wahr, dass Mäx sich vor unterdrücktem Lachen krümmte.

„Ich bin Ihnen nicht böse", versicherte Waldmeister lächelnd. „Tatsächlich fange ich sogar an, den Titel ‚Geisterjäger von Maulbronn' mit Stolz zu tragen."

Trixi lächelte schwach, atmete tief durch (was sie schon lange nicht mehr getan hatte) und nahm einen neuen Anlauf.

„Es ist wegen der Informationssäule", erklärte sie und stellte erleichtert fest, dass sie wieder in vollständigen Sätzen redete. „Sie sagten, da würde eine Leuchte drin stecken."

„Ja, in der Tat. Es kann überhaupt keinen Zweifel geben, die ALG-Schwingungen..."

„Professor", unterbrach Trixi ihn, „ich glaube, ich weiß, wer das ist. Ein Freund von mir ist nämlich schon seit einer ganzen Weile spurlos verschwunden, und ich glaube, dass er in der Säule gefangen gehalten wird."

Keiner der vier sah in diesem Moment in den Schacht, der dicht neben Elsies Füßen nach unten führte, sonst hätten sie eine interessante Entdeckung gemacht. Die Wut blitzte dem zur Kugel verdichteten Radulfus buchstäblich aus den Augen und prallte wie eine Flipperkugel von den Wänden des engen Schachtes ab. Mit nahezu Lichtgeschwindigkeit sausten die kleinen Blitze hakenschlagend den Schacht hinunter und tauchten mit leisem Zischen in das davoneilende Wasser. Oben im Abtsgarten sprach Trixi ahnungslos weiter.

„Bitte, Professor, Sie *müssen* mir helfen, ihn zu befreien!"

Bevor Waldmeister hierauf etwas erwidern konnte, mischte Mäx sich ein. „Wenn er tatsächlich schon so lange in dieser Säule sitzt, dann muss er inzwischen sehr schwach sein. Wir Leuchten benötigen nämlich das Licht der Sonne oder des Mondes, um Kraft zu tanken."

"Nein! An Energie fehlt es ihm ganz bestimmt nicht!", widersprach Trixi. Die anderen sahen sie fragend an. "Ich hab' mir die Säule vorhin noch mal angesehen – von weitem!", fügte sie gereizt hinzu, weil Mäx die Stirn runzelte. " Ich bin schon ne Weile länger am Leuchten als du, schon vergessen? Ich *weiß*, dass man mich im Dunkeln sehen kann."

"Wie überaus beruhigend", knurrte Mäx. "Und woher willst du dann wissen…"

"Sie leuchtet orange", unterbrach Trixi ihn ungeduldig. "Die Säule: Sie leuchtet orange."

"Ja, tatsächlich!", meldete sich Elsie plötzlich zu Wort. "Halb Maulbronn hat sich darüber aufgeregt, weil der Orangeton so gar nicht zu dem Rot passt, in dem die Überschriften gehalten sind."

"Hansel trägt eine orangefarbene Kutte", erklärte Trixi. "Sogar sein Bart und seine Haare sind orange. Ich glaube, das liegt daran, dass es kein braunes Licht gibt." Der Professor nickte anerkennend, und ermutigt fuhr Trixi fort. "Die Säule wird von innen beleuchtet, und das Licht dieser Lampe reicht völlig aus, um Hansel mit Energie zu versorgen."

"Nun ist mir nur eines nicht klar", sagte Waldmeister, und Trixi stellte mit Genugtuung fest, dass er sich dabei ausschließlich an sie wandte. "Die Säule ist sicherlich kleiner als ein ausgewachsener Mönch. Wie kann er hinein passen? Und wenn es für ihn keinen Ausgang gibt, wie ist er dann erst hineingekommen?"

"Nicht freiwillig!", presste Trixi zwischen den Lippen hervor. "Es gibt auch unter uns Leuchten übles Gelichter. Ich glaube, ich weiß ganz genau, wer da seine dürren Finger im Spiel hat! Und was die Größe der Säule angeht…"

Elsie, die ihren verstorbenen Mann durch ein Schlüsselloch hatte verschwinden sehen, war von dem, was jetzt kam, nicht sonderlich überrascht.

Doch des Professors Augen leuchteten vor Begeisterung, während er zusah, wie Trixi sich erst in einen langen, dünnen Lichtstrahl verwandelte und danach in eine kleine, bunt schillernde Kugel. In eine Kugel, die exakt dieselbe Größe hatte wie die, die in einer Nische des Gullis vor Wut kleine Vulkane an ihrer Oberfläche bildete.

Elsie Kriminellsie

Zum ersten Mal, seit sie das Durstige Maultier übernommen hatte, gab es für Elsie Wichtigeres zu tun, als sich um den reibungslosen Ablauf ihres Gasthauses zu kümmern. Überhaupt war ihr noch nie etwas so wichtig gewesen wie die Aufgaben, die sie an diesem Tag zu erledigen hatte.

Trotz der kurzen Nachtruhe erwachte sie erfrischt und tatendurstig wie ein junges Mädchen. Mit geröteten Wangen und blitzenden Augen richtete sie sich vor dem Spiegel ihre Haare und strich das gute, geblümte Kleid, das sie nur zu ganz besonderen Anlässen trug, über ihren ausladenden Rundungen glatt. Für ihr Gespräch mit der Bürgermeisterin wollte sie gut aussehen.

Als sie nach unten kam, war Anna, ihr tüchtiges ‚Mädchen für alles', mit den Vorbereitungen für das Frühstück der Hausgäste schon fast fertig. Eben war sie damit beschäftigt, die Tageszeitungen auf einem kleinen Beistelltisch zu ordnen.

„Guten Morgen!", rief sie fröhlich ihrer Chefin zu. „Da ist ein Brief für einen Herrn Howard. Ist das der Neue in Nummer 3?"

„Ja", antwortete Elsie und versuchte vor ihrer Angestellten zu verbergen, wie aufgeregt sie war. „Leg ihn doch bitte auf die Theke, ich kümmere mich schon darum."

Anna fragte glücklicherweise nicht, was es sich da groß zu kümmern gab, wo der Gast doch sicherlich gleich zum Frühstück erscheinen würde und man ihm dann den Brief ohne weiteres aushändigen konnte. Elsie wartete, bis Anna in die Küche verschwand, schnappte sich dann den Brief und eilte in ihre Wohnung zurück.

Während sie Wasser zum Kochen brachte, wurde ihr abwechselnd heiß und kalt. Was sie da vorhatte, war eindeutig verboten. Elsie hatte in ihrem ganzen Leben noch nie etwas Verbotenes angestellt, wenn man einmal von den harmlosen Vergehen ihrer Kindheit und Jugend absah. Ihr Herz klopfte ganz gewaltig, während sie den Umschlag näher untersuchte. Er trug weder Absender noch Briefmarke. Durch das kleine Fenster war die gedruckte Anschrift auf dem Briefbogen zu lesen:
Mr Will Howard
Gasthof Zum Durstigen Maultier
Maulbronn

Als das Wasser endlich kochte, zögerte Elsie. Wenn nur Friedemann da gewesen wäre! Doch der hatte beschlossen, dass er als Stadtstreicher bestens zum Detektiv gerüstet war, und war in sein altes Asyl zurückgekehrt. Elsie hatte es kaum ertragen können, ihn in den alten, schäbigen Sachen ziehen zu lassen. Der gute, liebe Friedemann! Und so ein Genie als Wissenschaftler! Es war wirklich eine Schande, dass er so viel hatte erdulden müssen, nur weil die anderen Professoren an der Universität engstirnige Esel waren, die Gespenster selbst dann nicht sahen, wenn man sie ihnen auf dem Präsentiertablett vor die langen Nasen hielt. Aber nun war endlich Friedemanns Rehabilitation in Sicht. Wenn sie, gemeinsam mit den beiden jungen Leuchten, erst einmal die üblen Pläne dieses skrupellosen amerikanischen Geldhais vereitelt hatten, dann würden die Leuchten bestimmt bereit sein, auch ihnen zu helfen. Und wer konnte besser beweisen, dass es Gespenster gab, als ein Gespenst?

Elsie gab sich einen Ruck und hielt den Umschlag über den Wasserdampf.

Der Brief kam von der Anwaltskanzlei V. Biegbar & R. Dreher in Karlsruhe und teilte Mr Will Howard mit, dass sein Gesprächstermin mit der Bürgermeisterin von Maulbronn noch für den selben Vormittag, 10 Uhr, angesetzt sei. Außerdem sei die finanzielle Transaktion erfolgreich verlaufen und der (nicht näher bezifferte) Betrag sei auf einem Konto der Deutschen Bank hinterlegt.

Elsie biss sich auf die Lippen. Schon um 10 Uhr! Da blieb ihr nicht viel Spielraum. Diese verflixten Gangster arbeiteten schnell und gründlich. Sie schnappte ihr Telefon, wählte die Nummer des Rathauses und ging unruhig in ihrem Wohnzimmer auf und ab, während sie mit der Sekretärin der Bürgermeisterin verbunden wurde. Diese teilte ihr freundlich, aber bestimmt mit, es sei leider ganz unmöglich, sofort mit der Frau Bürgermeisterin zu sprechen, da diese sich gerade auf einen sehr wichtigen Termin mit einem ausländischen Mäzen vorbereite, welcher der Stadt einen siebenstelligen Geldbetrag zur Verfügung stellen wolle, um wichtige Renovierungsarbeiten an der Klosteranlage voranzutreiben. Der Amerikaner, den sie im Übrigen kennen müsse, da er in ihrem eigenen Gasthof abgestiegen sei, was ja wohl beweise, wie sehr er die Klosteranlage schätze, wo doch die Zimmer des Durstigen Maultiers bekanntermaßen keinerlei Komfort boten, solle im Kleinen Saal empfangen werden. Dieser sei bereits in aller Eile hergerichtet worden, nur sei ein Malheur mit der Frisur der Frau Bürgermeisterin passiert, das sie gezwungen habe, sogleich in den Friseur-Salon Figaro zu eilen, und die Designer-Bluse sei wohl auch hin.

Elsie schaffte es mit Mühe, den Redefluss der Sekretärin zu unterbrechen, die sich eben über die fatale Wirkung von Vogel-AA auf Leinen ausließ, und bekam einen Termin für 15 Uhr, da sei das Fünf-Gänge-Menü in der Klosterpost auf jeden Fall gegessen. Sogar Pommes mit Ketchup werde es geben, für alle Fälle, bei Amerikanern wisse man ja nie, ob sie auch etwas Vernünftiges...

Die Stimme der Sekretärin verstummte abrupt, als Elsie auf die Taste mit dem kleinen roten Telefon tippte. Mit gerunzelter Stirn starrte sie durch das Fenster den großen, schäbig wirkenden Fruchtkasten an. Die Situation erforderte offensichtlich drastische Maßnahmen.

Als sie wenig später in die Küche trat, war das Frühstück für den ‚Mister' aus Nummer drei gerade fertig. Es kam oft vor, dass Elsie die Hausgäste selbst bediente, um sicher zu gehen, dass diese sich auch wohlfühlten. Anna wunderte sich also nicht, als ihre Chefin das Tablett an sich nahm und damit durch die Schwingtür ins Lokal trat. An der Bar hielt sie kurz inne, scheinbar um ein paar Prospekte von Maulbronn auf das Tablett zu legen. Tatsächlich nutzte Elsie den unbewachten Augenblick, um eine kleine, unscheinbare Tablette in das Kaffee-Kännchen gleiten zu lassen. Mit strahlendem Lächeln servierte sie Mister Will Howard das Frühstück und hörte wohlwollend zu, als der angebliche Amerikaner mit schauerlichem und wenig überzeugendem Akzent erzählte, wie sehr er das Kloster liebe. Immer wieder kam er dabei auf den Fruchtkasten zu sprechen. Elsie wurde hinter ihrer unerschütterlich freundlichen Fassade ganz heiß vor Zorn, als sie sich die Lügen des dreisten Kerls anhörte. Seine Großeltern seien ganz in der Nähe aufgewachsen, und er spiele mit dem Gedanken, sich in Maulbronn ein Haus zu kaufen. Ich weiß, dachte Elsie und knirschte lächelnd mit den Zähnen. Und hinterher willst du es anzünden, du mieser kleiner Brandstifter. Aber mit der dicken Elsie hast du wohl nicht gerechnet. Trink ruhig deinen Kaffee...

Als Howard nach dem Frühstück die schmale Stiege zu den Gästezimmern erklomm, war ihm die Müdigkeit bereits anzusehen. Den Brief hatte Elsie in sein Zimmer gelegt, aber so, dass er ihn so schnell nicht finden würde. Zufrieden räumte sie den Tisch ab, trug das Tablett in die Küche und spülte Kaffeekännchen und -tasse von Hand ab, bevor sie beide in die große Spülmaschine stellte. Dann zog sie die Schürze aus, die sie beim Bedienen immer trug, und trat auf den Klosterplatz hinaus. Zur Bürgermeisterin konnte sie noch nicht gehen, aber da gab es ja noch Problem Numero zwei.

Gisela von der Klosterkasse sah überrascht auf, als Elsie den Raum betrat. Kein Wunder, die Wirtin des Durstigen Maultiers war nur selten außerhalb ihres Gasthofes anzutreffen. Aber Elsie hatte ihren Auftritt gründlich geplant. Sie erwarb für ihren neuen Gast eine Eintrittskarte für das Kloster, erkundigte sich über Sonderführungen, und innerhalb kürzester Zeit waren die beiden Frauen in ein angeregtes Gespräch vertieft.

„Ich sollte wirklich mal wieder selbst eine Führung mitmachen!", erklärte Elsie. „Da wohnt man direkt neben dem Kloster und kommt nie dazu, es zu besichtigen."

„Wem sagen Sie das!", rief Gisela aus, von der bekannt war, dass sie erst ein einziges Mal innerhalb der Klausur gewesen war. An dem Tag nämlich, an dem sie eingestellt und vom Geschäftsführer des Klosters durch die Anlage geführt worden war.

„Stellen Sie sich nur vor", behauptete Elsie ohne zu erröten, „ich habe doch tatsächlich erst auf der neuen Informationssäule nachsehen müssen, wann die Führungen sind. Man weiß das ja gar nicht mehr."

Sogleich bot Gisela ihr einen Karton mit Hochglanz-Prospekten an, den Elsie dankbar annahm, wobei sie ganz zu erwähnen vergaß, dass sie im Gasthof bereits einen Stapel davon ausliegen hatte.

„Ich finde Prospekte ja auch viel besser!", erklärte sie im Brustton der Überzeugung. „Wenn sich mal etwas ändert, druckt man einfach neue nach. Ich verstehe gar nicht, wie die das mit der Säule machen wollen, man kann ja nicht jedes Mal eine neue aufstellen wenn die Uhrzeiten oder Preise sich ändern."

„Oh, das ist kein Problem", widersprach Gisela. „Man kann die Säule öffnen. Die Beschriftung ist innen auf Folie angebracht, die kann man bei Bedarf austauschen."

„Ach wirklich?", staunte Elsie. „Aber natürlich, wie dumm von mir: Man muss ja auch die Glühbirne austauschen können, wenn die mal kaputtgeht... Und das müssen dann bestimmt *Sie* machen", fügte sie mitfühlend hinzu.

Gisela zeigte auf ein kleines Schränkchen, in dem alle Schlüssel aufbewahrt wurden, und erklärte, dass sie ohnehin schon daran gedacht habe, die Leuchtstoffröhre auszutauschen. „Dieser Orangeton ist wirklich zu grässlich. Die Ersatzröhren habe ich schon getestet, die geben ganz normales Licht. Ich glaube, das mit der orangenen muss ein Versehen gewesen sein."

Den Aufbewahrungsort für den Schlüssel kannte Elsie nun. Geschickt lenkte sie das Gespräch auf Zipperlein und Gebrechen und erfand flugs ein Zerren und Ziehen im Rücken, das sie in letzter Zeit fast um den Verstand bringe. Gisela warf sich mit Begeisterung auf das neue Thema, ohne sich zu wundern, woher die Wirtin eigentlich die Zeit für ein so ausgedehntes Schwätzchen nahm. In aller Ausführlichkeit (und sehr viel ausführlicher, als es Elsie lieb war) schilderte sie ihr ein Blasenleiden, das sie in kurzen

Abständen zwang, das stille Örtchen aufzusuchen, was ein echtes Problem darstelle, da sie doch so oft alleine an der Klosterkasse säße...

Elsie konnte förmlich zusehen, wie der Gedanke an das ‚Örtchen' in Gisela eben jenen bewussten Drang auslöste, und wunderte sich kein bisschen, dass sie schon bald gebeten wurde, die Kasse im Auge zu behalten, während Gisela davoneilte. Genau darauf hatte Elsie spekuliert. Gisela war in ganz Maulbronn berüchtigt für ihre schwache Blase.

Der Schlüssel für die Informationssäule war glücklicherweise beschriftet. Als Gisela zufrieden und entspannt zurückkehrte, ruhte er in Elsies Rocktasche. Die beiden Frauen unterhielten sich noch kurz darüber, was für eine Zumutung öffentliche Toiletten oft waren, dann verabschiedete sich die Wirtin, angeblich um in ihren Gasthof zurückzukehren.

Es war eine Kleinigkeit, den Schlüssel beim Schlüsseldienst nachmachen zu lassen. Elsie behauptete einfach, er gehöre zu dem Kasten, in dem sie immer ihre Speisekarte hängen hatte. Tatsächlich hatte sie das Gefühl, dass es dem jungen Mann völlig schnuppe war, woher der Schlüssel stammte. Vermutlich hätte er auch den Generalschlüssel der Klosteranlage anstandslos nachgemacht.

Knifflig wurde die Sache erst, als sie den Schlüssel wieder zurücklegen wollte. Eine Ausrede, wiederzukommen, hatte sie parat: Ihr Gast habe sich nun doch für eine Sonderführung entschieden. Doch die entsprechende Eintrittskarte war in wenigen Sekunden gekauft, und selbst Gisela würde sich wohl wundern, wenn Elsie an einem Tag gleich zweimal zum Tratschen bliebe. Fast zehn Minuten gelang es Elsie so zu tun, als müsse sie alles, aber auch wirklich alles, über die Sonderführung wissen, dann hatte sie Glück. Das Telefon klingelte, und eine Kollegin meldete sich krank, was bedeutete, dass Gisela länger bleiben musste. Damit hatten die beiden Frauen ein Gesprächsthema, und Elsie konnte unauffällig immer wieder auf Krankheiten zu sprechen kommen, die irgendwie mit der Verdauung zu tun hatten. Als Giselas Blase den Wink mit dem Zaunpfahl endlich verstand, stieß Elsie einen dankbaren Seufzer aus.

Zwei volle Stunden blieben ihr nun noch bis zu ihrem Termin bei der Bürgermeisterin.

Rettung mit Hindernissen

Trixi ertrug das Warten nicht länger. Wider besseres Wissen verdichtete sie sich zu einem grellbunten Lichtblitz und schoss aus ihrem Versteck. Dicht neben der in einem satten Orangeton leuchtenden Informationssäule kam sie zum Schweben und starrte einen Augenblick irritiert in ein Augenpaar, das ihr Bild wie zwei winzige Spiegel zurückwarf. Gleich darauf fegte eine Katze mit wildem Miau über den Klosterhof davon.

Trixi atmete tief durch. Das half immer noch, wenn sie aufgeregt war, obwohl das Atmen sonst zu nichts mehr nütze war.

Wo zum Kurzschluss blieb Waldmeister? Es war bereits halb vier, und sie hatten sich für drei Uhr verabredet. Die ruhigste Stunde der Nacht. Von wegen! Trixi lag schon seit einer Stunde im Glockenturm auf der Lauer und hatte in dieser Zeit ein Auto wegfahren und ein Pärchen ankommen sehen. Ausgerechnet an die Informationssäule hatten die beiden sich zum Knutschen gelehnt! Trixi hatte sie in ihrer Fantasie fünfmal auf sehr verschiedene Weise ins Reich der Geistesgestörten geschickt, bis die beiden sich endlich getrennt hatten. Die junge Frau war zu einem der als Wohnhäuser genutzten Gebäude hinter dem Durstigen Maultier gehuscht, während ihr Verehrer, immer noch mit dem Rücken gegen den Glaskasten gelehnt, sich noch eine Zigarette gegönnt hatte, ohne zu ahnen, in welch großer Gefahr sich sein Geisteszustand befand. Trixi war schon zu allem entschlossen, als der Kerl endlich davonschlenderte. Das Prisma sollte sie alle miteinander holen! Warum waren diese sterblichen Dummköpfe nicht in ihren Betten, wo sie hingehörten?

Endlich war der Platz menschenleer. Trotzdem verdichtete Trixi sich zu einer kleinen Leuchtkugel und platzierte sich direkt oberhalb der ebenfalls bunt leuchtenden Informationssäule. Sie wollte auf gar keinen Fall auffallen.

„Hansel!" Sie hätte selbst nicht sagen können, ob sie den Namen laut ausgesprochen oder nur gedacht hatte. Die Antwort jedenfalls kam sofort.

„Bellatrix! Bist du es wirklich?" Hansels Stimme klang so froh und erleichtert, dass es Trixi ganz warm wurde und ihr Licht sanft zu pulsieren begann. Wie sehr hatte sie den guten, dicken Kerl in den vergangenen Wochen vermisst!

„Ja", flüsterte sie mit strahlenden Augen, „ich bin es. Und ich hole dich da raus, versprochen!"

In diesem Moment näherten sich Stimmen. Trixi wollte bereits abblitzen, da erkannte sie Waldmeister und Elsie, die über den Platz herbeieilten und dabei heftig stritten. Immer wieder zischten sie sich gegenseitig zu, leise zu sein. Das „Pst!" war über den ganzen Platz zu hören.

„Wenn ihr mit Streiten fertig seid", schnappte Trixi, sobald die beiden bis auf wenige Schritte heran waren, „könnten wir dann vielleicht endlich meinen Freund aus diesem blöden Kasten rausholen?"

Elsie und Waldmeister blieben wie angewurzelt stehen und sahen sich überrascht um. Mit Vergnügen und Genugtuung bemerkte Trixi, dass die zwei sie nicht entdeckten, obwohl sie doch praktisch direkt vor ihren Nasen in der Luft hing. Kichernd setzte sie sich in Bewegung und glitt wie ein kleiner Mond im Kreis um die beiden herum. Elsie stand völlig entgeistert da und sperrte ihren Mund so weit auf, dass Trixi glatt hineingepasst hätte. Waldmeister neben ihr lächelte verklärt und drehte sich um die eigene Achse, um Trixi auf ihrer Umlaufbahn im Blick zu behalten. „Faszinierend...", murmelte er dabei vor sich hin. „In der Tat... großartig!"

Mit überlegenem Lächeln nahm Trixi ihre normale Gestalt an und kam neben der Säule zum Schweben.

„Können wir?" Sie deutete einladend auf den Glaskasten.

Elsie klappte den Mund zu und wollte zur Säule treten, doch Waldmeister hielt sie zurück.

„Nun sei doch vernünftig, altes Mädchen", redete er auf sie ein. „Diese Leuchte war mehrere Wochen in einem engen Kasten zusammen mit einer Leuchtstoffröhre eingesperrt. Wir haben keine Ahnung, wie sich das auswirkt. Es könnte gefährlich sein!"

„Ach ja?", schnappte Elsie zurück. „Und warum sollte es für mich gefährlicher sein als für dich? Außerdem", fügte sie mit fester Stimme hinzu, „habe *ich* den Schlüssel besorgt. Geklaut habe ich ihn! Und das ist nicht das Einzige, was ich heute verbrochen habe: Ich habe einem meiner Gäste Schlafmittel in den Frühstückskaffee geschüttet, ich habe fremde Post geöffnet... Und am Ende war auch noch alles umsonst! Stell dir vor", wandte sie sich an Trixi, „ich war heute bei unserer Bürgermeisterin, um sie vor diesem falschen Howard zu warnen..." Elsie zitterte vor Empörung bei der Erinnerung an dieses Gespräch. „Ganz nüchtern und vernünftig habe ich ihr die Sache erklärt und dabei kein Wort von euch Leuchten verlauten lassen, die hätte mich ja ausgelacht. Und was macht die ... feine Dame? Lässt mich reden und reden, und wie ich fertig bin, da fängt sie doch an, mich über Friedemann auszufragen! *Kein* Wort hat sie verloren über Howard und den Fruchtkasten, nicht ein einziges! Und dabei sieht sie mich auch noch an, als wäre ich krank und nicht mehr ganz richtig im Kopf!" Elsies Achtung gebietender Busen hob und senkte sich wie ein Blasebalg, und Waldmeister legte beschwichtigend einen Arm um sie, machte dabei aber ein schuldbewusstes Gesicht. Es machte ihm sehr zu schaffen, dass seine Freundin so eine üble Behandlung hatte erfahren müssen, nur weil sie zu ihm hielt.

„Soll das heißen", fragte Trixi ungläubig, „dass sie nichts unternehmen wird? Sie haben ihr doch sicherlich erzählt, dass Howard nur ein Strohmann ist, und was Owing mit dem Fruchtkasten vor hat?"

„Alles habe ich ihr erzählt, aber die hat mir ja gar nicht zugehört! Hat gesagt, das seien die Nerven, ha! Und es täte mir nicht gut, dass ich mich so viel mit Friedemann abgebe." Waldmeister sah betreten zu Boden, aber Elsie war jetzt so richtig in Fahrt gekommen. „Der Pillendreher, dieser dumme Giftmischer, hat Friedemann in seinen alten Kleidern gesehen und zwei und zwei zusammengezählt. Alle Welt weiß nun, dass Friedrich Meister und Friedemann Waldmeister ein und dieselbe Person sind: nämlich der angeblich verrückte Professor Waldgeister." Entschlossen wandte sie sich wieder Hansels Gefängnis zu. „Nach diesem absoluten Reinfall und nach all den Schandtaten, die ich heute begangen habe, muss ich dringend mein Gewissen beruhigen, indem ich wenigstens *eine* sinnvolle Tat vollbringe. Und deshalb werde ich jetzt dieses Gespenst befreien und wenn du dich auf den Kopf stellst!" Mit diesen Worten schob sie ihren Freund resolut zur Seite und trat zur Säule.

„Bellatrix im Paradies", ertönte in diesem Moment eine sanfte Stimme aus dem Inneren des Glaskastens. „Hat mir mein Aufenthalt in diesem Gefängnis den Verstand geraubt, oder höre ich dich tatsächlich mit sterblichen Menschen sprechen?"

Trixi kicherte fröhlich. „Keine Sorge. Die beiden haben schon mehr als eine Leuchte gesehen ohne durchzuknallen."

„Du meinst, sie werden von meinem Anblick nicht verrückt werden?"

„Solange du deine Kutte anlässt..."

„Das ist nicht komisch! Und ich halte es für keine gute Idee, Sterbliche da..."

„Mein Gott, Hansel!", fuhr Trixi ihm entnervt dazwischen. „Willst du in dem verflixten Kasten versauern, bis deine Batterie alle ist?"

„Ich fürchte, ich verstehe nicht..."

„Brauchst du auch nicht. Wir haben schon viel zu viel Zeit verschwendet. Wir holen dich jetzt da raus und damit basta!"

„Bist du sicher, dass dein Freund überhaupt raus möchte?", mischte Elsie sich ein. Sie wartete allerdings gar nicht erst auf eine Antwort, sondern fummelte mit einigen Schwierigkeiten den kleinen Schlüssel in ein Schloss in der unteren linken Ecke des Sichtfensters, das im Schein der etwas entfernt stehenden Straßenlaterne gerade noch zu erkennen war. Sie drehte einmal um, zog und rüttelte – ohne Erfolg. Der Kasten wollte nicht aufgehen.

Plötzlich ging in einem der Häuser ein Licht an. Waldmeister und Elsie gingen schnell hinter der Säule in Deckung, während Trixi sich eiligst wieder zu einer Kugel zusammenballte und über der Säule in Stellung ging. Zu blöd, dachte sie, aus einem erleuchteten Zimmer heraus kann man nachts doch gar nichts erkennen! Sie wollte schon wieder ihre normale Gestalt annehmen, da wurde das hell erleuchtete Fenster geöffnet, und eine Frau sah verschlafen zum Himmel hinauf. Waldmeister und Elsie wagten kaum zu atmen, selbst Trixi hielt die Luft an, bis die Frau sich wieder vom Fenster entfernte. Gleich darauf ging das Licht aus, um im nächsten Moment im benachbarten Zimmer wieder anzugehen.

„Verflixt noch mal!", brummte Waldmeister, der oft genug des Nachts über den Klosterhof geschlichen war, um zu wissen, was dies zu bedeuten hatte. „Das ist die Zeitungsausträgerin. Ich fürchte, sie wird schon in wenigen Minuten aus dem Haus treten."

Elsie stöhnte und begann wieder an dem Schlüssel zu zerren. „Wirst du wohl..."

Trixi starrte verzweifelt die Fenstertür an. Sie war vollständig mit einer Folie hinterklebt, auf die der Grundriss der Klosteranlage gedruckt war. Sie glaubte zu sehen wie sich das orangene Licht im Inneren der Säule unruhig bewegte. Da entdeckte sie plötzlich das zweite Schloss. Es befand sich in der oberen Ecke.

Diesmal musste Elsie den Schlüssel an Waldmeister abgeben, denn sie reichte nicht einmal auf Zehenspitzen an das zweite Schloss heran. Selbst der nicht eben kleine Professor hatte Mühe, so weit oben und im schwachen Licht der Straßenlaterne das Schlüsselloch zu finden. Er hatte es fast geschafft, da explodierte mit scharfem Knall die Glühbirne der Straßenlaterne. Vor Schreck schrie der Professor auf und ließ den Schlüssel fallen.

Ein erstickter Laut ließ Trixi herumfahren. Sie erschrak, als sie den entsetzten Ausdruck auf dem Gesicht der Wirtin des Durstigen Maultiers sah. Waldmeister legte beruhigend seinen Arm um die Schultern seiner Freundin und sprach leise auf sie ein.

„Es geht schon wieder", krächzte Elsie. „Aber ich glaube, das hier ist doch nicht die richtige Sorte Abenteuer für meiner Mutter Tochter. Außerdem", fügte sie mit ärgerlicher Stimme hinzu, „war nun alles umsonst!" Anklagend wies sie mit dem Finger auf einen Gulli direkt neben der Säule.

Trixi verstand binnen Lichtsekunden: der Schlüssel. Fassungslos starrte sie den Schachtdeckel an, durch den ganz leise das Geräusch fließenden Wassers drang. Trixi war nun lange genug Leuchte, um schon bei dem Gedanken an Wasser eine Brizzelhaut zu bekommen. Trotzdem zögerte sie nicht lange: Mit einem Stoßgebet auf den Lippen und begleitet von den überraschten Ausrufen ihrer sterblichen Freunde laserte Trixi durch einen Spalt des Gullideckels und verdichtete sich unmittelbar dahinter wieder zu einer zitternden Leuchtkugel.

Ihr Gefühl hatte sie nicht getrogen: Der Schacht reichte tief hinunter, und das gefürchtete Wasser floss weit unter ihr vorüber. Trixi hatte gehofft, im Schacht ein Auffangsieb oder etwas Ähnliches zu finden. Tatsächlich gab es nichts dergleichen, trotzdem hatte sie unverschämtes Glück: Etwa einen Meter unterhalb des Gullideckels hatte sich ein dünner Ast im Schacht verkantet und an einem seiner Zweige hatte sich der Schlüsselanhänger verfangen.

Trixis Blick wanderte von dem Schlüssel hinauf zum Gullideckel. Warum nur hatte sie in der Bibliothek nicht Energie getankt? Zeit genug hätte sie vor ihrer nächtlichen Verabredung gehabt, und es war nun schon die zweite Nacht in Folge, in welcher der Mond unerreichbar hinter einer Wolkendecke verborgen lag. Die Sonnenenergie, die sie im Laufe des Tages getankt hatte, war bald aufgebraucht. So unschlagbar eine Leuchtkugel als Tarnung sein mochte, sie kostete reichlich Kraft. Trixi hatte keine Ahnung, ob ihre verbliebene Energie noch ausreiche, um mit dem Schlüssel durch den Schachtdeckel zu lasern, aber sie musste es versuchen.

Ganz vorsichtig näherte sie sich dem Ast. Dann bemühte sie sich, eine Hand aus ihrer zusammengeballten Gestalt herauszustrecken, doch das gestaltete sich schwieriger als erwartet. Für den Nano-Bruchteil einer Sekunde löste sich ihre Verdichtung so weit, dass ihr Körper sich mit Lichtgeschwindigkeit ausdehnte und gegen die Schachtwände knallte. Mit eisigen Fingern griff der raue Stein nach ihr und sog. Trixi zog sich sofort wieder zusammen und konzentrierte sich darauf, nicht in Panik auszubrechen. Diesmal hatte Trixi sich nicht zu einer Kugel zusammengezogen, sondern zu einer Miniaturausgabe ihrer selbst. Das war womöglich noch anstrengender, als die in sich ruhende Gestalt einer Kugel anzunehmen, doch Trixi hatte auf diese Weise ihre Hände zur Verfügung. Bebend vor Anstrengung spähte sie nach unten und erschrak: Sie musste dem Ast einen Stoß versetzt haben, denn er hing nun sehr viel weiter unten im Schacht. Einige seiner Zweige reichten bis ins Wasser hinein, so dass die Strömung daran zerrte. Es war nur eine Frage von Minuten oder gar Sekunden, bis das Wasser den Ast mit sich fort tragen würde. Und mit ihm den Schlüssel, der wenige Millimeter über der Wasseroberfläche auf und ab hüpfte.

Winzige Lichtperlen bildeten sich auf Trixis Miniatur-Stirn. Zitternd näherte sie sich dem Ast und dem Wasser, dessen Rauschen ihr inzwischen wie Donner durch den Kopf dröhnte. Das hier tat ihr entschieden nicht gut, soviel war klar. Trotzdem griffen ihre kleinen Hände entschlossen nach dem Schlüssel, der nun die Länge ihrer Unterarme maß und unglaublich schwer wog. Nach oben ging es nur sehr langsam. Trixi verschwendete keinen Blick zurück, als ein leises Rascheln ihr sagte, dass der Ast sich befreit hatte und vom Wasser davongetragen wurde. Sie konzentrierte sich ganz darauf, einen Arm durch den Ring des Schlüsselanhängers zu stecken und verschränkte die Finger ihrer Hände, sobald ihr dies gelungen war. Auf diese Weise hoffte sie, den Schlüssel sicher nach oben zu bekommen, obwohl ihre Arme inzwischen völlig entkräftet herabhingen. Die Berührung des Schlüssels hatte den letzten Funken Licht in ihnen ausgelöscht.

Trixi schwebte in liegender Haltung nach oben, um ihren Körper möglichst weit von dem Schlüssel und seinem Anhänger zu entfernen, und auf diese Weise schaffte sie es mit Müh und Not durch einen Spalt der Abdeckung, der sie gerade eben durchließ. Kaum war sie hindurch poppte sie auf ihre normale Größe wie ein Maiskorn in der Pfanne. Völlig ausgepumpt ließ sie den Schlüssel auf die Pflastersteine fallen und verharrte regungslos in der Luft.

„Licht!", keuchte sie schwach. „Bitte, ich brauche Licht!"

Waldmeister sah sich besorgt um. Bis zur nächsten noch funktionierenden Laterne waren es etwa fünfzig Meter. Unschlüssig sah er die erschöpfte Leuchte an, die nur noch ein Schatten ihrer selbst war: Ihre Gestalt schimmerte kaum noch und war so durchsichtig geworden, dass er das Kopfstein-Pflaster durch sie hindurch erkennen konnte. Eben überlegte er, ob er es wagen konnte, Trixi anzufassen und zum Licht zu tragen, da kam ihm die praktisch denkende Elsie zuvor. Sie zog das Feuerzeug hervor, mit dem sie immer die Kerzen auf den Tischen ihres Restaurants anzündete, und ließ es aufflammen. Vorsichtig wedelte sie damit vor Trixis durchscheinender Gestalt herum. Die kleine Flamme war kaum mehr als ein Tropfen auf einen heißen Stein, doch

Trixi spürte dankbar, wie sich ein Hauch von Wärme an den Körperstellen bildete, an denen die Flamme vorbeihuschte. Waldmeister stand tatenlos daneben und bewunderte wieder einmal die Frau, die sein Leben so völlig verändert hatte. Elsie war einfach großartig!

„Stehen Sie nicht so herum!", flüsterte Trixi gereizt. „Hansel steckt immer noch in dem Kasten. Außerdem hat es da drinnen Licht."

„Oh...ja...natürlich", stotterte der Professor beschämt und reckte sich an dem Glaskasten empor, um das für ihn kaum sichtbare Schloss zu erreichen. Die Tür schwang auf, und keine Sekunde zu früh.

Frau Bergtreu, die in eben diesem Moment verschlafen aus dem Haus trat, um wie jeden Morgen den Maulbronnern ihre Zeitungen in die Briefkästen zu stecken, fiel fast in den Hausflur zurück, als sie von dem orangefarbenen Blitz geblendet wurde. Sie taumelte einen Moment, rieb sich dann die müden Augen und starrte über den nächtlichen Klosterhof. Nichts regte sich.

„Blitze fahren nicht in den Himmel, sondern aus ihm herab!", schalt sie sich. „Außerdem sind sie nicht orange, sondern weiß. Vielleicht hättest du den Wein gestern besser nicht austrinken sollen, du siehst ja schon Gespenster!" Ärgerlich schüttelte sie den Kopf. Es war wohl an der Zeit, dass sie sich einen anderen Job suchte. Sie war einfach nicht mehr jung genug, um mit so wenig Schlaf auszukommen. Frau Bergtreu zog die Tür hinter sich ins Schloss und erstarrte im nächsten Augenblick. Etwas war nicht so, wie es eigentlich sein sollte. Misstrauisch kniff sie die Augen zusammen und starrte über den Hof. Hatte sie da drüben bei der grässlichen Informationssäule nicht eben eine Bewegung gesehen? Da plötzlich fiel es ihr wie Schuppen von den Augen: Die Säule war weiß! Sie leuchtete nicht mehr in diesem unsinnigen Orange und genau genommen sah sie nun auch gar nicht mehr so grässlich aus!

Hinter der Säule drückten Elsie und Waldmeister sich zitternd aneinander. Mit laut pochenden Herzen hörten sie endlich, wie die Frau in ihren Fiat stieg und losfuhr. Dem Professor stand der Schweiß auf der Stirn, als er mit immer noch zitternden Fingern den Glaskasten abschloss. Er hatte kaum einen Blick auf die Leuchte werfen können, die darin gesteckt hatte, denn der orangefarbene Mönch hatte, kaum dass er frei war, Trixi am Kragen gepackt und war mit ihr in den Himmel aufgefahren. Aber der Professor war ausnahmsweise über die verpasste Gelegenheit kein bisschen böse. Er wollte den Klosterhof nur noch so schnell wie möglich verlassen und seine Elsie in ihre Wohnung bringen. Eine eisige Gänsehaut lief ihm über den Rücken bei der Vorstellung, was passiert wäre, wenn die Zeitungsausträgerin die beiden Leuchten richtig zu Gesicht bekommen hätte. Vermutlich wäre sie in die nächste Irrenanstalt eingeliefert worden, und Waldmeister bezweifelte stark, dass die sich häufenden Fälle von Geisteskranken, die vorgaben ein Gespenst gesehen zu haben, die Überzeugung der Ärzte ins Wanken bringen konnten, dass dem nur mit Tabletten beizukommen war.

Unter den Wolken

Im nächtlichen Himmel über Maulbronn schwebte derweil Hansel, Trixi immer noch fest am Kragen gepackt, und betrachtete verwundert die dichte Wolkendecke, die zum Greifen nahe über ihren Köpfen hing. Falls der Mond bereits aufgegangen war, so war er für sie jedenfalls unerreichbar. Nebel und Wolken mieden die Leuchten ebensosehr wie Regen.

„Eine etwas ungeeignete Nacht für meine Befreiung", brummte er. „Was hättest du getan, wenn ich durch meine Gefangenschaft geschwächt gewesen wäre? *Du* hättest mich kaum an einen sicheren Ort bringen können."

Trixi konnte kaum fassen, dass er sich über ihre Schwäche lustig machte. Das war so ungerecht, dass sie nicht einmal Lust verspürte, ihn darauf hinzuweisen, dass sie in ihrem Zustand auch nicht in der Lage gewesen wäre, ihn zum Wabern mit in den Himmel zu nehmen, wenn der wolkenlos gewesen wäre.

„Entschuldige, dass ich dich da rausgeholt habe!", zischte sie stattdessen giftig. „Ich wusste ganz genau, dass in dem Kasten eine Lampe ist, die dich Tag und Nacht mit Licht versorgt hat. Und ich wusste auch, dass du genug Energie für uns beide haben würdest, der bescheuerte Kasten hat nämlich im schönsten Orange geleuchtet, solange du da drinnen gesessen hast. Naja, schön ist relativ", fügte sie schnippisch hinzu, „ganz Maulbronn hat über die Farbe gelästert, also bilde dir mal besser nichts drauf ein."

Der kleine, dicke Mönch schüttelte lächelnd den Kopf. „Ich wusste ja gar nicht, *wie* sehr ich dich vermisst habe. Dich und deine frechen Antworten. Bellatrix im Paradies, verzeih mir bitte. Ich bin unendlich glücklich, dich wiederzusehen, und ich danke dir sehr für meine Befreiung. Doch nun sollten wir uns an einen Ort zurückziehen, an dem wir uns sicher verbergen können, bis Sonne und Mond uns wieder gnädig gestimmt sind.

Trixi wollte eben erwidern, dass sie es nicht nötig hatten, auf besseres Wetter zu warten. Tatsächlich brannte sie darauf, Hansel in ihren Trick mit dem Kopiergerät einzuweihen. Doch in eben diesem Augenblick tauchte unvermutet Mäx neben ihnen auf.

„Hallo", sagte er cool und streckte dem erstaunten Mönch seine Hand entgegen. „Ich bin Mäx oder offiziell: Maxi im Brunnenhaus. Und Sie müssen Bruder Johann vor der Mühle sein. Freut mich sehr, Sie kennenzulernen. Aber erst mal schlage ich vor, ihr kommt mit in die Kirche, da unten fragen sich die Frühaufsteher nämlich schon, was für ein merkwürdig helles Doppelgestirn da trotz Wolkendecke zu sehen ist. Mir war so, als hätte ich jemanden das Wort ‚UFO' rufen hören."

Noch einmal musste Trixi die Schmach erdulden, von Hansel abgeschleppt zu werden. Und sie hatte nicht einmal mehr die Gelegenheit gehabt, ihm zu sagen, dass sie viel lieber in die Internats-Bibliothek wollte als in die Kirche. Mäx lotste sie durch das Oberlicht der Totenpforte in den Chor der Klosterkirche, was ihm einen gelinden Tadel eintrug („Mein Sohn, durch diese Pforte war es mir einmal bestimmt, das Kloster auf meinem letzten irdischen Weg zu verlassen. Du solltest sie nicht unbedacht benutzen"). Doch im nächsten Augenblick schon galt die ganze Aufmerksamkeit der beiden Trixi, die nicht die Kraft zum Verdichten besessen hatte und infolge des plötzlichen Abbremsens nun mit ihrer überdehnten Gestalt ein schwach schimmerndes, buntes Gitternetz ins Chorgestühl zeichnete. Wenigstens hielt Hansel sie weiterhin an der Hand fest, was ihr die Peinlichkeit ersparte, als Flummi durch die Kirche zu flitzen. Doch auch so dauerte es fast eine Minute, bis ihre restlos erloschenen Turnschuhe den Weg um all die Aufprallwinkel herum zurückgeschafft hatten und Trixi in ihrer normalen Gestalt und reichlich bematscht neben den beiden in der Luft hing.

Mäx grinste hämisch, was auf Trixis Wut belebender wirkte als ein Tausend-Watt-Strahler auf ihren Körper.

„Wer hat hier eigentlich wen gerettet?", fragte Mäx mit theatralisch aufgerissenen Augen.

„Na, *du* hast dich jedenfalls nicht überanstrengt!", zischte Trixi und ballte wütend die Fäuste.

„Bitte vielmals um Vergebung!", erwiderte Mäx mit gespielter Reue. „Warst nicht *du* der Meinung, es sei wichtiger, dass ich Howard im Auge behalte?"

„Sehr richtig! Was zum Teufel treibst du dann hier und machst dich über mich lustig? Howard könnte inzwischen längst den Fruchtkasten abgefackelt haben!"

„Quatsch, der schläft doch noch! Außerdem ist der Kaufvertrag noch gar nicht unterschrieben."

„Soweit ich mich erinnere, wollten wir das auch verhindern. Und eben deshalb sollst du den Kerl beschatten!"

Mäx verzog das Gesicht. „‚Beleuchten' würde es wohl eher treffen. Der Kerl schläft! Hätte ich tatenlos zusehen sollen, wie ihr beiden ganz Maulbronn verrückt macht? Man hat euch praktisch erkennen können, was habt ihr euch eigentlich dabei gedacht?" Die beiden funkelten sich wütend an. Hansel nutzte die Gelegenheit, um zwischen sie zu gleiten.

„Ich fürchte, das war meine Schuld, junger Freund", erklärte er beschwichtigend. „Ich hatte es so eilig, aus dem Blickfeld der Sterblichen zu verschwinden, dass ich mir nicht die Zeit nahm, den Himmel zu betrachten. Ich versichere dir aber, dass wir eben aufbrechen wollten, um uns an einen geeigneteren Ort zurückzuziehen. Auch die Kirche scheint mir, um ehrlich zu sein, nicht mehr lange sicher. Der Morgen graut bereits."

„Richtig", erklärte Trixi an Mäx gewandt, „und deshalb suchst du dir jetzt einen sicheren Beobachtungsposten, während ich mich mit Hansel verstecke und ihm alles erkläre."

„Vergiss es!", polterte Mäx los. „Was bildest du dir eigentlich ein? Wenn du glaubst, du könntest mir Befehle erteilen hast du dich geschnitten, aber gewaltig!"

Trixi schnappte entrüstet nach Luft. „Was heißt hier Befehle? Ich erinnere dich nur daran, falls du es vergessen haben solltest. Wir waren uns doch einig: Du kümmerst dich um Howard, ich mich um Hansel."

„Genau, ich kümmer' mich um den falschen Ami. Aber *wie* ich das tue, geht dich gar nichts an. Ich sage, er schläft noch mindestens zwei Stunden, und in der Zwischenzeit kann ich problemlos bei euch bleiben."

Ich will dich aber nicht dabei haben, dachte Trixi wütend. Jetzt, wo Hansel endlich wieder bei ihr war, hätte sie Mäx am liebsten durch die Linse geschickt. Es war ein Fehler gewesen zu glauben, sie könnte in ihm einen Freund finden. Die Vorstellung, ihm das Geheimnis ihrer Energiequelle verraten zu müssen, machte sie ganz wild, daher startete sie einen letzten Versuch, ihn loszuwerden.

„Also gut", lenkte sie ein, „eine Lagebesprechung zu dritt wäre wirklich das Beste. Hansel bringt mich nur kurz wohin, wo ich ein bisschen Kraft tanken kann. Dauert keine fünf Minuten."

Hansel hob verwundert die Augenbrauen. „Ich muss gestehen, ich weiß nicht. wohin du gebracht werden möchtest."

„Du kennst doch sicher die Aufenthaltsräume des Internats?", fragte Trixi und versuchte dabei möglichst harmlos auszusehen. „Es gibt dort eine sehr starke Lampe..."

„Das ist eine gute Idee!", erwiderte Hansel begeistert. „Für eine kleine Kräftigung sind solche Lampen tatsächlich ganz gut geeignet. Ich weiß allerdings eine, die näher liegt..."

„Ähm... nein, ich glaube nicht. Ich meine, es ist schon eine ganz besondere Lampe..." Die beiden starrten sie mit großen, fragenden Augen an. „Okay", seufzte sie widerstrebend. „Es ist mehr als nur ein Lampe."

Wenige Minuten später tollten drei funkensprühende Leuchten wie ein Feuerwerk durch die dunkle Bibliothek des Internats. Mäx und Hansel waren so begeistert von Trixis Entdeckung, dass ihre Sorgen erst einmal vergessen waren. Sie applaudierten sogar, als Trixi mit überlegenem Lächeln die Toilettentür von Hand öffnete.

Hansels heiliger Zorn

Als die Schüler des Internats schlaftrunken aus ihren Betten stiegen, hatten sich die drei Leuchten längst in Hampelmanns demoliertes Klassenzimmer zurückgezogen. Dort beobachtete Trixi amüsiert, wie Mäx mit großen, leuchtenden Augen und breitem Grinsen immer und immer wieder mit den Fingern schnippte, dass die Funken stieben. Offensichtlich hatte er seine Freude an der überbordenden Energie, die sie dem Kopiergerät verdankten.

Hansel, dessen Kutte, Haare und Bart wie eine Feuersbrunst loderten, schwebte ruhelos im Raum umher und streckte und dehnte seine Glieder von Zeit zu Zeit um einige Meter.

„Großer Gott", seufzte er, „das tut gut! Wochenlang den Bauch einzuziehen war überhaupt nicht schön und hat mich auch, nebenbei bemerkt, nicht schlanker werden lassen. Und dann erst deine Prismatische Stunde!" Er war vor Mäx zum Schweben gekommen und sah ihn kopfschüttelnd an. „Du musst wissen, Maxi im Brunnenhaus, dass das Prisma uns Leuchten mit aller Macht anzieht. Ich klatschte wie eine Handvoll Lehm gegen die Wand des Kastens, und dieses merkwürdige Papier, mit dem er innen verkleidet ist, sog an mir, als wolle die Hölle mich verschlucken. Das Licht, das die Lampe von hinten auf mich warf, wurde geradewegs durch mich hindurchgesogen, es war wahrlich kein schönes Gefühl." Der kleine, dicke Mönch schauderte bei der

Erinnerung und versprühte dabei einen feinen Funkennebel.

„Eins verspreche ich dir", warf Trixi mit gefährlich funkelnden Augen ein, „er wird bezahlen! Radulfus wird dafür bezahlen!"

Mäx nickte zustimmend. „Dieser Mistkerl hat sogar noch versucht, deine Befreiung zu verhindern!" Wütend schnippte er sein Feuerzeug an und zuckte selbst zurück, als eine meterlange Flamme daraus hervorschoss. Hansel sah ihn fragend an. „Ich habe die Aktion aus einiger Entfernung beobachtet – nur für den Fall, dass Trixi Hilfe brauchen sollte", erklärte Mäx. „Die bunte Leuchtkugel war übrigens eine klasse Tarnung, fiel überhaupt nicht auf." Trixi hatte bereits den Mund geöffnet, um ihn anzufahren, warum er denn dann nicht gekommen war, als sie im Gulli steckte und tatsächlich hätte Hilfe brauchen können, doch dann klappte sie den Mund wieder zu und erglühte vor Freude und Verlegenheit über sein Lob.

„Jedenfalls", fuhr Mäx in seinem Bericht fort, „gerade als der Professor den Schlüssel in das obere Schloss stecken wollte, schoss ein Lichtblitz aus dem Glockenturm hervor und zu der Lampe neben dem Rathaus. Ich habe Radulfus genau gesehen, als er nach der Glühbirne fasste. Im nächsten Moment ist sie dann explodiert." Trixi verschoss vor Wut kleine Blitze, als ihr klar wurde, dass Radulfus sein Ziel um ein Haar erreicht hätte. „Er ist danach gleich wieder abgeblitzt. Während du in diesen Gulli abgetaucht bist" – die Achtung, die unverkennbar in seiner Stimme mitschwang, ließ Trixi erneut erröten – „und der Professor und Elsie über den Gullideckel gebückt dastanden, habe ich mir die Lampe mal aus der Nähe angesehen. Es war nur die Birne explodiert, die äußere Verglasung war völlig okay. Und nirgendwo die kleinste Ritze zu sehen. Ich bin mir ganz sicher, dass Radulfus *hinein*gefasst hat. Keine Ahnung, wie er das angestellt hat."

„Oh. Nun ja, ich denke, *das* zumindest kann ich erklären", bemerkte Hansel. „Glas ist, nun, wie soll ich sagen, nicht wirklich ein Hindernis für uns. Unangenehm ja, aber undurchdringlich ist es nicht."

Trixi sah sprachlos von einem zum anderen. Das wurde ja immer schöner. „Dieser verlogene, scheinheilige Mistkerl!", polterte sie los. Ihr Kopf fühlte sich glutheiß an, und ihre Energie begann zu pulsieren. „Ich fass' es einfach nicht! Der treibt doch, was ihm passt, quält, wen er will, aber wehe ich kann seine bescheuerten Regeln nicht auswendig runterbeten."

„Diesmal ist er in der Tat zu weit gegangen", stimmte Hansel ihr ernst zu, „und er wird seiner gerechten Strafe gewiss nicht entgehen."

„Worauf du einen blitzen kannst!", zischte Trixi. „So aufgeladen, wie wir sind, kann er uns gar nicht entkommen. Und dann suchen wir die kleinste Kiste oder Dose, die wir finden können, und stopfen ihn da rein. Wenn es nach mir geht, eine Streichholzschachtel wäre genau das Richtige. Ja, und dann...", ihre Augen funkelten bei der Vorstellung wie ein Blaulicht der Feuerwehr, „... dann soll Waldmeister die Schachtel mit ein paar großen Steinen in eine Tüte packen und im Tiefen See versenken!"

„Nein!", widersprach Hansel streng. „Wir werden nichts dergleichen tun. Die Rache ist mein, spricht der Herr."

Trixi starrte ihn an. „Das ist jetzt nicht dein Ernst!"

„O doch!"

„Du hast *Wochen* in dieser Säule gesteckt. Und Radulfus hätte dich garantiert *nie* wieder rausgelassen!"

„Richtig. *Ich* habe in der Säule gesteckt. Und es ist *mein* Wunsch, dass du dir nicht die Finger schmutzig machst, um mich zu rächen. Du kannst eine Sünde nicht mit einer weiteren wiedergutmachen."

Trixi starrte ihn ungläubig an. Hansels Verstand musste durch die lange Gefangenschaft gelitten haben. Radulfus sollte tatsächlich ungeschoren davonkommen? Und wen würde er als nächstes einsperren und drangsalieren? Sie sah hilfesuchend zu Mäx hinüber, doch der zuckte nur mit den Schultern.

„Eigentlich", erklärte er, „haben wir ja auch Dringenderes zu tun."

Der Fruchtkasten! In ihrer Wut auf Radulfus hatte Trixi völlig die amerikanische Gefahr vergessen. Gemeinsam mit Mäx erzählte sie Hansel von dem Gespräch, das sie belauscht hatten, und was seither geschehen war.

Die Wirkung auf Hansel war verblüffend. Der eben noch so gelassene Mönch schien, während er zuhörte, anzuschwellen. Die Stirn unter dem schmalen, orangenen Haarkranz begann in ziegelrotem Licht zu pulsieren. Dieses Pulsieren breitete sich auf Hansels ganze Gestalt aus, bis er wie eine gigantische Warnblinkanlage aussah. Mäx und Trixi zogen die Köpfe ein, erzählten aber weiter. Als Mäx das Luxushotel erwähnte, das an Stelle des Fruchtkastens entstehen sollte, beschleunigte sich das Blinken zu einem Flackern, und um Hansels Kopf bildete sich eine schimmernde Aura aus Funken und winzigen Blitzen.

„Was?", donnerte er. „Wie können sie es wagen!" Der Mönch hob die Hände, und aus seinen Augen und Fingerspitzen schossen Blitze. „Niemand entweiht oder beschädigt ungestraft diesen heiligen Ort! Wir werden kämpfen für das Kloster! Diese niederträchtigen Brandstifter werden ihr Ziel nicht erreichen!"

Operation Geistesblitz

Als am späten Nachmittag die Wolken aufbrachen und einem strahlend blauen Himmel Platz machten, hatten die drei Klosterhüter nicht nur einen genauen Plan ausgearbeitet, wie sie vorgehen wollten; sie hatten es außerdem geschafft, mit vereinten geistigen Kräften Waldmeister telepathisch ins Kloster zu locken, um ihn in ihren Plan einzuweihen. Der gute Professor war nicht eben begeistert von der Rolle, die er und die Wirtin vom Durstigen Maultier darin spielen sollten. Doch da der Versuch, offen an die Bürgermeisterin heranzutreten, so kläglich gescheitert war, willigte er ein, anonyme Briefe an möglichst viele Maulbronner Bürger zu verschicken, um diese über die üblen Machenschaften des Mr. Howard aufzuklären. Er wies die drei Verschwörer allerdings auch auf die Schwachstelle dieser Taktik hin: Es war mehr als wahrscheinlich, dass Elsie und Waldmeister sogleich als Drahtzieher hinter der Briefaktion entlarvt würden, da sie nun einmal bereits als Gegner des Fruchtkasten-Handels bekannt waren.

„Aber vielleicht", erklärte er tapfer, „lassen sich in Howards Zimmer ja doch noch verwertbare Beweise finden." Bei der Vorstellung, was er seiner lieben, aufrichtigen Elsie nun schon wieder zumuten wollte, errötete er allerdings bis zum weit zurückliegenden Haaransatz.

Als dann die Sonne den Leuchten endlich weißes Licht gab, saß Waldmeister längst an Elsies Esstisch, vor sich einen stetig wachsenden Stapel Briefe. In krakeligen Blockbuchstaben war auf jedem einzelnen dasselbe zu lesen:

ES IST EINE SCHANDE! DIE BÜRGERMEISTERIN MUSS AUFGEHALTEN WERDEN! SIE WEISS, DASS HOWARD NICHT DER IST, DER ER ZU SEIN VORGIBT, TROTZDEM WILL SIE UNSEREN FRUCHTKASTEN AN IHN VERKAUFEN. HELFEN SIE, DIES ZU VERHINDERN! HOWARD IST NUR EIN STROHMANN. ER IST AUCH KEIN AMERIKANER. VERLANGEN SIE AUFKLÄRUNG!*)

Während Waldmeister den dreißigsten Umschlag zuklebte und an eine Maulbronner Ärztin adressierte, durchstöberte Elsie mit zittrigen Fingern und klopfendem Herzen Howards Zimmer. Sie hatte selbst keine rechte Vorstellung, wonach sie suchen sollte. Belastende Unterlagen waren jedenfalls nirgends zu entdecken. Im Grunde war es ganz offensichtlich, dass der Kerl kein Amerikaner war. Aber sollte sie der Bürgermeisterin seine bei C&A gekauften Unterhosen unter die Nase halten? Angewidert nahm Elsie ein Döschen in die Hand, das zwischen Howards Wäsche steckte und ein Mittel gegen Fußpilz enthielt. Am liebsten hätte sie Howards Sachen aus dem Fenster geworfen und das Zimmer anschließend desinfiziert, um so auch die letzte Erinnerung an den Widerling wegzuwischen. Seufzend steckte sie die Dose wieder zurück in die Schublade – und sog scharf die Luft ein. Mit spitzen Fingern zog sie einen kleinen, zusammengefalteten Zettel unter den Unterhosen hervor. Er stammte von einem dieser Blöcke mit Werbeaufdruck einer Pharmafirma, wie sie auf jedem Ärzteschreibtisch zu finden sind. Ein Privatre-

---

*) Okay, ich glaube, ich sollte hier mal etwas klarstellen: Die Sache mit dem Verkauf des Fruchtkastens ist natürlich völliger Humbug. So einfach kann man ein Stück Weltkulturerbe nicht verscherbeln. Das Kloster gehört auch gar nicht der Stadt Maulbronn, sondern dem Land Baden-Württemberg. Wollte ich nur mal angemerkt haben. Nicht dass Du Dir jetzt Sorgen machst.

zept, ausgestellt auf einen Herrn Wilhelm Hähling, mit kurzen Anweisungen, wie das verschriebene Mittel anzuwenden war.

Wilhelm Hähling. Sie hatten ihn!

Die drei Leuchten waren unterdessen nicht untätig. Hansel hatte zu Trixis Überraschung ihrem Vorschlag zugestimmt, auch außerhalb der Klosteranlage Überzeugungsarbeit zu leisten, und damit Mäx' Bedenken wegen des Regelverstoßes weggewischt. Innerhalb des Klosterbezirkes waren nun einmal wenige Maulbronner zu finden – oder aber sie hielten sich innerhalb von Gebäuden auf und waren dadurch für die Leuchten unerreichbar. Und wozu sollten sie Touristen bearbeiten? Also verteilten sich die drei auf das ganze Stadtgebiet und begannen den Leuten seltsame Ideen in die Köpfe zu pflanzen, Ideen von einer Verschwörung gegen ihr geliebtes Kloster. Von üblen Machenschaften ausländischer Investoren mit dem Ziel, den Fruchtkasten in ein Hotel für die Reichsten der Reichen zu verwandeln. Warum sollte sich dieser undurchsichtige Amerikaner sonst für das alte, renovierungsbedürftige Gemäuer interessieren? Und überhaupt – Amerikaner! Auf diesen lächerlichen Akzent konnte doch unmöglich jemand hereinfallen!

Bald schon brodelte die Gerüchteküche, und aus Gerüchten wurde alsbald Gewissheit. Zwar konnte sich niemand besinnen, wo er zuerst von diesem skandalösen Fall gehört hatte. Doch da alle dasselbe gehört hatten, musste an der Sache etwas dran sein.

Mäx war es, dem zufällig ein Mitglied des Maulbronner Stadtrates in die telepathische Schusslinie lief. Herr Müllermeier war eben auf dem Weg zum Rathaus, um dabei zu sein, wenn der aus dem Nichts aufgetauchte amerikanische Gönner den Geldsorgen der Stadt ein Ende bereitete. In einer knappen Stunde sollte die Unterschrift erfolgen, und Müllermeier war so froh wie lange nicht mehr, als ihn plötzlich Zweifel überfielen.

Dieser Howard führte doch etwas im Schilde! Ach wo, was sollte er schon Schlimmes anstellen, er hatte der Stadt doch uneingeschränktes, unbefristetes und vor allem kostenloses Nutzungsrecht für den Fruchtkasten zugesagt. Warum aber kaufte er den Fruchtkasten, wenn er selbst gar nichts davon hatte? Ein Liebhaber eben. Diese stinkreichen Amis konnten sich ja so was leisten. Und außerdem war vertraglich festgelegt, dass das Geld nur für den Erhalt der Klosteranlage ausgegeben werden durfte, es ging ihm also eindeutig um diese. Aber diese Gerüchte, dass Howard gar kein Amerikaner war! Eigentlich war doch stadtbekannt, dass er in Wirklichkeit ganz anders hieß! Ja, in der Tat! Was hatte dies zu bedeuten? Müllermeier blieb verblüfft stehen. Warum nur hatte er diesen Gerüchten bislang keine Beachtung geschenkt? Es war doch nur recht und billig, dass diese üblen Anschuldigungen aus dem Weg geräumt wurden, bevor der Vertrag unter Dach und Fach war!

Höchst beunruhigt beschleunigte Müllermeier seinen Schritt. Vor dem Rathaus traf er seinen Amtskollegen Schmidtbauer, den er sogleich auf die Gerüchte ansprach. Der wiederum hatte vor kaum einer Viertelstunde gereizt abgewunken, als ihm seine Frau aufgeregt einen anonymen Brief unter die Nase gehalten hatte. Vor lauter Ärger über die Leichtgläubigkeit seiner Frau hatte er sich beim Rasieren geschnitten. Doch als er nun dieselben Anschuldigungen aus dem Mund seines Amts- und Parteikollegen Müllermeier vernahm, wirkten sie überhaupt nicht mehr überzogen und lächerlich. Die beiden steckten die Köpfe zusammen, und schon war die Rede davon, die Bürgermeisterin (keine Parteikollegin und überhaupt: eine Frau!) durch einen geeigneteren Mann zu ersetzen.

Um fünf Minuten vor Fünf bahnte Hähling sich seinen Weg durch die aufgebrachte Menge vor dem Rathaus. Was zum Teufel war in die Leute gefahren? Ein Glück nur, dass sie ihn nicht erkannten. Irgendetwas an ihrem Plan musste grässlich schiefgelaufen sein.

Genau dasselbe dachte in diesem Augenblick auch die Bürgermeisterin. Irgendetwas musste schiefgelaufen sein! Mit diesem genialen Coup hatte sie ihre Wiederwahl schon als gesichert angesehen. Doch statt Jubel war in Maulbronn offene Meuterei ausgebrochen. Sollte an dem Gefasel der dicken Elsie Märzenkrug doch etwas dran gewesen sein? Das wäre ja dann wirklich ungeheuerlich, Millionen hin, Millionen her. Sie würde den Amerikaner zur Rede stellen müssen. Vor Vertragsabschluss. Unter vier Augen.

Als die Bürgermeisterin endlich an Hählings Seite den überfüllten Ratssaal betrat, wurde es augenblicklich mucksmäuschenstill.

„Meine Damen und Herren", eröffnete sie in die knisternde Stille hinein, „Mr Howard, oder vielleicht sollte ich besser sagen: Herr Hähling, war sofort bereit, zu den Vorwürfen Stellung zu beziehen."

Aufgeregtes Gezischel.

„Und ich freue mich", fuhr die Bürgermeisterin mit erhobener Stimme fort, „Ihnen mitteilen zu können, dass er alle Punkte zu meiner – und, wie ich überzeugt bin, auch zu Ihrer – vollsten Zufriedenheit klären konnte."

Nun hätte man eine Stecknadel zu Boden fallen hören.

„Herr Hähling ist tatsächlich kein Amerikaner und, wie er selbst bereitwillig zugegeben hat, nur ein Strohmann. Er freut sich aber, nun endlich mit der Verstellung aufhören zu können, die ihm selbst höchst zuwider war.

Der Mäzen, für den Herr Hähling tätig ist, möchte nicht persönlich in Erscheinung treten, aus Bescheidenheit, wie mir glaubhaft versichert wurde. Im Übrigen sind alle Anschuldigungen, der Fruchtkasten solle in ein Hotel umgewandelt werden, absolut lächerlich. Der Vertrag sieht vor, dass das Nutzungsrecht des Gebäudes, solange es steht, bei der Stadt verbleibt, kostenlos, wohlgemerkt...", hier erhob sich beifälliges Gemurmel, „... und der Käufer verpflichtet sich sogar, die Außenfassade auf eigene Kosten zu renovieren." Aus dem Gemurmel wurden Bravorufe, einige klatschten Beifall.

„Dies bedeutet", die Bürgermeisterin musste nun fast schreien, um sich Gehör zu verschaffen, „dass die gesamte Kaufsumme in den Erhalt der restlichen Klosteranlage fließen kann. Und wir reden hier von einem Betrag in Höhe von ..."

Für einen kurzen Augenblick verschlug es den Anwesenden die Sprache. Dann, wie auf ein Zeichen, brach ohrenbetäubender Jubel aus. Die Nachricht verbreitete sich wie ein Lauffeuer durch die Gänge des Rathauses und auf den Platz. Bis über die Grenzen der Stadt hinaus hallte der Applaus.

Hoffnungslos

Elsie und Waldmeister saßen nebeneinander auf Elsies Sofa und ließen die Köpfe hängen.

„Alles umsonst!", schniefte Elsie.

Waldmeister schwieg.

„Die Wilma Hopfenmüller hat mir ins Gesicht gesagt, ich solle vernünftig sein und aufhören, mit einem stadtbekannten...", ihre Stimme zitterte, „...*Geisteskranken* gemeinsame Sache zu machen. Dann würde ich auch nicht mehr Gespenster sehen, wo keine seien."

Waldmeister sank noch mehr in sich zusammen.

„Meine gute, liebe Elsie", flüsterte er, „das alles hast du nur mir zu verdanken. Es tut mir so unendlich..."

„O nein!", unterbrach Elsie ihn zornig. „Das soll nicht dir leid tun, sondern denen. Und es wird ihnen noch ganz fürchterlich leid tun, wenn nämlich der Fruchtkasten erst einmal Feuer gefangen hat!"

„Trotzdem", beharrte der verzweifelte Professor, „ich sollte Maulbronn verlassen, damit du endlich wieder ruhig leben kannst. Die Leute werden bald vergessen, dass du mit einem Irren... dass du einem Irren geholfen hast."

„Sprich es nur aus, Friedemann: Dass ich mit einem Irren *zusammengelebt* habe. Aber erstens bist du nicht verrückt, und zweitens will ich nicht, dass du gehst. Du sollst hier bei mir bleiben!"

„Ach Elsie!" Waldmeister sah sie aus unendlich

traurigen Augen an. „Weißt du auch, was du da sagst? Sie werden furchtbar ekelhaft zu dir sein. Das bin ich nicht wert."

„O doch!", schluchzte Elsie und warf sich in seine Arme. „Und wenn du unbedingt gehen willst, dann gehe ich mit. Wirtshäuser werden überall gebraucht."

„Ihr könnt jetzt nicht einfach abhauen!"

Erschrocken fuhren die beiden vom Sofa hoch. Trixi schwebte über dem Couchtisch und starrte sie von oben herab anklagend an.

„W-wie b-bist du...", stotterte Elsie.

Trixi ließ eine große, pinkfarbene Kaugummiblase platzen und deutete mit dem Daumen auf das Fenster hinter ihrem Rücken, durch das die Sonne ungehindert hereinschien.

„Natürlich...", murmelte Waldmeister, „... Licht kann durch Glas dringen."

In eben diesem Augenblick begann die Luft in dem sonnendurchfluteten Rechteck zu flimmern. Gleich darauf wurde Mäx' Oberkörper sichtbar. Seine Beine befanden sich noch in dem Streifen Sonnenlicht, der durch den Raum schnitt. Bevor Elsie und Waldmeister ihre Münder wieder zuklappen konnten, schwebte auch noch Hansel ins Zimmer. Er sah sehr ernst aus.

„Ihr könnt uns jetzt nicht einfach im Stich lassen!", wiederholte Trixi aufgebracht. „Wir brauchen eure Hilfe."

„Im Stich lassen? Wie meinst du das?", fragte Hansel, und seine Miene wurde noch eine Spur besorgter.

„Die beiden wollen Maulbronn verlassen", erklärte Trixi und wies anklagend mit dem Finger auf Elsie und Waldmeister. „Wollt ihr etwa zulassen, dass das Rattengesicht tatsächlich den Fruchtkasten niederbrennt?"

„Selbstverständlich wollen wir das nicht!", entgegnete Elsie mit zornrotem Gesicht. „Und wir hatten auch nicht vor, uns bei Nacht und Nebel davonzumachen wie irgendein Gesindel! Aber was können wir denn jetzt noch tun? Ganz Maulbronn weiß, dass Friedemann und ich diesen Vertrag verhindern wollten. Und das hat uns nicht gerade beliebter gemacht!"

„Ein Grund mehr, warum wir Howard entlarven müssen. Dann werden die Menschen euer Verhalten in einem anderen Licht sehen", erklärte Hansel ernst.

„Aber das ist es ja gerade: Er ist ja längst entlarvt. Und der Vertrag ist einwandfrei. Solange der Fruchtkasten nicht brennt, haben die Maulbronner keinen Grund, ihm zu misstrauen."

„Dann müssen wir ihn eben auf frischer Tat ertappen", knurrte Mäx und schnippte sein Feuerzeug an. Seine Wut verwandelte das Ding in einen Flammenwerfer.

„Genau das ist es ja, was mir Sorgen macht!", schaltete sich plötzlich der Professor ein. „Selbst wenn es mir gelingen sollte, den Kerl auf frischer Tat zu stellen, so wird mein Wort gegen seines stehen. Er könnte sogar, dreist wie er ist, behaupten, *ich* hätte den Brand gelegt. Wem werden die Leute glauben: Dem stadtbekannten Irren oder dem großzügigen Wohltäter?"

Für einige Minuten herrschte betroffene Stille. Elsie ließ sich auf das Sofa zurücksinken und barg ihr Gesicht in den Händen. Trixi hing mit leerem Blick mitten im Zimmer und ließ eine Kaugummiblase nach der anderen platzen, und Mäx schnippte sein flammenwerfendes Feuerzeug an und aus. Hansel zog nacheinander alle Finger seiner linken Hand in die Lange und ließ sie funkenschlagend zurückschnellen. Und Waldmeister stand mit hängenden Schultern vor dem Fenster und sah um Jahre gealtert aus.

Plötzlich stieß Hansel ein wütendes Knurren aus, das den beiden Sterblichen eine Gänsehaut über den Rücken jagte und die Leuchten erschauern ließ. Das orangene Licht des kleinen, dicken Mönches begann erneut gefährlich zu pulsieren, während seine Gestalt zu Ehrfurcht gebietender Größe anschwoll.

„Nun gut!", knurrte er. „Es bleibt uns keine andere Wahl!"

Auf den Hund gekommen

Waldmeister und Elsie hörten sich erst bestürzt, dann mit deutlichem Entsetzen an, was sich die Leuchten für den Notfall überlegt hatten.

„Und das ist wirklich nötig?", wisperte Elsie mit bleichem Gesicht.

Keiner antwortete. Es war *nötig*, so viel war allen klar.

„Was ist mit Owing?", fragte Mäx, der am wenigsten Gewissensbisse zu verspüren schien. „Er ist schließlich der Drahtzieher. Dieser Howard-Hähling ist ein erbärmlicher Mistkäfer, aber es wäre unfair, wenn er alleine büßen müsste."

„Außerdem könnte Owing sich jederzeit einen neuen Brandstifter kaufen", fügte Trixi hinzu.

„Was mit dem Amerikaner geschehen soll, können wir überlegen, wenn erst die unmittelbare Gefahr durch Hähling ausgeschaltet ist", entschied Hansel.

Trixi musterte ihn nachdenklich. Sie wunderte sich noch immer, wie der Mönch sich so hatte verändern können. War dies die Wirkung seiner langen

Gefangenschaft, oder hatte sie Bruder Johann vor der Mühle bislang nur völlig unterschätzt? *Oder* lag es vielleicht einfach nur an dem aggressiven Lichtschub, den das Kopiergerät ihnen verpasst hatte?

Hansel, wieder auf seine normale Körpergröße geschrumpft, gab inzwischen letzte Anweisungen.

„Keine Gefährdung Unschuldiger! Wir müssen Hähling um jeden Preis alleine stellen. Dann aber heißt es, nicht zögern! Wir haben vielleicht nur eine einzige Chance." Er wandte sich den beiden Sterblichen zu. „Ihr könnt uns bei dieser Aufgabe nicht helfen. Trotzdem bitte ich Euch, mit uns in Kontakt zu bleiben. Mäx hat recht: Wenn Hähling ausgeschaltet ist, bleibt immer noch Owing selbst. Und der könnte sich als das eigentliche Problem entpuppen."

In den Folgetagen hefteten sich die drei Leuchten, wann immer es möglich war, an Hählings Fersen. Sie hielten es zwar für unwahrscheinlich, dass er schon bald in Aktion treten würde. Sicherlich würde er erst einmal etwas Gras über die Gerüchte wachsen lassen wollen. Trotzdem wurden die drei immer nervöser: Es schien praktisch unmöglich, den Kerl alleine abzupassen, da sich die Maulbronner Bürger geradezu darum rissen, ihm die Hand zu schütteln oder ihn auf ein Gläschen ins Wirtshaus einzuladen.

Die Gereiztheit der Leuchten stieg mit jedem Tag und bald auch mit jeder Stunde, die sie tatenlos zusehen mussten, wie Hähling immer fideler und offensichtlich auch betrunkener wurde. Die Spannung erreichte ihren Höhepunkt an einem sonnigen Spätnachmittag, als Hähling, schon leicht schwankend, den Goldenen Löwen verließ und, die Hände in den Hosentaschen vergraben und ein Lied falsch vor sich hin pfeifend, über den Klosterhof stakste. Über seinem Kopf schwebten die drei leuchtenden Klosterhüter so gereizt und aufgeladen, dass die Luft um sie herum vor Spannung knisterte. Dem Gauner standen davon schon die Haare zu Berge, doch er schien es nicht zu bemerken. Vielleicht führte er das Kitzeln unter seiner Kopfhaut auch auf den eben genossenen Oberberger Semsagräbsler zurück, den ihm der Apotheker Pillendreher ausgegeben hatte. Ein Herr mit einem kleinen Hund trat auf Hähling zu und räusperte sich.

„Herr Hähling?", fragte er und streckte dem vermeintlichen Wohltäter die Hand entgegen. „Wenn ich mich vorstellen darf, Gernhaber ist mein Name. Ich bin im Vorstand des Kloster-Fördervereins und ich kann Ihnen gar nicht sagen, wie…", er unterbrach sich und zog verärgert an der Hundeleine. „King Charles, was soll denn das!"

Der kleine Hund, ein Cavalier King Charles Spaniel, hatte zunächst nur leise gewinselt und den Schwanz eingekniffen. Nun jedoch zog er wie verrückt an der Leine und versuchte jaulend und kläffend, seinen Herrn von Hähling wegzuziehen. Er spürt uns, schoss es Trixi durch den Kopf. Er spürt die enorme elektrische Ladung in der Luft.

Herrn Gernhaber war das Verhalten seines Hundes offensichtlich peinlich. „Sie müssen schon entschuldigen, der Hund ist noch sehr jung", erklärte er dem dümmlich grinsenden Hähling. „Jung – und – ungezogen!", presste er zwischen den Zähnen hervor, während er den verrückt spielenden Spaniel zu sich herzog und am Halsband packte. „Wirst du wohl Ruhe geben!", herrschte er den Hund an.

„Aber nich doch!", lallte Hähling großmütig. „Is doch ein gans ensückendes Hünchen! Braves Hünchen!" Mit diesen Worten patschte er dem verängstigten Tier auf den Kopf.

Beiß ihn, den schleimigen Mistkerl!, dachte Trixi. Und King Charles ließ sich nicht lange bitten.

„Aaauuuu!" Hählings Schmerzensschrei hallte über den Klosterhof, und King Charles, dessen Herrchen vor Schreck die Leine hatte fahren lassen, raste zum Brunnen und ging dahinter in Deckung. Herr Gernhaber starrte fassungslos auf die Blutflecken an Hählings zerrissener Hose.

„Aber... aber... das... das...", stotterte er.

„Ich blute!", heulte Hähling. „Ich kriege Wundstarrkrampf,... und Tollwut... und... ich... ich bring' das Mistvieh um!" Und mit einem wilden Schrei humpelte er in Richtung Brunnen.

Herr Gernhaber hatte inzwischen die Sprache wiedergefunden. Wortreich begann er, sich zu entschuldigen. „Untröstlich... versichere Ihnen... rufe selbstverständlich sofort einen Arzt... Köter einschläfern, Charakterfehler..." Aufgeregt plappernd hängte er sich an Hählings Fersen.

Zwei Meter über ihnen sahen sich die Leuchten mit hochgezogenen Augenbrauen an.

„Das können die nicht machen!", keuchte Trixi. „Wir müssen dem Hund helfen!"

„Nun", flüsterte Hansel achselzuckend, „immerhin ist er bissig."

„Ist er nicht!", begehrte Trixi auf. „Und außerdem: Seit wann ist es ein Charakterfehler, *Hähling* zu beißen?" Verzweifelt beobachtete sie, wie die beiden Männer dem verstörten Hund auf die Pelle rückten. Wie sollte sie hier und auf die Schnelle Hansel und Mäx erklären, dass der Hund nur ihrem Befehl gehorcht hatte? Jedenfalls konnte sie den armen, kleinen Kerl nicht im Stich lassen, wo sie doch für sein Verhalten verantwortlich war. Mit zusammengekniffenen Lippen fixierte sie den Hund und drang in sein von Panik durchflutetes Hirn ein. „Zum Paradies!", drängte sie ihn. „Dort, hinter dir, lauf schon!"

Es klappte! Der Hund entwischte um Haaresbreite seinem Herrchen, raste kläffend auf eines der Paradiesfenster zu und sprang mit einem Satz hinein. Trixi folgte ihm, soweit das Sonnenlicht es ihr erlaubte, während Herr Gernhaber wütend nach seinem Hund rief. Ohne lange zu überlegen, was sie da tat, verstärkte sie in dem verängstigten Tier den Wunsch, von der Bildfläche zu verschwinden. Es geschah in eben dem Augenblick, als Hähling durch das Tor ins Paradies humpelte. Ein lautes Scheppern, ein kurzes Jaulen... und mit aller Macht setzte der unwiderstehliche Sog des Prismas ein, und Trixi fand sich mit den anderen Leuchten zusammen unter dem Gewölbe des Paradieses wieder.

„Was zum Henker...", brachte Mäx gerade noch heraus, dann verstummte er. Am Boden, unter einer großen, schweren Metallleiter begraben, lag der kleine Spaniel und rührte sich nicht mehr. Schon drangen zwei blendend weiße Lichtstrahlen aus den braunen Hundeaugen. Sie schossen nicht zwei Meter in die Höhe, wie sie es bei Mäx getan hatten, sondern dehnten sich bereits nach kaum einem halben Meter zu regenbogenfarbenen Kegeln, die immer weiter zerflossen, bis sich über dem leblosen Hundekörper eine Kuppel gebildet hatte, die wie eine Seifenblase in allen Farben schillerte.

Während die Welt draußen im Nebel versank, die Sterblichen in grotesken Haltungen festgebannt, ließ Trixi sich langsam zu Boden sinken und streckte vorsichtig die Hand nach der bunten Lichtkuppel aus. Sie konnte nicht anders: Zu lebhaft war in ihr noch die Erinnerung, wie sich der prismatische Nebel in Mäx' Stunde angefühlt hatte.

„King Charles", flüsterte sie, „hab keine Angst, alles ist gut."

Nur undeutlich nahm Trixi das Gewisper und Gezischel der anderen Leuchten wahr. Am Schnittpunkt der Lichtkegel begannen die Farben sich bereits zu sammeln: Sehr viel Violett mit etwas Orange und Weiß und Infrarot für Halsband und Leine. Dann sah King Charles im Paradies ihr ins Gesicht und winselte leise.

Glaubenskrieg

„Das – war – *sie!*"

Die hasserfüllt ausgespuckten Worte riefen Trixi in Erinnerung, dass sie und der Hund nicht alleine waren. Die Augen des dürren, weißen Chorherrn waren gute zehn Zentimeter aus ihren Höhlen getreten, und sein hochrot glühender Kopf sandte kleine Blitze aus.

„Ein Köter!", heulte er. „Ein elender Köter soll es alleine durch das heilige Prisma geschafft haben?" Radulfus zog sich in die Länge, bis er fast das Doppelte seiner ohnehin schon beachtlichen Körpergröße erreicht hatte und fast die gesamte Höhe des Paradieses einnahm. Mit seinem bleistiftdünnen Zeigefinger nun wies er anklagend auf Trixi. „Sie! Sie hat es getan! Diese Hexe! Auf dem Scheiterhaufen sollte sie brennen!"

„Das wäre sicherlich ein amüsantes Experiment", keckerte der Hexer und brach in sein Nerven zermarterndes Gelächter aus. „Er will das Licht mit dem Feuer austreiben, unser Möchtegern-Großinquisitor!"

Ein Blick in die Runde zeigte Trixi, dass außer Radulfus und Hampelmann keiner wirklich schockiert wirkte. Bei den meisten überwog eher die Verblüffung, andere, darunter der Alte und der Hexer, sahen eher amüsiert aus. Plötzlich musste auch Trixi grinsen. Ihr war gerade ein prächtiger Gedanke gekommen, wie sie den verhassten Radulfus auf die Palme bringen konnte.

„Was ist mit Euch, Bruder Radulfus vor der Mühle", fragte sie scheinheilig. „Wollt Ihr unseren neuen Gefährten denn nicht mit dem üblichen Trara begrüßen?"

Das rote Licht sank aus Radulfus' Schädel und verschwand im Ausschnitt seiner Kutte. Zurück blieb sein fast völlig erloschenes Gesicht, und für einen Augenblick sah es so aus, als würde der Mönch gleich ohnmächtig werden. Doch schon stieg die Infra-Röte wieder bis unter seine Tonsur und begann gefährlich zu pulsieren.

„Duuuu", zischte er wütend.

„Mir scheint, unsere kleine Bellatrix im Paradies hat da nicht so unrecht", mischte sich der Alte ein, ohne auch nur einen Versuch zu unternehmen, sein breites Grinsen zu verbergen. „In den Prismatischen Geboten, die, soweit ich mich erinnere, Bruder Radulfus vor der Mühle selbst aufgestellt hat, ist eindeutig festgelegt, dass *jeder*, der den Weg durch das Prisma findet, mit dem dafür vorgesehenen Zeremoniell begrüßt werden soll. Allerdings denke ich", der Römer zog seine Augenbrauen so weit in die Höhe, dass sie unter dem kunstvoll in Locken gelegten Stirnhaar verschwanden, „die Verkündung der Prismatischen Gebote im Detail könntest du uns in diesem Fall wohl ersparen."

Radulfus starrte den Römer aus zusammengekniffenen Augen an. „Ihr! – *Ihr* habt Euch lange genug als unser Anführer aufgespielt. Ich jedenfalls werde Euch nicht mehr folgen. Von Anfang an wart Ihr auf der Seite dieser aufrührerischen Hexe. Nur zu, lasst sie fröhlich weiter morden, diesen heiligen Ort mit Tieren entweihen! Sie selbst ist ja nicht mehr wert als dieser elende Straßenköter! Aber *ich* werde nicht mehr für Euch den Narren spielen."

Der Chorherr wandte sich den versammelten Leuchten zu. Groß und hager schwebte er vor ihnen, selbst Trixi musste zugeben, dass er Würde und Autorität ausstrahlte. Mehr jedenfalls als der Römer, der nun säuerlich lächelte und dem diese neue Wendung ganz sicher gar nicht gefiel.

„Leuchten von Maulbronn!", rief Radulfus mit einer Stimme, als predigte er in der bis auf den letzten Platz gefüllten Klosterkirche. „Es ist an der Zeit zu zeigen, auf welcher Seite ihr steht. Dort seht ihr das minderjährige Weib, das seit seinem Eintritt in unsere Gemeinschaft unsere Gebote mit Füßen tritt. Selbst mit den Sterblichen pflegt sie Umgang, und listig lockt sie Mensch und Tier durch das heilige Prisma, was letztendlich nichts anderes ist als heimtückischer Mord! Und hier seht ihr unseren angeblichen Führer, der dieses Verhalten auch noch amüsant findet und unterstützt. Ich frage euch: Was ist sein Verdienst? Doch nur, dass er vor uns allen schon da war und wir nicht einmal seinen vollständigen Namen kennen. Ich aber sage euch: Nie wird ein Unwürdiger durch die heilige Linse ins Himmelreich eingehen! Wer dereinst mit mir zu den Gerechten gehören will, der..." – das Gesicht des weißen Mönches verklärte sich plötzlich, und auch Trixi spürte es: Der eiserne Griff des Prismas lockerte sich. „Brüder!", donnerte Radulfus triumphierend in die Runde, „folgt mir! Ich werde euch den rechten Weg weisen!"

Ein blendend weißer Blitz durchschnitt die Luft. Hampelmann folgte sofort, und, nach kurzem Zögern, schlossen sich weitere Leuchten an. Zurück blieben Trixi, Hansel, der Alte, der Hexer und Mäx, der ein verwirrtes Gesicht machte. Ein Blick nach draußen zeigte Trixi, dass es höchste Zeit war abzublitzen. Hastig griff sie nach der Hundeleine. Der Alte und der Hexer waren bereits verschwunden, als Hansel entschlossen Mäx am Arm packte und „Eilt euch!" rief. Den Bruchteil einer Sekunde später setzte Hähling den eben noch in der Luft erstarrten Fuß ins Innere des Paradieses. Von den Leuchten von Maulbronn war nicht einmal ein Glimmen zurückgeblieben.

Dichte, blaugraue Regenwolken machten es den Leuchten in den nächsten drei Tagen unmöglich, Hähling zu beschatten bzw. zu beleuchten, wie Mäx es lieber ausdrückte. Der Himmel schien auf Seiten des Betrügers zu sein, und Radulfus hatte begonnen, nächtliche Predigten in der Klosterkirche zu halten, in denen er eben dies verkündigte: Dass der Regen eine Strafe für Trixi und alle gottlosen Leuchten sei, die wider die Natur der Leuchten verstießen und Umgang mit Sterblichen pflegten.

Der eifernde Chorherr wurde nicht müde, den Übergang des Spaniels als ruchlosen Mord zu bezeichnen, und mehrmals deutete er an, auch Maxi im Brunnenhaus zähle zu Trixis beklagenswerten Opfern.

Weder Trixi noch einer ihrer Freunde wohnte je einer dieser nächtlichen Leuchtmessen bei, doch Radulfus sorgte dafür, dass sie trotzdem von seinen Hetzreden erfuhren. Hansels Miene wurde noch eine Spur ernster, als sie es in diesen Zeiten ohnehin war, und Mäx – ja, Mäx fing an, Trixi scheele Blicke zuzuwerfen. Offensichtlich war Radulfus' giftige Saat bei ihm auf fruchtbaren Boden gefallen.

Trixi fühlte sich elend. Allein King Charles war ein Lichtblick, obgleich sie stets ein schlechtes Gewissen bekam, wenn er sie ansah. Es stimmte: Sie hatte den jungen Hund durch das Prisma gelockt, aber doch nur um ihn zu retten! War es nicht besser für ihn, als Leuchte herumzugeistern, als eingeschläfert zu werden?

Der Spaniel jedenfalls genoss sein neues Dasein in vollen Zügen. Es war eine Lust ihm zuzusehen, wenn er durch die Luft tollte und versuchte seinen

Schwanz zu fangen. Seine Zungenspitze, die immer ein wenig zwischen den Zähnen vorblitzte, war von genau demselben Pink wie Trixis Kaugummi, und King Charles jaulte und kläffte begeistert, wenn Trixi für ihn Blasen formte und platzen ließ. Manchmal leckte der Hund ihr Hände oder Gesicht ab und verpasste ihr damit kleine, kitzelnde Stromschläge, ein herrliches Gefühl. Ja, Trixi hatte den Spaniel vor einem traurigen Ende beim Tierarzt bewahrt. Aber ohne Trixis Einflüsterungen hätte King Charles wohl kaum zugebissen. Ohne Trixi wäre es überhaupt nicht notwendig gewesen, den kleinen Hund zu retten.

Anders lag die Sache bei Mäx. Sicher, sie waren nie direkt Freunde geworden, aber Trixi konnte es nicht ertragen, wie Mäx sie bei den seltenen Gelegenheiten ansah, wenn er ihr gerade mal nicht aus dem Weg ging. Und was noch schlimmer war: Trixi wusste selbst nicht so recht, welche Rolle sie bei seinem Übergang gespielt hatte.

Drei Tage schon hielten sich die Leuchten im Verborgenen und hatten nur das Kopiergerät, um neue Kraft zu tanken. Entsprechend aggressiv war die Stimmung im Kloster. Es war nur ein schwacher Trost, zuzusehen, wie Radulfus' Gemeinde immer blasser wurde.

Trixi trieb frustriert durch das Kloster und kam schließlich in der Kirche direkt vor dem steinernen Kruzifix zum Schweben. Es war so kunstvoll gearbeitet, dass es aussah wie aus Holz geschnitzt. Doch Trixi war diesmal nicht gekommen, um das Kreuz zu betrachten oder die Wandmalereien zu bewundern. Hinter dem Ern, im Chorgestühl, hielt Radulfus gerade eine seiner Geistermessen ab. Trixi wollte mit eigenen Ohren hören, was für Gemeinheiten er sich für dieses Mal ausgedacht hatte.

„...seht sie doch an: Allein, wie sie in unnatürlichem Licht erstrahlen in diesen Tagen der Finsternis ist schon Beweis genug, dass sie mit dem Teufel im Bunde sind. Selbst einen früheren Laienbruder des Ordens der Zisterzienser haben sie infiziert mit ihrer Ketzerei..."

Trixi stöhnte innerlich auf und beschloss, einen Ort zu suchen, an dem sie ungestört Trübsal blasen konnte. Sie wandte sich um - und erschrak. Vor ihr, nur wenige Meter entfernt, schwebte Mäx.

„Na, beichtest du deine Sünden?", schnarrte er.

„Quatsch!", blaffte Trixi zornig, obwohl sie genaugenommen etwas ganz Ähnliches vorgehabt hatte.

„Würde aber nicht schaden", versetzte Mäx mit verächtlich herabgezogenen Mundwinkeln.

Da brachen all der Frust und die Verzweiflung der letzten Tage aus Trixi heraus.

„Ich hab dich nicht umgebracht!", schrie sie. Lichtperlen knisterten in ihren Augen. Am liebsten hätte sie laut los geheult, doch das wollte sie Mäx auf gar keinen Fall zeigen.

Regungslos starrten die beiden sich an. Als Mäx' ablehnende Haltung ein ganz klein wenig zu bröckeln schien, sprudelten die Worte nur so aus Trixi heraus. Plötzlich gab es nichts Wichtigeres auf der Welt, als Mäx zu überzeugen.

„Du *musst* mir glauben, Mäx. Es stimmt schon, dass ich da war. Und ich habe auch versucht, dich zu beeinflussen. Aber ich wollte dich dazu bringen, das Feuer zu löschen und dich hinter dem Brunnen zu verstecken, bis dieses Mädchen mit seinen Eltern wieder weg war. Ich hab's versucht, aber du bist der Einzige, bei dem ich bislang nicht durchgekommen bin. So was von stur, wie du bist! Und dann... dann... ja, ich hab schon überlegt, als das Mädchen plötzlich im Tor des Brunnenhauses stand und du so verzweifelt ausgesehen hast... Ich wollte schon... Aber ich *schwör* dir, bevor ich irgendetwas hätte tun können, ist der Brunnen gekippt. Du musst es dir selbst gewünscht haben, ich konnte wirklich nichts dafür!"

Mäx starrte sie an. Er schien verunsichert.

„Was meinst du mit... ich hätte es mir gewünscht?"

„Du musst dir ganz fest gewünscht haben zu verschwinden. Im Boden zu versinken, dich in Luft aufzulösen... Irgendetwas in der Art."

„Jaaa – klar... ich wollte nur noch weg. Das Ganze war einfach so megapeinlich!"

„Tja", seufzte Trixi traurig, „wünsch dir niemals zu verschwinden, wenn du dich an einem prismatischen Ort befindest. Jedenfalls nicht, wenn du noch eine Weile leben möchtest..."

„Und das mit der Sünde? Glaubst du denn nicht, dass wir hier für unsere Sünden büßen müssen?"

„Hat dir Hansel nicht erzählt, wie es bei ihm gelaufen ist? Ewiges Leuchten für ein bisschen Freude an gutem Essen? Und überhaupt, unsere Sünden sind doch Kinderkram im Vergleich zu dem, was da draußen täglich abgeht."

„*Hört sie euch an!*" Radulfus' Stimme peitschte wie eine Geißel durch die Kirche. Erschrocken wandten Trixi und Mäx sich dem Ern zu und erblickten Radulfus und seine Gemeinde, die nun über der Chorschranke schwebten und anklagend zu ihnen herüberstarrten.

Mäx und Trixi sahen sich an. „Nichts wie weg!", riefen sie wie aus einem Mund, fassten sich bei der Hand und waren blitzschnell verschwunden.

Ganz entgeistert

Es war, als hätte der Himmel nur auf die Aussöhnung zwischen Mäx und Trixi gewartet. Am Morgen stieg eine strahlende Sonne in den wolkenlosen Himmel und badete das Kloster in goldenem Licht. Aufgeregt machten sich Hansel, Trixi und Mäx auf die Suche nach Hähling, der, wie sie von Elsie wussten, noch am selben Tag abreisen wollte. Es war Trixi, die ihn schon bald entdeckte. Mit hinter dem Rücken verschränkten Armen und selbstzufriedenem Gesichtsausdruck schlenderte er über den Hof. Der Gauner gönnte sich einen letzten Spaziergang und: Er war allein.

Rasch sah Trixi sich um. In der Nähe spielten kleine Kinder, sie musste Hähling irgendwohin locken, wo sie unbeobachtet waren. Eine kleine, niedrige Pforte am Ende der Sackgasse hinter dem Rathaus fiel ihr ins Auge. Natürlich: der kleine, unscheinbare Garten neben dem Hexenturm! Dorthin verirrte sich so gut wie nie ein Tourist. Und auch für die Einheimischen gab es dort nichts Interessanteres als die Überreste eines kleinen Klettergerüstes.

Trixi konzentrierte sich so fest sie konnte und zwang Hähling ihren Willen auf. Der blieb auch prompt mit leerem Blick stehen. Wie im Traum drehte er sich um und wandelte zu der kleinen Pforte in der Mauer. So, jetzt bück dich und durch mit dir, du nichtsnutziger Brandstifter!, dachte Trixi. Als sie ihn sich in der kleinen Türe ducken sah, schoss sie selbst schnell über die Dächer um ihn im Hof dahinter zu erwarten. Gleich hatte sie ihn!

„Gute Idee!", zischte plötzlich Mäx in ihr Ohr. Wie aus dem Nichts war er neben ihr aufgetaucht. Trixi setzte bereits an, um zu protestieren, dass dies *ihre* Falle sei, schluckte die Worte aber hinunter. Wichtig war jetzt nur, dass sie Hähling stoppten. Der stand mitten in dem unscheinbaren Hof, sah sich verwirrt um und überlegte offensichtlich, wie er dorthin gekommen war.

„Also gut", wisperte Trixi, „die Schatten dort unter dem Baum und neben der Mauer reichen aus, um uns sichtbar zu machen. Ich nehme den Baum."

„Warte noch!", flüsterte Mäx und hielt sie am Arm zurück. „Wir müssen sicher sein, dass es klappt. Wie wäre es, wenn wir ohne Oberkörper erscheinen?"

Trixi verspürte einen Stich, als ihr klar wurde, dass Hansel seine Geschichte auch Mäx erzählt haben musste. Doch die Idee war gut, also griff sie nach ihrem T-Shirt, ließ die Hände aber sofort wieder sinken.

„Du zuerst!", zischte sie.

Mäx sah sie amüsiert an. „Keine Bange, unter unseren Kleidern ist nichts."

„Vielleicht nichts, was *Sterbliche* sehen könnten", erwiderte Trixi mit hochgezogenen Augenbrauen.

„Oh." Mäx stutzte und wurde rot. „Kein Problem." Er zog sein T-Shirt über den Kopf und sah Trixi fragend an. Die warf nur einen kurzen Blick durch ihn hindurch und zog dann ebenfalls ihr Oberteil aus.

„Auf drei", flüsterte Mäx. Hähling, der von seinem unfreiwilligen Aufenthalt inzwischen genug hatte, bewegte sich eben wieder in Richtung Pforte. Trixi zwang ihn stehenzubleiben, während Mäx leise zählte.

"Eins,... zwei,... – o nein! King Charles, was willst *du* denn hier?"

Begeistert, dass er sie endlich gefunden hatte, sprang der Spaniel mit lautem Gekläff um sie herum und schnüffelte an ihren nicht vorhandenen Bäuchen. Trixi blieb keine Zeit sich zu fragen, ob Hundeleuchten, im Gegensatz zu menschlichen, tatsächlich noch über ihren Geruchssinn verfügten, oder ob King Charles nur aus Gewohnheit handelte. Sie sammelte all ihre Konzentration, um Hähling daran zu hindern, durch die kleine Pforte zurückzuschlüpfen. Doch der war nun von selbst stehengeblieben und sah verblüfft zu ihnen herauf.

"King Charles, sei leise!", wisperte Mäx verzweifelt, "Er hört dich doch!"

"Macht nix", erwiderte Trixi, und ein Lächeln breitete sich auf ihrem Gesicht aus. "Komm King Charles!" Sie packte die Hundeleine und sauste mit dem Spaniel im Schlepptau nach unten in den Schatten des Baumes.

"Sieh her, du Mörder!", kreischte sie und versuchte dabei vergeblich Kreissägen-Sabines Tonlage zu erreichen.

Hähling fuhr herum und wurde kreidebleich.

"Das kann nicht... ich bin nicht... ich habe nicht...", stotterte er mit weit aufgerissenen Augen. Da erschien plötzlich Mäx im Mauerschatten, nur wenige Meter von Hähling entfernt.

"Mörder!", fauchte auch er. Es sah tatsächlich schaurig aus, wie seine Unterarme und der Kopf über seiner Jeans schwebten. Aber Trixi hatte zugleich das Gefühl, dass die butterblumengelben Haare und die blaulicht-farbene Jeans den Effekt etwas abschwächten.

"Duuuuu hast den kleinen Hund auf dem Gewissen!", heulte Mäx herrlich gespenstisch.

Trixi fing an, Spaß an der Sache zu haben. "Wir

kennen deine Pläne!", kreischte sie und zog ihre Gestalt in die Länge, um möglichst gruselig auszusehen. „Aber wir Geister werden es nicht zulassen, dass du diesen heiligen Ort entweihst!"

Hähling, der so aussah, als würde er gleich in Ohnmacht fallen, schloss die Augen und gab sich einen Ruck. Als er die Augen wieder öffnete, war er immer noch leichenblass, doch die Panik war aus seinem Blick verschwunden.

„Es ist also wahr", murmelte er. „Tja, Pech gehabt", fügte er lauter hinzu. „Euer Kumpel hat mich vorgewarnt. Mich treibt ihr nicht in den Wahnsinn. Allerdings, als ich *seine* Stimme gehört habe, das war wirklich gruselig. Hab mir euch so richtig grässlich vorgestellt. Wer hätte gedacht", feixte er höhnisch, „dass ich es nur mit einer Bande ungezogener Gören zu tun habe!" Mit einem hässlichen Lachen machte er auf dem Absatz kehrt und ließ die verdutzten Leuchten alleine in dem kleinen Hof zurück.

„Wen meint er mit ‚Kumpel'?", fragte Mäx verwirrt. „Meinst du, Hansel hat kalte Füße gekriegt?"

„Glaub ich nicht", wehrte Trixi ab. Im nächsten Augenblick traf sie die Wahrheit mit der Wucht eines Tausend-Watt-Stromschlages: „Radulfus!", keuchte sie. Sie spürte, wie ihre Energie sich dort bündelte, wo einmal ihr Magen gewesen war. Zugleich wurde ihr dumpf bewusst, dass diese Stelle gerade etwa fünfzehn Meter entfernt von ihr auf einem Dach lag, dessen raue Ziegel sich bereits gierig daran machten, das Licht zu absorbieren.

„He, alles okay mit dir?", fragte Mäx. Er schwebte direkt vor ihr und sah sie besorgt an. King Charles leckte derweil leise winselnd ihre Hand, was ihr wohltuende, kleine Energieschübe verpasste.

„Mein T-Shirt!", flüsterte Trixi schwach. Mit Lichtgeschwindigkeit sauste Mäx los, um die abgelegten Kleider zu holen. Im nächsten Augenblick schon zog er Trixi ihr Oberteil über den Kopf. „Versteh ich nicht", murmelte er dabei, „mein T-Shirt hat oben auf dem Dach alle Leuchtkraft verloren, während deines richtig glüht. Dafür ist dein restlicher Körper praktisch erloschen. Was ist passiert?"

Trixi spürte, wie die in ihrem T-Shirt aufgestaute Energie sich wieder auf ihren Körper verteilte. Es war nicht mehr viel übrig, doch die Kraft würde reichen, um zu lasern. Langsam kam auch ihr Hirn wieder in Gang.

„Vielleicht ein Schock", seufzte sie. „Sieht so aus, als sollte man besser vollständig bekleidet sein, wenn man einen Schock erleidet", fügte sie nüchtern hinzu. „Aber wieso ist dein T-Shirt blass? Es lag doch in der Sonne!"

Die beiden starrten sich eine Schrecksekunde lang an. Beide spürten mehr, als dass sie sahen, was passiert war. Neue, dunkelgraue Regenwolken waren aufgezogen und hatten sich vor die Sonne geschoben.

„Nichts wie weg!", schrien sie im Chor und blitzten ab, den winselnden Spaniel an der Leine im Schlepptau.

Leuchtsinne

„Radulfus!", knurrte Trixi wütend.

King Charles sah einen Augenblick fragend zu ihr herüber, wedelte dann beschwichtigend mit dem Schwanz und setzte seine Inspektion fort. Das Dachstübchen des Hexenturms, das sie sich auf die

Schnelle als Zuflucht ausgewählt hatten, war vollgepfropft mit Bildern, Steinmetzarbeiten und allem möglichen Kram, der irgendwie mit dem Kloster zu tun hatte. Der Hund stöberte mit Begeisterung durch den Raum und schlüpfte, wieselklein verdichtet, in jeden Spalt der sich auftat. Mäx beobachtete nachdenklich das unbekümmerte Treiben des Tieres.

„Meinst du, er kann noch riechen?", fragte er nach einer Weile.

„Keine Ahnung. Wohl kaum. *Ich* kann nicht mal richtig Luft holen, mach es aber trotzdem andauernd. Vor allem, wenn ich wütend bin!" Die letzten Worte presste Trixi grimmig zwischen den Zähnen hervor.

„Ich vermisse es manchmal."

„Was?", fragte Trixi irritiert.

Mäx wandte sich seufzend von dem winzigen Fenster ab, vor dem er stand. „Sag mal, hörst du mir eigentlich zu?"

„Klar höre ich dir zu. Du jammerst hier rum, weil du nicht mehr riechen kannst. Na und? Ich finde, wir haben andere Probleme."

Mäx ignorierte Trixis gereizten Tonfall. „Macht es dir denn nichts aus?", fragte er. „Nichts riechen, nichts schmecken, keine Dinge anfassen zu können…" Sein blassgrün leuchtender Finger fuhr langsam über eine hölzerne Marienstatue, die voller Wurmlöcher war. Einen Augenblick konnten die beiden zusehen, wie die Fingerspitze immer blasser wurde und fast erlosch, ehe Mäx die Hand zurückzog.

Trixi zuckte mit den Schultern. „Ich glaube, Hansel geht es wie dir. Sechshundert Jahre lang weder Speis noch Trank, der arme Kerl. Wo doch Schlemmen sein liebstes Laster war. *Ich* kann wenigstens noch so tun als ob." Zum Beweis kaute sie heftig auf ihrem Kaugummi herum und produzierte dann eine riesige Blase, die sie zu King Charles' Begeisterung platzen ließ.

„Und was hast *du* am liebsten gemacht?", fragte Mäx. „*Vorher*, meine ich."

Trixi starrte auf ihre Hände und begann, die Finger in die Länge zu ziehen und schnappen zu lassen, wie sie es so oft bei Hansel gesehen hatte. Sie ließ sich viel Zeit mit der Antwort. Endlich seufzte sie.

„Keine Ahnung. In den letzten zwei Jahren gab es nicht viel, was mir Spaß gemacht hätte. Außer vielleicht, Sabine nerven."

„Sabine?"

„Die Freundin meines Vaters."

„Oh. Deine Eltern sind geschieden."

Trixi starrte Mäx an und erinnerte sich an die Szene, die seine Eltern sich im Kreuzgang geliefert hatten.

„Nein", sagte sie leise. „Meine Mutter ist vor zwei Jahren gestorben."

Mäx sah sie erschrocken an. Einen Augenblick schien es Trixi, als überlege er, was schlimmer war: streitende Eltern oder tote Mütter.

„Und du, was hast du gerne gemacht?", fragte sie, um das Thema zu wechseln.

„Geschnitzt", antwortete er ohne zu zögern. „Gemalt, gebastelt, gebaut... Alles, was man so mit Händen tun kann. Aber damit ist es jetzt vorbei." Verbittert starrte er seine nutzlos gewordenen Hände an. „Ich meine, was können wir schon anfassen, ohne dabei zu viel Energie zu verlieren?"

„Vielleicht, wenn du in der Sonne bist..."

„Ja, klar. Und die Sterblichen gucken zu, wie sich mein Stift oder das Werkzeug oder was auch immer ganz von selbst bewegt. Wie von Geisterhand." Er lachte freudlos. „Und die Welt hat wieder ein paar Irre mehr, als ob es nicht schon so genug davon gäbe."

Trixi wusste nicht, was sie darauf erwidern sollte. Mit einem leisen Schnalzen lockte sie King Charles zu sich und vergrub ihre Hände in seinem knisternden Fell. Es war ein herrliches Gefühl, kitzelnd, warm, elektrisierend. Ganz anders als zu Lebzeiten, aber genauso schön. Ein bisschen bekam Trixi ein schlechtes Gewissen, weil sie im Grunde gerne eine Leuchte war. Vor allem seit sie den Hund hatte. „Hast du ihn mal gestreichelt?", fragte sie. „Für mich hat es so was Tröstliches."

Mäx schnaubte, kam aber zögernd näher. Vorsichtig berührte er den Spaniel am Kopf, der sich ihm sofort schwanzwedelnd zuwandte und seinen neuen Freund begeistert anwinselte. Mäx zuckte zuerst zurück, doch schon bald hellte sich sein Gesicht auf.

„Du hast recht, es ist ein richtig tolles Gefühl, fast wie..." Er brach ab und erglühte.

„Wie was?", fragte Trixi. „Sag schon, wieso wirst du rot? Raus mit der Sprache!"

„Na ja, das letzte Mal, als ich jemanden berührt habe, war es ein Mädchen..."

„Ihr habt geknutscht!", lachte Trixi und gab sich Mühe, nicht auch rot zu werden.

Mäx grinste verlegen.

„Für mich ist es ein Gefühl, wie wenn mein Paps mich umarmt hat oder früher meine Mutti. Oder eine Freundin. Oder wenn ich mit dem Hasen meiner Freundin geschmust habe..."

Mäx machte bei dieser Aufzählung ein seltsames Gesicht. „Du musst sehr glücklich gewesen sein", sagte er leise. „Für dich muss es richtig hart sein, all das verloren zu haben."

Trixi sah ihn überrascht an. „Deine Eltern haben dich doch sicher auch geliebt..." Mäx schnaubte, und Trixi beeilte sich, weiterzureden. „Und Freunde hast *du* sicher massenhaft gehabt *und* die Freundin und Tiere..."

„Ja klar!", unterbrach Mäx sie verächtlich. „Weil Jungs ja wie kleine Mädchen rumschmusen. Außerdem sind wir ständig umgezogen", fügte er leiser hinzu, „weil mein Vater es in keinem Job lange ausgehalten hat. Und Haustiere durfte ich nie haben, nicht mal fremde anfassen wegen meiner Allergie. Dabei hätte ich wahnsinnig gerne einen Hund gehabt. Das wäre mal ein Freund gewesen, den ich beim nächsten Umzug hätte mitnehmen können."

Trixi biss sich erschrocken auf die Lippen. Bislang hatte sie King Charles immer als *ihren* Hund angesehen. Aber wenn sie jetzt so zusah, wie er sich von Mäx den Bauch kraulen ließ... Es gab ihr einen empfindlichen Stich. Dabei hatte sie eben noch mit dem Gedanken gespielt, Mäx *selbst* zu umarmen. Nur so, als Freundin. Aber so was taten vierzehnjährige Jungs ja nicht.

„Hör mal", meinte sie, um Mäx abzulenken, „draußen scheint wieder die Sonne. Und ich finde, die anderen sollten erfahren, dass Hähling neuerdings geistlichen Beistand hat."

Wie erhofft zeigte sich ein schwaches Lächeln auf Mäx' Gesicht.

„Ja, du hast recht", seufzte er. „Lass es uns erst bei Elsie versuchen, vielleicht treffen wir dort auch Hansel an. Bin wirklich gespannt, wie er auf diese Neuigkeit reagieren wird."

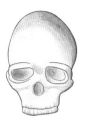

Hählings Heimsuchung

Hansels Reaktion war ein entschieden unmönchischer Fluch. „Und ihr seid euch sicher, dass er Radulfus gemeint hat?", vergewisserte er sich.

„Wer soll es denn sonst gewesen sein?", versetzte Trixi spitz.

„Er hat keinen Namen genannt", wandte Mäx ein, „und so, wie ich ihn verstanden habe, hat er auch nur die Stimme gehört."

„Und die soll echt gruselig gewesen sein. Außerdem passt das doch zu Radulfus, oder?", fragte Trixi und bearbeitete wütend ihren Kaugummi. „Den Wortlaut seiner beknackten Gebote hat er eingehalten, kein sterbliches Auge hat ihn erblickt."

„Nun ja, ein Beweis ist das nicht", widersprach Hansel ernst. Nachdenklich verdrehte er zwei seiner Finger zu einer Kordel. „Ich finde es übrigens bemerkenswert, dass Hähling nicht schon vom Klang der Stimme wahnsinnig geworden ist. Aber wer weiß, vielleicht ist es ja eher die Ausnahme, wenn Sterbliche so heftig auf uns reagieren."

„Womit unser ganzer, schöner Plan ohnehin nicht viel getaugt hat", brachte Mäx die Gedanken aller auf den Punkt. „Wir brauchen einen neuen, aber der muss buchstäblich narrensicher sein."

Nachdenkliche Stille senkte sich über Elsies Wohnzimmer.

Endlich richtete Hansel sich auf und sah entschlossen in die Runde. „Ihr alle wisst, was nun zu tun ist. Wir wollten zu diesem letzten Mittel nur im äußersten Notfall greifen. Nun ist es soweit: Die Frage ist nur, ob es nicht schon zu spät ist."

Kurz darauf schwebte Trixi über einer roten Limousine auf dem Parkplatz außerhalb der Klosteranlage und konnte nicht fassen, was sie da taten. Immer wieder warf sie Hansel entgeisterte Blicke zu. Sie würde aus dem Mönch wohl nie schlau werden. Hansel ignorierte ihre vorwurfsvolle Miene. Mit blitzenden Augen und vorgestrecktem Kinn starrte er Hähling an, als wolle er ihn allein durch seinen Willen in Luft auflösen. Und etwas ganz Ähnliches hatten die drei ja auch vor.

Trixi suchte Mäx' Blick, doch auch der ließ Hähling keine Sekunde aus den Augen. Seufzend versuchte Trixi, sich ebenfalls auf ihre Aufgabe zu konzentrieren, doch immer wieder drängte sich der Gedanke in ihr Hirn, dass sie einen schrecklichen Fehler begingen.

Hähling versuchte nun schon seit fünf Minuten vergeblich, sein Auto aufzuschließen. Immer wieder ließ er die Hand mit dem Schlüssel sinken, glotzte dumpf Löcher in die Luft und wandte sich dann von seinem Auto ab. Doch jedes Mal fasste er sich schon nach wenigen Sekunden wieder. Die Verbissenheit, mit der er gegen den Willen der Leuchten ankämpfte, und der gehetzte Ausdruck in seinen Augen, sobald sie die Kontrolle über ihn verloren, zeigten deutlich, dass er zumindest ahnen musste, was da vor sich ging. Das machte es Trixi nicht leichter. Stumm verfluchte sie die verfahrene Situation. Hätten sie und Mäx in den Plan eingewilligt, wenn Zeit zum Überlegen geblieben wäre?

Waldmeister, der nach unten gegangen war, um in Erfahrung zu bringen ob Hähling bereits abgereist war, kam schon nach wenigen Minuten mit der Nachricht zurück, dass der ‚Bastard', wie der Professor ihn in seiner Wut nannte, in eben diesem Moment mit seinem Koffer das Gasthaus verließ. Die drei Leuchten hatten nicht lange gezögert.

Nun drohte der Kerl doch noch zu entwischen. Hansel und Mäx fehlte es an der nötigen Überredungsgabe, oder sie hatten den Trick noch nicht so richtig raus. Trixi *musste* ihnen einfach helfen. Du musst ganz dringend zurück ins Gasthaus, du hast etwas furchtbar Wichtiges vergessen, drängte sie Hähling stumm. Und tatsächlich: Endlich schickte dieser sich an, mit stumpfem Blick den Parkplatz zu verlassen. Mäx und Hansel sahen überrascht, wie er davonwankte, und warfen Trixi verdutzte Blicke zu. Doch die schwebte unbeirrt über ihrem Opfer dahin und flüsterte ihm immer und immer wieder diese beiden Sätze ein.

„Wie machst du das?", wisperte Mäx, doch Hansel zog ihn zurück, damit er Trixis Konzentration nicht durchbrach. Vor dem Torbogen blieb Trixi schweben und wartete, bis Hähling hindurch war, dann laserte sie über das Torhaus hinweg ihm nach. Das dauerte nur eine Sekunde, doch die genügte, um den Bann zu durchbrechen. Misstrauisch blickte Hähling sich um. Wieder drang Trixi in sein Bewusstsein ein und begann ihn zu bearbeiten. Zur Mühle hin, du willst noch die Stiege hinauf, ein letzter Blick!

Einen Augenblick sah es aus, als wollte es Hähling gelingen, Trixi abzuschütteln. Sie spürte plötzlich seinen Widerstand, glaubte sogar, seine Gedanken zu hören: Was soll ich da oben? Hab die Nase gestrichen voll von diesem bescheuerten Kloster!

Ja, aber die Vorstellung, wenn's erst mal brennt..., drängte Trixi weiter. Von da oben hast du einen guten Blick auf den Fruchtkasten!

Das stimmte zwar nicht so ganz, aber es wirkte trotzdem: Hählings Widerstand brach zusammen, und gehorsam machte er sich auf den Weg zu der

Treppe, die zu einem winzigen überdachten Wehrgang führte und zu einer schmalen Fußgängerbrücke über den äußeren Graben.

Ihr eigentliches Ziel war die alte Klostermühle, also das Gebäude, das links neben der Stiege lag. Hansel hatte zuerst das Paradies vorgeschlagen, dessen prismatische Kraft sich in neuester Zeit gleich zweimal bewährt hatte. Doch Trixi hatte sofort energischen Widerstand geleistet. Also hatten sie sich auf die Mühle geeinigt. Dort angekommen sah Trixi Hansel fragend an. Sie zuckte zusammen, als dieser laut zu sprechen begann.

„Nun ist es an der Zeit, für deine Sünden zu bezahlen!"

Hähling machte einen Satz, stieß einen erstickten Schrei aus und stierte entsetzt nach allen Seiten. Der Mönch hatte sich gar nicht erst die Mühe gemacht, besonders schauerlich zu klingen, doch sein Zorn war so groß, dass seine Stimme zitterte. Selbst Trixi lief ein Schauer über den Rücken.

„Nein!", krächzte Hähling. „Ihr kriegt mich nicht, ihr könnt mir nämlich gar nichts tun, das hat mir der andere gesagt!"

„Ach ja?", Hansel lachte kalt. Und dann legte er seine Hand auf Hählings Nacken.

Hähling schrie. Mäx und Trixi sahen sich bestürzt an. Sie hatten keine Ahnung, wie sich eine solche Berührung für einen Sterblichen anfühlen mochte. Doch ganz offensichtlich hatte sie Hähling große Angst gemacht. Panisch aufheulend versuchte er zu fliehen, doch er kam nicht weit: Trixi hatte sich ihm in den Weg gestellt und ihm die Handflächen entgegengestreckt. Er prallte davon zurück, als hätte er einen Stromschlag erlitten. Auch Trixi hatte es gespürt. Für sie war es nicht wirklich schmerzhaft gewesen, sie hatte nur einiges an Energie eingebüßt. Doch das spielte keine Rolle, die Sonne lud sie sogleich wieder auf. Hähling war inzwischen wimmernd bis an die Wand der Mühle zurückgewichen und hatte sich zitternd dagegen gelehnt. Die drei Leuchten zogen den Halbkreis um ihn enger.

„Jetzt haben wir dich." Mäx sprach leise und mit normaler Stimme, doch die Wirkung war unvergleichlich viel stärker als bei ihrem ersten Versuch, Hähling das Gruseln zu lehren.

„Du kannst uns nicht entkommen", flüsterte Trixi und legte all ihre Verachtung für den jämmerlichen Kerl in diesen einen Satz. Entsetzen stand in Hählings schreckgeweiteten Augen. Vielleicht, dachte Trixi, gelang es ihnen ja doch, ihn in den Wahnsinn zu treiben. Doch es kam anders.

„Es gibt kein Entrinnen!", rief Hansel mit Donnerstimme und versetzte dem in die Enge getriebenen Brandstifter damit den Todesstoß. Wilhelm Hähling sah sich ein letztes Mal gehetzt um, und im nächsten Augenblick löste sich oben am Dach ein Ziegel und landete genau auf seinem Kopf.

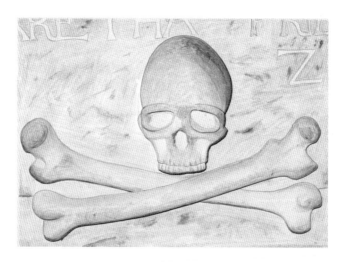

Angeklagt

Der Sog setzte genauso unvermittelt ein wie bei Mäx und King Charles, doch Trixi spürte nur ein leichtes Ziehen, da sie sich ja schon an Ort und Stelle befand. Im Nu füllte sich der kleine Platz vor der Mühle mit den Mitgliedern der Gemeinschaft der Leuchten von Maulbronn, selbst King Charles war dabei. Der Spaniel winselte verängstigt und drängte sich an Trixi, die ihn beruhigend streichelte. Als die weißen Strahlen aus Hählings Augen traten kläffte der Hund wild los und versuchte erfolglos, den Bannkreis des Prismas zu verlassen. Trixi hatte diesmal kaum Augen für das farbenprächtige Spektakel oder den grauen Nebel, der um sie her aufstieg. Sie hockte in der Luft, hielt King Charles im Arm und flüsterte leise Worte, bis das verängstigte Tier ruhiger wurde. Erst dann blickte sie auf.

Hähling schwebte über seinem leblosen Körper, starrte abwechselnd seine blassgrün schimmernde Hand und die versammelten Leuchten an und brabbelte unzusammenhängendes Zeugs. Die Leuchten hatten sich in zwei Lager aufgeteilt: Die größere Hälfte bildete Radulfus mit seiner Fangemeinde, bei Hansel, Mäx und Trixi schwebten nur der Alte und der Hexer. Aller Augen waren auf Radulfus gerichtet, der jedoch keine Anstalten machte, den Neuzugang in ihren Reihen zu begrüßen. Schließlich räusperte sich Hansel.

„Bastard vor der Mühle...‟

Hähling zuckte empört, als ihm klar wurde, dass er gemeint war, doch bevor er aufbegehren konnte, meldete sich Radulfus zu Wort.

„*Mörder!*" Alle erstarrten. Radulfus zeigte mit bleistiftdünnem Finger auf Hansel. „*Mörder*", zischte er noch einmal. „Seht ihn euch an, ihr Leuchten von Maulbronn, diesen Abschaum, der das Gewand, das er trägt, entweiht. Auch du, Bastard vor der Mühle, sieh ihn dir an, er ist dein Mörder!"

„Quatsch", platzte Trixi heraus, „wir haben ihm Angst gemacht, das stimmt, aber das ist auch schon alles." Schließlich hat er sich selbst fortgewünscht, dachte sie verbissen. Sein Pech, dass er sich damit geradewegs durch das Prisma gejagt hat. Doch eine leise Stimme in ihrem Kopf sagte etwas ganz anderes. Um sie zu übertönen, sprach Trixi weiter: „Wir haben ihn an der Flucht gehindert und in die Enge getrieben. Aber dafür hatten wir auch einen guten Grund."

„Was kann für einen Laienbruder des Ordens der Zisterzienser ein ‚guter Grund' sein, einen Mord zu begehen?", versetzte Radulfus höhnisch. „Von dir, Hexe, sind wir ja nichts Besseres gewöhnt, und euer junger Freund ist entweder eurem schlechten Einfluss erlegen oder aber er war schon vorher…"

„Mir scheint, euer Gedächtnis hat in den letzten sechshundert Jahren gelitten, Bruder Radulfus vor der Mühle", schnitt ihm Hansel scharf das Wort ab. „Zu unserer Zeit haben selbst *Chorherren* zu noch schlimmeren Mitteln gegriffen, auch wenn weniger auf dem Spiel stand als der Fortbestand des Klosters! Brüder", wandte er sich an die Leuchten, „dieser Mann hier sollte im Auftrag seines gewissenlosen Herrn unseren Fruchtkasten niederbrennen."

Aufgeregtes Zischeln ging durch die kleine Versammlung. Aller Augen waren auf Hähling gerichtet.

„He, Moment mal", stotterte der. „Ich habe überhaupt nichts getan! Na ja, klar, Owings Plan ging schon irgendwie in die Richtung, aber wie ihr wisst steht der alte Kasten noch. Seit wann wird man für etwas bestraft, das man *nicht* getan hat?" Beschwörend sah er von einem zum anderen, als hoffte er auf diese Weise jemanden zu überzeugen. „Im Ernst, das könnt ihr nicht machen! Die Todesstrafe ist abgeschafft, wir leben nicht mehr im finsteren Mittelalter!"

Mäx verzog das Gesicht. „*Ganz* so lange ist die Todesstrafe ja nicht abgeschafft, und da, wo Owing herkommt, gibt es sie sogar noch. Aber keine Panik, du bist noch sehr lebendig, falls dir das noch nicht aufgefallen ist."

„Heißt das, das gibt sich wieder?", fragte Hähling und streckte ihnen seine leuchtenden Hände entgegen. Sein Gesicht strahlte vor Erleichterung.

„Genug!", fuhr Radulfus dazwischen. „Ihr habt diesen Mann auf hinterhältige Weise durch das Prisma gelockt und eure Rechtfertigung ist lächerlich. Ich kann nirgends eine Gefahr für das Kloster erkennen. Bastard vor der Mühle, ich biete Euch meine Unterstützung an. Diese gewissenlosen Mörder sollen Euch nicht weiter belästigen. Kommt mit mir, und ich werde Euch alles erklären und Euch beistehen."

„Halt!", donnerte Hansel und schwoll zu beachtlicher Größe an. „Die Prismatische Stunde verrinnt, aber wir sollten uns diesmal gemeinsam zurückziehen. Die Gefahr, die Owing für das Kloster darstellt, betrifft uns alle in gleichem Maße. Wir müssen Sicherheitsvorkehrungen treffen, Wachdienste einteilen..."

„Ach nee, du hast also kapiert, dass der Ami das eigentliche Problem darstellt?", zischte Hähling. „Wieso habt ihr dann *mich* hops gehen lassen? Ihr seht alle miteinander aus wie Witzfiguren aus einem Kindercomic. Ich will keine Comicfigur sein!", heulte er.

„Wir mussten dich stoppen. Du hattest vor, Feuer zu legen, und wenn du erst einmal Maulbronn verlassen hättest, hätten wir dich nicht mehr beobachten können. Woher hätten wir wissen sollen, wann du zurückkommst, um deine üble Tat auszuführen?"

„Armleuchter!", schrie Hähling. „Woher willst du wissen, wann *irgendwer* zurückkommt? Woran willst du denn den nächsten Helfershelfer erkennen, den Owing sich für seine Dollars kauft?" Entschlossen schwebte er zu Radulfus hinüber und baute sich an dessen Seite auf. Der dürre Mönch leuchtete triumphierend.

„Ich denke", zischte Radulfus, „uns allen ist heute klar geworden, *wen* wir aufhalten müssen."

Trixi, Mäx und Hansel sahen sich hilflos an. Bevor ihnen eine gute Erwiderung eingefallen wäre, spürten sie, wie die Faust, die sie vor der Mühle festgehalten hatte, ihren Griff lockerte. Und im nächsten Augenblick stoben die Leuchten von Maulbronn in alle Himmelsrichtungen davon.

Trübe Tage folgten für Trixi und ihre beiden Gefährten. Hansel sprach nicht viel, doch es war klar, dass Radulfus' Vorwürfe ihm zu schaffen machten. Insgeheim musste Trixi dem boshaften Chorherren recht geben: Sie waren zu weit gegangen. Sie hatten Hähling ganz bewusst in den Bannkreis des Prismas gezwungen und seine Panik so lange geschürt, bis er den einzig möglichen Fluchtweg ergriffen hatte: den durch das Prisma.

Auch Hähling hatte recht: Es wäre sehr viel einfacher gewesen, nach *ihm* Ausschau zu halten als nach einem völlig Unbekannten. Ihre Tat hatte keinerlei Sinn gehabt und damit auch keine Rechtfertigung.

Zu allem Überfluss predigte Radulfus in seinen Hetzreden neuerdings, das Feuer sei womöglich gottgewollt und der Tag der Sammlung in der Linse sei nahe. Für Trixi und Mäx hörte sich das nicht eben verlockend an. Falls es die ‚Linse' überhaupt gab, so hatten sie keinerlei Sehnsucht nach ihr. Aber an Hansels Reaktion wie an der vieler anderer merkten sie, dass die Leuchten ihre scheinbare Unsterblichkeit nicht genossen. Nach Jahrhunderten heimlichen Umhergeisterns sehnten sie sich nach einem Ende. Selbst der Hexer und der Alte machten einen Bogen um die drei Freunde, wenn sie auch nach wie vor Abstand zu Radulfus hielten.

Es war eine freudlose Zeit.

Ohne ein Wort darüber zu verlieren, hatten die drei über dem Fruchtkasten Posten bezogen. Nur wenn es regnete, blieben sie in der Klausur, wobei Hansel meist alleine einen abgeschiedenen Ort aufsuchte, um zu beten.

Die Klausur war nach wie vor für die Öffentlichkeit gesperrt. Doch seit dem Vorfall mit dem Fremden, der unverhofft so viel Geld nach Maulbronn gebracht hatte, um dann auf groteske Weise von einem Dachziegel erschlagen zu werden (es ging nicht der leiseste Wind an jenem Tag), war ein leiser, noch kaum spürbarer Umschwung in der öffentlichen Meinung eingetreten.

Die Leute tuschelten in Maulbronn, wenn auch nur hinter vorgehaltener Hand. Niemand wollte laut aussprechen, was immer mehr Menschen fühlten: Es war nicht mehr geheuer im Kloster. War der alte Geisterjäger doch nicht so verrückt, wie man geglaubt hatte? Erste Gerüchte, er habe etwas mit Hählings Tod zu tun gehabt, wurden schnell widerlegt: Waldmeister hatte sich zu dieser Zeit im Schankraum des Durstigen Maultiers befunden. Aber waren da nicht noch andere Gerüchte gewesen? Wie war das doch, von wegen: Hähling arbeite für einen gewissenlosen Spekulanten, der den Fruchtkasten abbrennen wollte? Hatte am Ende das Kloster selbst ihn gerichtet? Niemand sprach es laut aus, außer den Kindern: Im Kloster spukt es. Im Kloster ist es nicht mehr sicher. Drei mysteriöse Todesfälle, und angeblich traf es sogar Tiere. Die Einheimischen fingen an, die Klosteranlage zu meiden. Und Touristen kamen ohnehin nur noch vereinzelt und zogen bald wieder mit enttäuschten Gesichtern ab, weil sie die Klausur nicht besichtigen konnten. Stille kehrte ein im Zisterzienserkloster von Maulbronn. Eine angespannte Stille. Die Stille vor dem Sturm.

Gefangen

Trixi kraulte gerade King Charles hinter den Schlappohren, als sie die Veränderung bemerkte. Wochenlang hatte Mäx über der Ostecke des Fruchtkastens auf dem Bauch in der Luft gelegen, das Kinn in die Hände gestützt und nahezu bewegungslos. Trixi hatte sich an diesen Anblick so gewöhnt, dass die plötzliche Änderung in Mäx' Haltung wie ein Stromschlag auf sie wirkte. Angespannt starrte sie einige Sekunden lang zu ihm hinüber, dann eilte sie hinüber zu Mäx. Der kauerte in seiner Ecke und linste vorsichtig über die Dachkante nach unten. Trixi scherte sich nicht um Deckung. Die Sonne stand an einem wolkenlosen Himmel und bot genug Schutz vor neugierigen Augen. Als Trixi über die Traufe hinausschwebte, um eine bessere Sicht zu haben, wollte Mäx erst protestieren. Dann erinnerte er sich, wo und was sie waren und folgte ihr nach.

Unter ihnen schlich ein Kerl an der Hauswand entlang, den sie noch nie gesehen hatten. Er sah immer wieder misstrauisch in alle Richtungen und schien etwas zu suchen. Als er sich auf der Rückseite des Fruchtkastens befand und unbeobachtet glaubte, entspannte er sich und begann die Rückwand des Gebäudes sorgfältig zu inspizieren. Nach einer Weile schüttelte er den Kopf, brummelte etwas, zündete sich mit einem Streichholz eine Zigarette an und schlenderte um die Ecke zurück in Richtung Klosterhof. Scheinbar gelangweilt spazierte er um das Gebäude, doch die Blicke, mit denen er Holztore und hölzerne Stiegen bedachte, sprachen Bände. Bestürzt, zugleich aber auch erleichtert sahen Mäx und Trixi sich an. Das Warten hatte endlich ein Ende.

„Ich suche Hansel", flüsterte Mäx. „Wir treffen uns im Versteck." Im nächsten Augenblick war er verschwunden.

Das Versteck war der alte Kohlenkeller des Durstigen Maultiers, der inzwischen den Öltank für die Zentralheizung beherbergte. Viel Platz war nicht in diesem Versteck, doch es hatte den Vorzug, dass die Leuchten durch die Kohlenschütte hereinkonnten und sich außer Waldmeister und Elsie nie jemand dorthin verirrte. An sonnigen Tagen kam Waldmeister immer so um die Kaffeezeit in den Keller, falls die Leuchten eine Nachricht für ihn hatten. Regnete es, kam er stattdessen an die Totenpforte, um durch das Oberlicht Bericht zu erstatten, denn das Kloster selbst konnte er ja nicht mehr betreten. Bei Regen übernahm er den Wachdienst, und sein Bericht lautete immer gleich: „Nichts Neues."

Es war noch zu früh, um Waldmeister im Kohlenkeller anzutreffen, also blieb Trixi vorerst, wo sie war, und beobachtete, wie der Unbekannte zum Maultier hinüberspazierte und sich an einen freien Tisch setzte.

„Prost Mahlzeit!", zischte sie wütend, als der Kerl bei Anni seine Bestellung aufgab. „Auf dass dir das Essen im Hals steckenbleibt, du mieser Brandstifter!" Dann machte sie sich auf in den Kohlenkeller.

Waldmeister wartete bereits und trommelte ungeduldig mit den Fingern gegen den Öltank, als Trixi durch die Luke laserte.

„Da bist du ja endlich!", rief er vorwurfsvoll.

„Was heißt hier endlich?", versetzte Trixi spitz und ließ direkt vor Waldmeisters Gesicht eine Kaugummiblase platzen. „Ich bin mindestens eine halbe Stunde zu früh dran."

Waldmeister sah verdutzt auf die Armbanduhr, die Elsie ihm geschenkt hatte. „Tatsächlich, tatsächlich. Wie auch immer: Es sieht so aus, als hätte Owing einen neuen Helfer gefunden!"

„Eben, deswegen bin ich ja auch schon da. Mäx versucht nur noch Hansel aufzutreiben..." Sie unterbrach sich, als die beiden Genannten in den Keller gesaust kamen.

„Sehr gut, sehr gut", murmelte Waldmeister und rieb sich die Hände. „Er hat sich im Maultier ein Zimmer genommen", fügte er lauter hinzu.

Mäx' Augenbrauen verschwanden unter seinem knallgelben Stirnhaar.

„Echt? Also, allzu schlau kann dieser Ami ja nicht sein, wenn ihr mich fragt."

„Vermutlich weiß er wenig darüber, wie es Hähling vor seinem Ableben ergangen ist", gab Hansel zu bedenken. „Hähling wird ihm kaum erzählt haben, dass er Gespenster gesehen hat, oder?"

Die Spannung löste sich ein wenig, als alle lachen mussten.

„Jedenfalls ist es in unserem Sinne", erklärte

Waldmeister gut gelaunt. „Wie ein Luchs werde ich auf der Lauer liegen und, sobald der Kerl nachts ausgeht, gebe ich euch ein Signal mit der Taschenlampe."

„Sehr gut", stimmte Hansel zu. „Ich glaube, ich weiß, was du mit Taschenlampe meinst, die Schüler des Internats benutzen sie, wenn sie nachts herumschleichen. Aber wie ist es, wenn es regnet? Wir Leuchten müssen das Wasser meiden..."

„Dann müssen eben Elsie und ich die Überwachung übernehmen", antwortete Waldmeister. „Aber ich nehme doch sehr an, dass Brandstifter *trockene* Nächte bevorzugen."

„Schön", warf Trixi ein, „was ich aber immer noch nicht verstehe, ist, *was* wir tun wollen, wenn es soweit ist. Ich meine, selbst wenn *dieser* sich in den Wahnsinn treiben lässt, dann schickt Owing eben den nächsten. Ich wette, dem ist alles egal, solange er zum Schluss bekommt, was er will.

Einen Augenblick herrschte betretenes Schweigen. Dann meldete Mäx sich zu Wort. „Wir müssen ihn auf frischer Tat ertappen und entlarven. Dann verpfeift er vielleicht seinen Brötchengeber."

„Das heißt", gab Hansel zu bedenken, „es muss bereits brennen, aber nur ganz wenig, damit sich der Schaden wieder beheben lässt. Außerdem muss er von einem Sterblichen erwischt werden, der als Zeuge auftreten kann."

„Und dieser Sterbliche sollte nicht als verschrobener Irrer bekannt sein", seufzte Waldmeister ergeben.

„Aber das hieße ja, dass wir noch mehr sterbliche Verbündete brauchen!", stöhnte Mäx.

„Brauchen wir nicht unbedingt", widersprach Trixi. „Wir brauchen nur einen Sterblichen *in der Nähe*, dem wir ein wenig im Kopf herumspuken können."

„Selbst das könnte ein Problem werden. Nachts ist es neuerdings im Klosterhof sehr ruhig."

Trixi hob die Schultern. „Mein Gott, so schwer kann das doch nicht sein! Der Professor muss eben die Polizei rufen. Wenn *die* den Kerl erwischt, ist alles paletti."

„Aber natürlich!", rief Waldmeister begeistert, machte aber gleich wieder ein bedenkliches Gesicht. „Nur ob sie kommen, wenn *ich* sie rufe? Und dann ist da noch der Zeitfaktor: Kommen sie zu früh, riecht der Brandstifter den Braten und verschiebt seine Tat. Kommen sie zu spät... Daran möchte ich gar nicht denken."

Stille machte sich breit, lastete schwer auf den vier Verbündeten, während sie dies neue Problem durchdachten.

„Es bleibt keine Wahl", brummte Hansel endlich. „Wir müssen es versuchen und auf unser Glück setzen."

Ein dumpfes Geräusch ließ sie zusammenzucken. Erschrocken sahen sie sich um. Trixi, die sofort den Ausgang, also die Kohlenschütte untersuchte, stöhnte entnervt.

„Irgendein Knallkopf hat eine schwarze Gummimatte vor die Luke geworfen."

Hansel sah den Professor an. „Ich denke, für den Augenblick gibt es nichts mehr zu besprechen. Wärt Ihr so freundlich..."

„Selbstverständlich", antwortete dieser und warf einen prüfenden Blick den Schacht hinauf. „Von innen kann ich die Matte nicht bewegen, da wäre eine Leiter nötig. Ich gehe rasch hinaus und..." In eben diesem Augenblick wurde die Tür des Kohlenkellers von außen abgeschlossen. Sie saßen in der Falle. Eine Schrecksekunde lang sahen sie sich fassungslos an. Dann eilte der Professor an die schwere Stahltür, schlug mit der flachen Hand dagegen und rief laut abwechselnd Elsies und Annis Namen.

„Das gibt's doch nicht!", stöhnte Mäx, während Trixi sich sofort daran machte den Keller nach Schlupflöchern abzusuchen. Nur mit halbem Ohr hörte sie dabei zu, was die anderen besprachen.

„Wie lange wird es dauern, bis Elsie dich suchen kommt?", fragte Hansel und dehnte nervös seine Finger.

„Heute Abend ist eine geschlossene Gesellschaft angemeldet, Elsie hat alle Hände voll zu tun", erwiderte der Professor tonlos. Er hatte aufgehört zu rufen und wirkte wie vor den Kopf geschlagen. „Vielleicht vermisst sie mich erst, wenn sie heute Nacht Schluss macht, und das kann spät werden!"

„Hat sie denn einen Zweitschlüssel?", mischte sich Mäx ein. „Für mich hat es sich so angehört, als hätte derjenige, der abgeschlossen hat, den Schlüssel abgezogen und mitgenommen!"

„Und kein Schlupfloch, durch das auch nur eine Kellerassel entwischen könnte!", erklärte Trixi grimmig.

Der Andere

Als Dietrich Loderbeck, in einschlägigen Kreisen besser bekannt als ‚Streichholz-Didi', wie verabredet in das öffentliche WC der Klosteranlage schlüpfte, war der andere schon da. Streichholz-Didi hatte seinen Komplizen bislang noch nicht zu Gesicht bekommen, was ihn ärgerte, denn das brachte dem anderen einen entscheidenden Vorteil: Der kannte schließlich Didis Visage ganz genau. Aber das Wissen, das ihm der mysteriöse Kerl zugeflüstert hatte, war so wertvoll, dass Didi bereit war, nach seinen Regeln zu spielen. Schon bald nach seiner Ankunft hatte er die gruselige Stimme das erste Mal zu hören bekommen. Didi hatte sich, nach einem ersten Blick auf das Objekt, im Gasthaus ein gutes Mittagessen gegönnt und auch gleich ein Zimmer genommen. Danach war er für einen Verdauungsspaziergang noch einmal zurück zu dem alten Gebäude geschlendert. Es gab da vielversprechende hölzerne Außentreppen und Holztore, uralt und verwittert. Zufrieden lehnte er sich neben eines davon gegen die Wand und zündete sich eine Zigarette an.

„Ihr kommt von dem, der sich Owing nennt."

Die Stimme kam aus dem Nichts, plötzlich und körperlos. Didi ließ vor Schreck seine Zigarette fallen und sah sich fluchend um. Der Sprecher musste sich hinter dem Holztor verbergen, und doch klang seine Stimme so deutlich, als stünde er unmittelbar neben ihm. Etwas an der Stimme jagte Didi kalte Schauer über den Rücken, und die Tatsache, dass der Sprecher seinen Auftraggeber kannte, machte die Sache nicht eben besser.

„Wer will das wissen?", fragte Didi leise und bückte sich dabei nach seiner Zigarette. Er wollte nicht dadurch auffallen, dass er neben dem Fruchtkasten Selbstgespräche führte. In seiner Branche fiel man am besten überhaupt nicht auf.

„Ein Freund. – Tut das nicht!"

Didis Hand zuckte zurück. Er hatte versuchen wollen, das Tor zu öffnen, um zu sehen, wer sich dahinter verbarg.

„Es würde Euch nicht gut bekommen, mich zu sehen." Ein hohes, unfreundliches Lachen jagte Didi neue Schauer über den Rücken. Misstrauisch kniff er die Augen zusammen. Genau genommen hörte er die

Stimme nicht nur zu deutlich, sondern sie kam auch eher von oben als von hinter dem Tor. Tatsächlich entdeckte er über dem Tor eine merkwürdige Lampe, die sehr hell leuchtete. Didi war natürlich sofort klar, was das zu bedeuten hatte. Der andere musste einer der ganz großen Bosse sein, einer von denen, die mit weißer Weste große Summen für wohltätige Zwecke gaben, während ihre Handlanger noch viel größere Summen zusammenstahlen. Nur so einer konnte es sich erlauben, unbemerkt eine getarnte Kamera mit Mikro und Lautsprecher an einem öffentlichen Ort zu installieren, noch dazu allerneueste Technik. Didi hatte noch nie von einem vergleichbaren Überwachungssystem gehört. Vor so einem musste man sich professionell geben, der hatte bestimmt den ein oder anderen Job für Didis Streichhölzer. Betont lässig lehnte Didi sich gegen die Wand, zündete sich eine neue Zigarette an (wobei er, ganz nebenbei, einen seiner kleinen Streichholz-Tricks vorführte) und mimte den harmlosen Touristen, während er aus dem Mundwinkel murmelte:

„Schön, mein *Freund*. Aber ich fürchte, Sie verwechseln mich. Ich bin alleine hier, und wer oder was Owing ist, weiß ich auch nicht."

„Eure Diskretion ehrt Euch. Und dass Ihr alleine seid, ist mir bekannt."

Streichholz-Didi hielt irritiert die Luft an, verschluckte sich dann am Rauch und brach schließlich in Gelächter aus. Ein Ehepaar, das vor der Kirche Fotos machte, sah empört zu ihm herüber. Vermutlich hielten sie ihn für betrunken.

„Jetzt hab ich's kapiert!", keuchte Didi unter Tränen, so leise es ihm möglich war. „Dieses *ihr* und *euch*...", wieder prustete er los, „Sie sind mir ja ein Komiker!"

„Wenn du dich endlich beruhigt hast, könnten wir vielleicht zur Sache kommen!", fauchte die Stimme.

„Es war ein Fehler, einen dahergelaufenen Brandstifter mit Achtung zu behandeln."

„He, he, nun mal langsam! Ich lasse mich nicht beleidigen! Und duzen lasse ich mich auch nicht von einem, der sein Gesicht verbergen muss!"

Das Licht der Überwachungsanlage begann zu flackern und Funken zu sprühen. Didi dachte schon, ein Kurzschluss würde das Ding lahmlegen, doch dann ließ das Flackern wieder nach.

„Wenn Ihr nicht so enden wollt wie Euer Vorgänger", erwiderte die Stimme kalt, „dann solltet Ihr mir gut zuhören."

Vorgänger? Owing hatte mit keinem Wort erwähnt, dass es schon einen erfolglosen Versuch gegeben hatte. Und dieses *so enden* gefiel Didi überhaupt nicht. Seine Kollegen endeten viel zu oft entweder im Gefängnis oder, wenn sie ihren Job nicht beherrschten, als verkohltes Gerippe. Sehr aufmerksam hörte er sich an, was der andere zu sagen hatte. Und mit jedem Wort wurde er blasser. Als sein unbekannter Freund endlich verstummte, stieß Didi sich von der Wand ab und rollte entschlossen die Ärmel seines gestreiften Hemdes hoch.

„Im Durstigen Maultier, sagen Sie? Keine Sorge, diesem so genannten Professor, der Ihren Freund um die Ecke gebracht hat, wird kein weiterer Mord gelingen. Ich werde alles so machen, wie Sie es mir geraten haben – auch wenn ich das mit der Fußmatte ein bisschen übertrieben finde. Und wenn mein Job hier erledigt ist, knöpfen wir uns den Kerl so richtig vor. Immerhin hat er ein Zunftmitglied auf dem Gewissen."

Falls Didi irgendwelche Zweifel an der Glaubwürdigkeit des anderen gehegt hatte, so waren diese zerstreut, als er etwa eine halbe Stunde später der öffentlichen Toilette zustrebte. Alles war so gelaufen, wie der andere es vorhergesagt hatte. Der Opa war tatsächlich in den Kohlenkeller gegangen. Die wenigen Worte, die Didi gehört hatte, bevor er die schwere Fußmatte, die eigentlich vor die Hintertür des Wirtshauses gehörte, über den Fensterschacht des Kohlenkellers geworfen hatte, waren Beweis genug gewesen, dass er es hier mit Gegnern zu tun hatte, die genau über ihn Bescheid wussten. Rasch war er um das Haus herum und durch den Schankraum geeilt, wo er als Hausgast nicht weiter auffiel. Ganz so, als wolle er die Toilette aufsuchen, war er dann die Treppe hinabgestiegen. Die Toiletten links liegen lassend, hatte er eine weitere, kürzere Treppe genommen und war vor eine schwere Brandschutztür gelangt. Grinsend hatte er nach dem Schlüssel gegriffen, den der arglose Professor außen hatte stecken lassen.

Sehr zufrieden eilte Didi zurück zu ihrem vereinbarten Treffpunkt. Wenn mich irgendwer beobachtet, dachte er dabei mit schiefem Grinsen, muss er glauben, dass ich irgendeine ganz fürchterliche Darmgrippe habe. Eine der beiden Toilettenkabinen war besetzt. Von dieser ging ein leichtes Schimmern aus, als befände sich ein großer Bildschirm oder ein Aquarium darin. Didi sah sich im Vorraum um und entdeckte sogleich, was er suchte: Eine weitere getarnte Überwachungsanlage hing über den Waschbecken an der Wand. Allerdings schien ihm dieses Modell nicht ganz so zweckmäßig: Eine violett leuchtende Lampe und das auch noch in einem öffentlichen Herrenklo? Nicht gerade unauffällig. Didi stellte sich mit dem Rücken zur Lampe breitbeinig vor das Pissoir und pinkelte seelenruhig, während er gelassen Bericht erstattete.

„Auftrag ausgeführt. Der Kerl sitzt im Kohlenkeller gefangen, und er ist nicht alleine..."

„Sehr gut!" Die zwei Worte troffen vor Gehässigkeit. Didi beschlich der Gedanke, dass er mit diesem Kerl vielleicht doch keine Geschäfte machen wollte.

„Ich weiß nicht, wen ich da alles erwischt habe. Den Stimmen nach zu urteilen, waren noch mindestens ein Mädchen und zwei junge Männer da drin. Gibt es noch mehr Gegner, mit denen ich rechnen muss?"

Der andere lachte sein hohes, kaltes, abscheuliches Lachen. „Macht Euch darüber keine Gedanken. Solange diese vier gefangen sind, wird Euch niemand daran hindern, Eure Tat auszuführen."

Kaum hatte Dietrich Loderbeck die Bedürfnisanstalt verlassen, da verwandelte sich die vermeintliche Überwachungsanlage in einen Mann, der mit seinem Ziegenbart und dem dunklen Anzug recht altmodisch ausgesehen hätte, hätte er nicht gestrahlt wie eine violette Leuchtreklame.

„Es will mir nicht gefallen", meckerte er, „dass wir diesem Verbrecher auch noch helfen!"

„Vertraut mir, Hampelmann im Karzer", erwiderte Radulfus, der sich über die Kabinentür hinweg zu ihm gesellte. „Er ist wie wir nur ein Werkzeug in einem göttlichen Plan. Und wenn dieses Werkzeug nicht mehr gebraucht wird...", Radulfus lachte hässlich, „nun, es gibt viele Wege, einen Sterblichen zum Schweigen zu bringen, wie uns die Hexe Bellatrix im Paradies gezeigt hat."

Leuchtenkunde

„Zwecklos!", seufzte Waldmeister und ließ erschöpft die Hand sinken. Fast eine halbe Stunde lang hatte er nun gegen die Brandschutztür gehämmert und gerufen. Um diese Uhrzeit, zwischen den Mahlzeiten, gab es keine Gäste im Maultier, daher kam auch niemand die Treppe herab, um die Gästetoilette aufzusuchen. Für die nächsten Stunden war es sehr unwahrscheinlich, dass sie in ihrem Gefängnis entdeckt wurden.

„Aber... Wir müssen doch etwas tun!", rief Trixi verzweifelt.

„Wir können immerhin hoffen, dass der Kerl wartet, bis es dunkel wird. Am wahrscheinlichsten ist, dass er die frühen Morgenstunden abwartet. Da dauert es am längsten, bis das Feuer entdeckt und die Feuerwehr gerufen wird. Und bis dahin hat Elsie uns längst befreit."

„Und wenn er *nicht* wartet?", versetzte Trixi aufgeregt. „Der Klosterhof ist zur Zeit nachmittags wie ausgestorben. Außerdem verschenkt er sonst den Vorteil, dass wir eingesperrt sind."

„Du glaubst doch nicht im Ernst, dass *er* das war? Woher sollte er denn wissen, dass wir ihn aufhalten wollen? Die Tür hat bestimmt Anni abgeschlossen, sie konnte ja nicht wissen, dass jemand im Keller ist."

Trixi starrte Mäx fassungslos an. „Wie schwer von Begriff kann man eigentlich sein?", schnappte sie. „Hast du Radulfus vergessen?"

„O nein!", stöhnte Mäx, „Nicht schon wieder Radulfus! Der steckt bei dir doch hinter allem und jedem."

„Aber das ist doch sonnenklar!" Hilfesuchend sah Trixi Waldmeister und Hansel an, doch die wirkten wenig überzeugt. „Wer hat denn Hähling vor uns gewarnt? Radulfus! Wer predigt die ganze Zeit, das Feuer sei gottgewollt? Radulfus! Wer sollte auf die Idee kommen, auch noch die Kohlenschütte dichtzumachen? Radulfus natürlich!"

Hansel zog am kleinen Finger seiner linken Hand und wickelte ihn sich gedankenverloren ums Handgelenk.

„Jaaa...", brummte er, „ich glaube, unsere Trixi hat wieder einmal den richtigen Riecher."

„Ihr glaubt also...", fragte Waldmeister entsetzt, „dieser Radulfus würde dem Brandstifter sogar noch helfen? Aber das wäre doch Wahnsinn!"

„Wahnsinn und Radulfus passen gut zusammen!", versetzte Trixi schnippisch. „Professor, wir brauchen einen Plan!"

„Einen Plan. Ja. Ich muss nachdenken." Suchend sah er sich in dem engen Raum um, zuckte dann die Achseln und ließ sich kurzerhand auf dem Boden nieder. Sofort fuhr er wieder in die Höhe. „Autsch! Verflixt, was haben wir denn da?" Waldmeister starrte einen kleinen Holzpfropfen an, der im Boden des Kellers steckte. Er bückte sich, packte den Pfropfen und zog ihn heraus. Leises Plätschern klang an ihre Ohren. „Oha!", machte Waldmeister. „Das ist allerdings höchst interessant."

Trixi kam näher und versuchte in dem engen, dunklen Loch etwas zu erkennen.

„Was ist das?", fragte sie Waldmeister.

„Ich würde sagen eine Art Gulli. Wie du hörst, fließt dort unten Wasser. Und ich würde meinen Sensormat darauf verwetten, dass dies zur alten

Brunnenanlage der Zisterzienser gehört." Waldmeister richtete sich auf und nickte bedeutungsvoll. „Da unten könnte die Lösung unseres Problems liegen."

Der Professor begann mit auf dem Rücken verschränkten Armen auf und ab zu gehen, soweit der enge Raum dies gestattete. Während er sprach, stieß er immer wieder den Zeigefinger in die Luft oder er blieb vor einer der Leuchten stehen, um mit aufgerissenen Augen und hochgezogenen Brauen eine Frage zu stellen.

„Erstens: Dieses Loch ist um ein Mehrfaches breiter als ein Schlüsselloch. Für eine geschickte Leuchte...", er machte eine leichte Verbeugung in Richtung Trixi, „... gewiss kein Problem. Die unterirdischen Kanäle dürften überdies sehr viel mehr Raum bieten.

Zweitens: Das Wasser kommt vom Tiefen See und speist vermutlich die diversen Brunnen im Kloster. Wir kennen also die Richtung, die es nimmt. Was passiert, wenn eine Leuchte auf Glas trifft?" Er war vor Mäx stehengeblieben wie ein Lehrer, der seine Klasse abfragt.

„Na ja, es fühlt sich doof an, aber man kann durch..."

„*Es fühlt sich doof an* ist nicht gerade eine wissenschaftlich korrekte Ausdrucksweise."

„Das Glas zerrt an einem", knurrte Mäx gereizt, „es hält einen zurück, aber nur den Teil des Leuchtkörpers, der gerade im Glas steckt. Außerdem ist man danach ein klein wenig geschwächt, und es ist schwer, die Richtung zu halten..."

„Hervorragend!", rief Waldmeister zu Trixis Überraschung, und sie hatte das etwas verquere Gefühl, dass er im Geiste Mäx eine gute Note im Mündlichen gab.

„Wenn eine Leuchte auf Glas trifft, verhält sie sich also exakt wie Licht: Ein Teil des Lichtes wird reflektiert, hieraus resultiert die Schwächung. Der Rest dringt hindurch, wird aber durch das Glas gebrochen, das heißt abgelenkt. Die Stärke von Reflexion und Brechung hängt dabei vom Winkel ab, in dem das Licht auf das Glas trifft.

Wir haben hier eine weitere Bestätigung, dass Leuchten keinerlei Materie besitzen, sondern aus reinem Licht bestehen, das von einer unbekannten Kraft – sagen wir der Anschaulichkeit wegen von der Seele – zusammengehalten wird."

Mäx schien Waldmeisters Ausführungen folgen zu können, doch Trixi und Hansel sahen sich leicht verwirrt an.

„Ähm, Professor...", stöhnte Trixi vorwurfsvoll, „wir müssen hier raus! Der Brandstifter..."

Doch Waldmeister fuhr unbeirrt fort zu dozieren. „Kommen wir nun zu der Frage, wie Licht sich verhält, wenn es auf Wasser trifft. Mäx?"

„Ähm...", machte Mäx mit nachdenklich zusammengekniffenen Augen, „es wird wieder ein Teil reflektiert, wobei das, glaube ich, auf die Farbe des Lichts ankommt... Und die Brechung ist stärker als bei Glas."

„Wiederum: Hervorragend!" Waldmeister strahlte ihn an. „Tatsächlich wird Licht unterschiedlicher Wellenlänge, also: unterschiedlicher Farbe, unterschiedlich stark gebrochen und reflektiert. Das schönste Beispiel hierfür, das wir kennen, ist der Regenbogen. Allerdings ist für dieses wunderbare Phänomen eine Lichtquelle mit reichem Farbspektrum notwendig, und das Licht muss auf unzählige kleine Wassertropfen treffen."

„Das hieße...", rief Mäx mit geröteten Wangen, „... wenn eine Leuchte in den Regen gerät, löst sie sich zu einem Regenbogen auf?"

Ungeduldig ließ Trixi eine rein magentafarbene Kaugummiblase platzen und warf Hansel einen

Blick zu, der eigentlich sagen sollte: Außer uns beiden denkt hier wohl niemand mehr an das, was *draußen* vor sich geht. Doch Hansel, anstatt ihr stumm recht zu geben, hing nun selbst fasziniert an Waldmeisters Lippen.

„Durchaus", erwiderte Letzterer. „Da Regen viel Raum und Zeit einnimmt, würde die Leuchte sich vermutlich erst wieder sammeln können, wenn der Regen vorüber wäre."

„Es ist unglaublich, wie Ihr dies beschreibt, ohne jemals dabei gewesen zu sein!", hauchte Hansel voller Hochachtung.

Trixi sah kopfschüttelnd von einem zum anderen. „Genug jetzt!", zischte sie. „Das alles ist irre faszinierend, aber wir haben jetzt keine Zeit dafür, Professor. Fällt Ihnen denn gar nichts ein, wie wir hier wegkommen?"

„Genau davon rede ich doch!", entgegnete verwundert der Professor. „Wenn der Weg auch nicht uns allen offensteht, so sollte es doch genügen, wenn einer von uns nach draußen gelangt und Elsie alarmiert."

„*Welcher Weg? Wer* von uns soll nach draußen gelangen?"

„Ich dachte, das läge auf der Hand. Dies ist der Weg...", Waldmeister zeigte einmal mehr auf das Spundloch, das Trixi plötzlich viel enger vorkam als noch vor fünf Minuten, „... und gehen, pardon: lasern kann ihn nur eine Leuchte. Dieses Loch...", erklärte er, „führt in das Kanalsystem, das die Mönche vor vielen hundert Jahren angelegt haben. Dem Geräusch nach steht der Kanal dort unten nicht vollständig unter Wasser, eine Leuchte sollte also genug Luft darüber haben, um vorwärtszukommen. Sollte dies nicht der Fall sein, so müsste sie ins Wasser eintauchen. In diesem Fall wäre es am günstigsten, im rechten Winkel einzutauchen, da auf diese Weise am wenigsten Energie verlorengeht. Außerdem würde die Leuchte nicht so stark vom Kurs abgebracht. Unter Wasser sollte der Rest einfacher sein. Das Vorankommen wird nur geringfügig anstrengender sein als in der Luft. Und früher oder später muss das Wasser an die Oberfläche treten."

„Ah...ja. Früher oder später..." Trixi versuchte weder ängstlich noch sarkastisch zu klingen. Dieser Plan war ihr entschieden zu nass. Auch Hansel und Mäx sahen wenig begeistert aus.

„Ich möchte betonen", versicherte der Professor, „dass ich es vorziehen würde, wenn wir einfach auf Elsie warteten in der Hoffnung, dass der Brandstifter..."

„Ich bin dagegen, zu warten", schaltete Mäx sich ein. Er sah blass aus, doch seine Stimme blieb fest. „Trixi sollten wir da raushalten, und Bruder Johann war heute noch nicht an der Sonne. *Ich* werde gehen."

„Ich war am Kopiergerät!" Trixi starrte herausfordernd Mäx an. „Ich kann zehnmal besser lasern als du. Warum willst du mich raushalten?"

„Er hat recht!", erklärte Hansel bestimmt. „Wir können nicht zulassen, dass du dich in eine solche Gefahr begibst."

Waldmeister nickte. „Wir alle wissen, wie mutig und geschickt du bist. Aber das hier sollte Mäx übernehmen."

Weil ich noch ein Kind bin, ergänzte Trixi im Stillen mit glänzenden Augen. Und er ist ein Jugendlicher. Das ist natürlich ganz was anderes. Mal abgesehen davon, dass er ein Junge ist.

Und mit diesem bitteren Gedanken traf Trixi ihre Entscheidung.

Ausbruch mit Hindernissen

Als Trixi mit der Nase wenige Zentimeter über dem dahinplätschernden Wasser innehielt, steckten ihre Beine noch gänzlich in dem engen, senkrecht abfallenden Schacht. Der unterirdische Kanal, in den ihr verdichteter Oberkörper hineinragte, war etwa einen Meter breit. Wie tief das Wasser war, konnte sie nicht erkennen, jedenfalls floss es recht schnell. Gut einen halben Meter über der Wasseroberfläche spannte sich ein Gewölbe. Das sah nach reichlich Platz zum Schweben aus. Ängstlich darauf bedacht, nichts zu berühren, glitt Trixi langsam aus dem engen Schacht und bog in den Kanal ein. Als ihr Körper endlich über dem Wasser schwebte, gestattete sie ihren schmerzenden Gliedern, sich auf ihre normale Größe auszudehnen. Das tat gut, aber nun traute sie sich kaum, den Kopf zu bewegen und sich umzusehen. Sie war in der Richtung in den Kanal eingebogen, in die auch das Wasser floss. In dieser Richtung war es nicht weit bis zur Grenze der Klosteranlage. Dort würde das Wasser wieder an die Oberfläche treten. Das hoffte sie jedenfalls. Langsam, mit an den Leib gepressten Armen setzte sie sich in Bewegung.

Es war seltsam, so über dem Wasser dahinzugleiten. Trixi wusste, dass die Luft hier unten dumpf und kalt sein musste, doch sie nahm nur das völlige Fehlen einer Energiequelle wahr. Ein Glück, dass sie auch im Dunkeln sehen konnte! Dankbar für die wenigen Zentimeter Luft, die sie vom rauen Stein des Gewölbes und von der Wasseroberfläche trennten, arbeitete Trixi sich Meter um Meter vorwärts, den Blick abwechselnd nach vorne und nach unten aufs Wasser gerichtet. Es gab kein Spiegelbild von ihr auf dem Wasser, nicht einmal ein schwaches Leuchten, die Andeutung einer Reflexion... Und durch diese düstere, abstoßende Oberfläche sollte sie eintauchen?

Gerade als Trixi beschlossen hatte, dass dies keine gute Idee sein konnte, entdeckte sie etwas, das ihre Hoffnung, trockenen Lichtes nach draußen zu gelangen, platzen ließ wie eine ihrer Kaugummiblasen. Nur wenige Meter vor ihr versperrte eine Mauer den Weg. Trixi beschloss, doch erst die andere Richtung zu erkunden, bevor sie sich auf Tauchgang wagte. Eben hatte sie sich zur Kugel verdichtet, um zu wenden, da sauste ein violett, blau und orange gestreifter Blitz aus dem Spundloch hervor und bog dicht über der Wasserfläche in ihre Richtung ab. Trixi schaffte es gerade noch, sich so nahe wie möglich an die Decke des Tunnels zu schmiegen, da witschte Mäx auch schon unter ihr hindurch und knallte gegen die Wand. Gefährlich dicht über der Wasserfläche trudelnd kam er zum Schweben. Er hatte es gerade noch geschafft, sich zu einer etwas eingedellten Kugel zu verdichten und rotierte leicht um die eigene Achse. Dann beschloss er, dass der Luftraum im Tunnel ausreiche, und im nächsten Moment lag er ziemlich verkrampft über dem Wasser und sah Trixi mit in den Nacken gelegtem Kopf schief an.

„Hi", keuchte er, „ich war noch nie so froh, so dünn zu sein!" Er verzog das Gesicht.

„Was machst du hier?", fragte Trixi verwirrt. Sie wollte weder sich noch ihm eingestehen, wie gut es tat, ihn zu sehen.

„Ich wollte nur sichergehen, dass du die erste Etappe gut überstanden hast. War wohl nicht nötig, du strahlst wie ein Atomkraftwerk, also hast du den Abstieg viel besser geschafft als ich. Aber warum bist du noch hier?"

„Die Seite in Richtung Rathaus habe ich schon ausgekundschaftet, dort geht es nicht weiter", seufzte Trixi. „Jedenfalls nicht auf trockenem Weg."

Mäx feixte. „Kann verstehen, dass du da nicht rein willst."

Sie schwebten beide in voller Gestalt über dem Wasser, die Köpfe nur wenige Zentimeter voneinander entfernt, und starrten in die Fluten.

„Warum spiegeln wir uns nicht darin?", fragte Trixi leise und versuchte, nicht ängstlich zu klingen. „Liegt es daran, dass es fließt?"

„Kaum", entgegnete Mäx ebenso leise, „Lichtstrahlen müssten trotzdem reflektiert werden. Aber wir strahlen ja kein Licht aus, es ist irgendwie in uns gefangen. Wenn der Professor recht hat, dann reflektiert das Wasser uns erst, wenn wir es direkt berühren."

„Jaaa... Vielleicht würden wir ja einfach nur davon abprallen? Wie von einer Wand?"

„Nein."

„Was macht dich da so sicher? Man sieht ja gar nicht durch die Oberfläche. Vielleicht ist das kein normales Wasser. Oder vielleicht ist es nur so tief wie eine Pfütze!"

„Ich bin mir so sicher, weil ich schon mal die Hand ins Wasser gehalten habe – damals, am Brunnen, weißt du noch? Aber du hast recht, bevor du da eintauchst, müssen wir wissen, wie tief das Wasser tatsächlich ist. Ich würde es ja selbst versuchen...", Mäx legte den Kopf in den Nacken und sah sie an, „aber ich fürchte, ich habe nicht mehr genug Power in mir drin."

Sie sahen sich in die Augen. Trixi hatte plötzlich das Gefühl, dass es Dinge gab, die sie ihm unbedingt noch sagen musste, bevor sie ins Wasser ging.

„Hör mal, Mäx....", fing sie an, schnell und eindringlich, „damals im Brunnenhaus... Ich habe dich beobachtet und ich habe mir gewünscht, dass du durchs Prisma kommst. Hansel war verschwunden, um mich rum nur alte Männer. Ich wollte einen Freund, aber ich schwöre dir, ich habe dich nicht... Du hast es selbst..." Schnell wandte sie den Blick wieder nach unten. Hätte es Spiegelbilder auf der dunklen Wasseroberfläche gegeben, so wären nun zwei Leuchtmännchen mit knallroten Glühbirnen zu sehen gewesen.

Mäx räusperte sich. „Du packst das, Trixi, okay? Ich weiß schon, wie wir herausbekommen, ob das Wasser für dich sicher ist. Und wenn nicht warten wir eben im Kohlenkeller auf Elsie. Okay, Zeit für ein kleines Experiment." Mäx starrte auf die schwarze Wasseroberfläche. Am Fuß der Wand floss das Wasser in einem Strudel ab, doch abgesehen davon hätte es ebenso gut aus Obsidian sein können, so solide wirkte die Oberfläche.

„Versprich mir, nur auf das Wasser zu sehen. Du guckst auf keinen Fall zu mir her, klar?"

Überrascht von Mäx' plötzlicher Verlegenheit musste sie ihren Kopf mit Gewalt davon abhalten, sich in seine Richtung zu drehen. Neugierig, was nun wohl kommen mochte, starrte sie nach unten. Plötzlich traf ein gleißend heller Lichtstrahl auf das Wasser. Trixi blieb nicht einmal Zeit zu erröten, so faszinierend war das Schauspiel, das sich ihr bot, und von so kurzer Dauer. Der Lichtstrahl traf fast im rechten Winkel auf das Wasser. Es zischte leise, und etwas Dampf stieg auf. Zugleich wurden mehrere schwache Lichtstrahlen vom Wasser zurückgeworfen, jeder in einer anderen Farbe. Der größte Teil des Lichts hatte es durch die Oberfläche geschafft, teilte sich darunter aber ebenfalls in die verschiedenen Farben auf. Trixi und Mäx konnten sehen, wie diese

Strahlen schon nach etwa zwanzig Zentimetern vom künstlichen Bachbett zurückgeworfen wurden. Sie kehrten zur Wasseroberfläche zurück, ein Teil des Lichtes brach wieder hindurch, der Rest prallte ab und verschwand nach unten.

In Sekundenbruchteilen hatte sich der eine weiße Lichtstrahl, den Mäx ins Wasser pinkelte, in zahlreiche farbige Fäden aufgeteilt, die über und unter Wasser ein fantastisches Muster zeichneten. Nachdem das weiße Licht versiegt war, konnten sie die Lichtstrahlen, die unter der Wasseroberfläche gefangen waren, nur noch sehen, wenn sie diese berührten.

„Wow!", flüsterte Trixi. „Ich hatte ja keine Ahnung, dass das geht!"

„Sollte man auch nur im Notfall ausprobieren", seufzte Mäx. Trixi warf ihm einen raschen Blick zu und erschrak. „Du hast sehr viel Energie verloren!", rief sie entsetzt.

„Kein Problem, um durch das Spundloch zu lasern, müsste es gerade noch reichen. Und für die eigentlichen Heldentaten bist du ja hier zuständig. Was meinst du, reichen dir die paar Zentimeter Wasser? Wenn du zu schräg eintauchst, verlierst du durch die Lichtbrechung zu viel Energie."

„Das schaff ich mit links!", versicherte Trixi mit mehr Zuversicht, als sie tatsächlich empfand.

Mäx bestand darauf zu bleiben, bis sie im Wasser war. Erst dann wollte er in den Kohlenkeller zurückkehren.

„Denk daran", schärfte er ihr ein, während Trixi sich zu einem Lichtstrahl von einem Meter Länge und einem viertel Zentimeter Durchmesser verdichtete, „jeder Kontakt mit der Wasseroberfläche bedeutet Lichtbrechung, also Energieverlust... Wie zum Teufel machst du das nur?"

Trixi grinste, was Mäx allerdings nicht sehen konnte, weil ihr Gesicht so dünn war. Sie hatte beschlossen, dass es am besten war, senkrecht von oben ins Wasser zu stoßen und sofort eine Biegung vom Strudel weg zu machen. Mäx beäugte sie halb bewundernd, halb verärgert.

„Wenn ich mich so dünn mache, bin ich mindestens dreimal so lang!", murrte er.

„Ich zeig dir den Trick, sobald ich dich aus dem Kohlenkeller befreit habe", versprach Trixi übermütig und tauchte ab.

Unterwasserbeleuchtung

Es war ein unbeschreibliches Gefühl. Trixi schrie, während Zentimeter um Zentimeter ihrer verdichteten Gestalt sich durch eine zähe, gummiartige Schicht schob, die mit unzähligen Fingern nach ihr griff, an ihr zerrte und riss. Sie wusste selbst nicht, wie es ihr gelang, die Verdichtung aufrecht zu erhalten und sich zu zwingen, unter Wasser in die richtige Richtung abzubiegen. Als sich die Wasseroberfläche endlich über ihr schloss, hörte das Zerren augenblicklich auf, und ihre in bunte Lichtfäden aufgedröselten Beine sammelten sich rasch. Trixi schloss erleichtert die Augen und versuchte zu spüren, ob ihre Gestalt unter der Verdichtung noch unverletzt war. Sie fühlte sich wie durch die Mühle gedreht, und sie hatte mehr Energie verloren, als sie gehofft hatte. Aber das Abtauchen schien ihr nicht ernsthaft geschadet zu haben. Beruhigt konzentrierte sie sich wieder auf ihre Umgebung.

Eigentlich war es ein tolles Gefühl, unter Wasser zu sein. Anders als in der Luft spürte sie eine sanfte Berührung an ihrem ganzen Körper, und es war überhaupt nicht schwer, die Verdichtung aufrecht zu erhalten. Das Vorwärtskommen kostete im Gegenzug Kraft, wenn auch nur wenig. Trixi konnte genauso gut sehen wie über Wasser. Nur die Wasseroberfläche blieb für ihren Blick undurchdringlich.

Dicht vor der Felswand machte sie halt und versuchte einen Blick in das faustgroße Loch zu werfen, durch das das Wasser abfloss. Doch der Wirbel versperrte ihr die Sicht. Um durch diesen hindurch zu gelangen, ohne die trichterförmige Wasseroberfläche zu berühren, zog Trixi sich noch weiter zusammen. Sie schaffte es auf etwa einen Millimeter, ohne länger zu werden. Trixi sandte ein stummes Stoßgebet gen Oberfläche und glitt wie eine Schlange in das Loch hinab. Es gelang ihr tatsächlich, weder den Rand des Loches noch die Wasseroberfläche zu berühren. Trotzdem merkte sie gleich, dass etwas nicht stimmte. Um sie her schien auf einmal ein riesiger Schwarm winziger Fische aufgetaucht zu sein, die mit spitzen Zähnen an ihr rissen und knabberten.

Vorwärts!, dachte Trixi mit zusammengebissenen Zähnen, beschleunigte für den Bruchteil einer Sekunde auf Lichtgeschwindigkeit und wirbelte im Kreis durch ein kleines Wasserbecken, immer dicht an den Wänden entlang. Endlich kam sie mit pulsierender Stirn zum Schweben. Dicht über ihr sah sie eine Wolke von Luftblasen, wo das Wasser in das Becken floss. Lufrblasen! Natürlich! Was sich wie ein Schwarm wütender Piranhas angefühlt hatte, waren harmlose Luftblasen gewesen. Langsam bekam Trixi eine Vorstellung davon, was es bedeuten mochte, in einen Regenschauer zu geraten...

Nun wurde es einfacher. Das Wasser floss durch einen Tunnel weiter, der vollständig mit Wasser gefüllt war. Mit pulsierendem Leuchten dachte Trixi, dass sie nun bald hinter der Schmiede ins Freie gelangen musste, als sich plötzlich ein kreisrundes Becken vor ihr auftat. Und noch etwas hatte sich verändert. Die Gewölbedecke war zurückgewichen, und Trixi schwamm wieder unter der Wasseroberfläche. Doch diesmal war sie nicht schwarz und scheinbar undurchdringlich, sie sah eher aus wie Rauchglas. Der Kanal war in einen Raum eingetreten, in den durch eine kleine Luke weit oben in einer Wand etwas Licht fiel. Trixi hatte es geschafft: Sie hatte das unterirdische Kanalsystem der Zisterzienser hinter sich gelassen. Jetzt musste sie nur noch einmal die Wasseroberfläche passieren. Nur noch dies kleine Hindernis, dann würde sie wieder frei sein.

Diesmal beschloss Trixi, sich möglichst klein zu machen, um der Wasseroberfläche so wenig Angriffsfläche wie möglich zu bieten. Sie verdichtete sich zu einer so kleinen Kugel, dass sie locker in eine ihrer Kaugummiblasen gepasst hätte, kniff die Augen zu und schnellte mit Lichtgeschwindigkeit etwa einen Meter in die Höhe.

Ihre konzentrierte Energie ließ das Wasser kurz aufbrodeln, es zischte, und der Raum füllte sich mit Dampf, als Trixi durch die Oberfläche stieß. Diesmal fühlte sie sich nicht wie zähes Gummi an. Die brodelnde Oberfläche wollte Trixi in Fetzen reißen, tausend winzige eiskalte Zangen hatten sie gepackt und zerrten sie auseinander. Zugleich schwand mit dem Wasserdruck auch ihre Fähigkeit, sich so winzig klein zu machen, und wie ein Maiskorn in heißem Öl poppte sie auseinander. Schreiend riss Trixi die Augen auf und sah gerade noch, wie ein Kranz farbigen Lichts von ihr wegschoss, auf die Wände zu. Sie selbst knallte gegen die Decke und hatte Mühe, sich wieder zu sammeln. Zitternd schwebte sie im Raum. Sie hatte einen Meter angepeilt und dabei vergessen, dass die Luft ihr kaum Widerstand bot. Dieser Patzer hatte sie den letzten Funken ihrer Energie gekostet. Benommen sah Trixi sich um. Hinter dem Becken floss das Wasser durch eine Öffnung in der Mauer nach draußen. Der Durchgang war groß genug, damit Trixi im Liegen nach draußen gelangen konnte. Kopf voraus schwebte sie langsam ins Freie, den Blick auf das plätschernde Wasser gerichtet, das bei Tageslicht so viel freundlicher aussah als in den lichtlosen unterirdischen Kanälen. Draußen richtete sie sich auf, spürte, wie ihre Gestalt hungrig das Sonnenlicht aufsog und drehte sich wohlig seufzend um die eigene Achse.

Wenige Meter entfernt stand ein Kind und starrte auf den Fleck, wo das Wasser aus dem Gebäude trat. Die Wand warf dort einen schmalen Streifen Schatten. Breit genug, um eine aus dem Loch schwebende Leuchte sichtbar zu machen. Das Mädchen mochte etwa fünf Jahre alt sein. Mit großen Augen suchte sie den Bach ab, bückte sich, um in das Loch in der Mauer zu spähen, und schüttelte verwundert den Kopf. Dann hörte Trixi eine Frau hinter der Mauer laut rufen: „Lisa! Nun komm schon, wir wollen fahren!" Das Mädchen machte auf dem Absatz kehrt, rannte durch die niedrige Tür in den Klosterhof und schrie begeistert:

„Mami, Mami, ich hab' ein Gespenst gesehen!"

Trixi schwebte in dem kleinen Hof, in dem sie einmal vergeblich versucht hatte, Hähling in den Wahnsinn zu treiben, und schüttelte grinsend den Kopf. Eigentlich war es doch schade, dass dem Kind gleich eingeredet werden würde, seine Fantasie sei mit ihm durchgegangen. Trixi hätte sich dem Mädchen gerne noch einmal gezeigt und ihr die Sache erklärt, doch das kam ja leider nicht in Frage. Mit einem Schulterzucken machte sie sich auf den Weg zum Durstigen Maultier.

Jetzt wird's ernst

Von Elsie war nichts zu sehen, sicher beaufsichtigte sie die Vorbereitungen in der Küche für die abendliche Gesellschaft. Doch Anni war gerade dabei, die Tische vor dem Gasthaus abzuwischen und mit neuen Tischdecken zu versehen. Trixi kam direkt über ihr zum Schweben und klinkte sich mühelos in Annis Gehirn ein.

Du musst ganz dringend in den Kohlenkeller, flüsterte sie der überraschten Anni ein. Die erstarrte mit offenem Mund. Das Tischtuch, das sie eben ausgeschüttelt hatte, hing schlaff von ihren erhobenen Händen. Du musst in den Kohlenkeller!, drängte Trixi. Da gibt es... äh... schönere Tischtücher! Anni hob zwar zweifelnd die Augenbrauen, stakste aber gehorsam in das Gasthaus, die Tischdecke mit ausgestreckten Armen vor sich hertragend.

Trixi wischte sich erleichtert die Lichtperlen von der Stirn. Tischtücher im Kohlenkeller, etwas Dümmeres war ihr wohl nicht eingefallen. Aber solange es wirkte...

Tat es nicht. Anni kam fast sofort wieder heraus. Sie machte ein Gesicht, als ärgerte sie sich über sich selbst, und eilte resolut zu dem Tisch zurück, an dem sie eben noch beschäftigt gewesen war.

Trixi änderte ihre Strategie. Es kostete sie kaum Überredungskunst, Anni dazu zu bewegen die schwere Fußmatte, die gegen die Kohlenschütte lehnte, an ihren angestammten Platz vor der Hintertreppe zurückzubefördern. Nun war also wenigstens dieses Schlupfloch frei. Bevor Trixi sich aus Annis Gedanken zurückzog, pflanzte sie ihr noch sorgfältig die Frage ins Hirn, wo Waldmeister wohl stecken mochte und ob die Chefin sein Verschwinden schon bemerkt hatte. Unbedingt musste die Chefin davon wissen! Mit leicht verwirrtem Gesichtsausdruck zog Anni schließlich ab. Kaum war sie um die Ecke verschwunden, da flüsterte Trixi nach einem kurzen Blick in die Runde:

„Die Luft ist rein!"

Ein orangener Blitz schoss aus der Kohlenschütte. Im Schlepptau hatte er ein langes, transparentes Band. In etwa zehn Metern Höhe kamen Hansel und Mäx zum Schweben. Bei Trixis Anblick legte der Mönch die Hände aneinander und schickte ein stummes Dankgebet gen Himmel. Mäx, dessen erloschene Gestalt im Sonnenlicht rasch an Leuchtkraft gewann, schrie:

„Sie hat es geschafft!", begeistert packte er Trixi bei den Händen und wirbelte sie einmal im Kreis herum. Trixis Kopf verwandelte sich sofort in eine Infrarotlampe. Hastig ließ Mäx sie los, so dass sie ein paar Meter durch die Luft flog. Einen Augenblick lang sahen sie sich verlegen an, doch dann brach sich Trixis Erleichterung Bahn.

„Ja Mann, ich hab's geschafft!", jubelte sie und drehte einen übermütigen Looping. Mäx strahlte sie an.

„Ich wusste, dass du das packst!"

Hansel legte ihr beide Hände auf die Schultern.

„Bellatrix im Paradies, wir sind unsagbar froh, dich wieder zu haben, und wir wollen jede noch so kleine Einzelheit darüber erfahren, wie es dir ergangen ist. Doch ich denke, wir sollten erst einen Blick auf den Fruchtkasten werfen.

Eine sorgfältige Durchleuchtung des Fruchtkastens brachte nichts Verdächtigeres zutage als eine Anzahl achtlos weggeworfener Zigarettenkippen sowie einen Packen Zeitungen und eine Kiste Apfelsaft, die jemand hinter dem Gebäude abgestellt hatte. Beruhigt bezogen die drei Leuchten über dem Dach Posten, und Trixi musste erzählen.

„Das sah echt irre krass aus!", bestätigte Mäx, nachdem Trixi sehr detailliert beschrieben hatte, wie es sich angefühlt hatte, als sie in das Wasser eingetaucht war. „Ich meine, mir war klar, wie viel Energie dich das gekostet haben musste, aber eigentlich sah es absolut fantastisch aus. Der ganze Raum funkelte von deinem Licht. Ein paar Lichtstrahlen trafen auch mich...", Mäx errötete leicht, und Trixi musste wieder daran denken, wie sie in Mäx' Prismatischer Stunde mit dem farbigen Nebel in Berührung gekommen war. „Als ich merkte, dass ich dein Licht absorbieren konnte, habe ich versucht, so viel wie möglich davon einzufangen. Ehrlich gesagt, ich weiß nicht, ob ich ohne diese Licht-Transfusion den Weg zurück in den Keller gepackt hätte!", fügte er mit rotglühenden Wangen hinzu.

„Besonders tückisch war der Wasserstrudel", erzählte Trixi. „Und darunter waren überall Luftblasen im Wasser. So ungefähr muss sich auch Regen anfühlen", fügte sie an Hansel gewandt hinzu.

Der zog ein finsteres Gesicht. „Das ist wahrlich eine Erfahrung, die ich niemandem wünschen möchte. Gebe Gott, dass keiner von uns jemals wieder gezwungen wird, ins Wasser zu gehen!"

„Oooch", machte Trixi mit träumerischem Blick, „was das betrifft..."

Die beiden sahen sie verständnislos an.

„Wenn man erst mal im Wasser ist, ist es richtig genial. Ich habe eigentlich schon vor, irgendwann mal wieder baden zu gehen. Allerdings nicht mehr in finsteren, unterirdischen Kanälen. Bisschen Licht wertet die Sache entschieden auf."

„Oh, ja: Licht!" Mäx zeigte auf ihre Füße, und wie auf Kommando sausten alle drei einige Meter in die Höhe. Die Stelle, an der sich ihre Füße eben noch befunden hatten, lag im Schatten. Die Sonne stand bereits so tief, dass sie bald gezwungen sein würden, sich als Lampen zu tarnen oder in Deckung zu gehen.

Trixi gab widerstrebend das Thema ihres heldenhaften Ausbruchs auf und starrte nach unten. „Wenn nur Waldmeister endlich... He, was geht denn da unten vor?" Auf der Rückseite des Fruchtkastens war es schon so dämmerig, dass sie den Kerl, der dort herumschlich, beinahe übersehen hätte.

„Das ist er!", flüsterte Mäx aufgeregt. „Er tut es tatsächlich noch vor Sonnenuntergang!"

„Das wird er nicht wagen!", widersprach Hansel ungläubig.

„Tut er doch! Seht, was er macht! Mein Gott: Apfelsaft... Sind wir blöd!"

Auch Mäx war endlich ein Licht aufgegangen. „Na klar, das muss Benzin sein in den Flaschen."

„Benzin?", fragte Hansel verwirrt.

„Brennt wie Zunder", erklärte Mäx. „Verdammt, die Sonne ist gleich weg, wir werden sichtbar!"

Mit Lichtgeschwindigkeit rasten sie die wenigen Meter bis zur Dachkante hinunter und verdichteten sich dort zu Leuchtkugeln. Vorsichtig lugten sie nach unten. Der Brandstifter trug eben einen Packen Zeitungen und eine Flasche um die Ecke. Unter ihnen lagerten bereits an zwei Stellen Zeitungen, dunkel vom Benzin, mit dem sie getränkt waren.

„Wenn er die alle anzündet, ist der Fruchtkasten nicht mehr zu retten!", stöhnte Hansel. „Rasch, geht Zeugen holen. Ich bleibe hier und greife notfalls selbst ein."

Trixi und Mäx ließen sich nicht zweimal bitten.

Nach einem kurzen Blick auf den verlassen daliegenden Klosterhof blitzte Mäx in Richtung Klostertor ab. Trixi beschloss, es zunächst im Klosterbereich zu versuchen. Vorsichtig laserte sie von Deckung zu Deckung, doch es war niemand zu sehen. Wo zum Teufel waren all die Sterblichen hin verschwunden? Plötzlich hörte Trixi aus mehreren Häusern zugleich begeisterten Jubel: „Tooor"-Schreie drangen aus geöffneten Fenstern und erklärten, warum so früh am Abend niemand draußen zu sehen war.

Die Zeit verrann unaufhaltsam. Trixi befand sich gerade in der Nähe des Jagdschlosses, das leer stand, seit die Schüler des Internats aus Sicherheitsgründen nach Blaubeuren verlegt worden waren, da hörte sie leise lachende Frauenstimmen. Sie kamen von den Wohnhäusern in der Nord-Ost-Ecke der Klosteranlage.

Zwei Frauen saßen auf Klappstühlen vor einem Haus, rauchten und unterhielten sich leise. Trixi war bereits in die Gedanken der einen eingedrungen und hatte sie auf das Feuer, von dem sie hoffte, dass es noch gar nicht brannte, aufmerksam gemacht, als sie bemerkte, dass die beiden gar nicht Deutsch redeten. Trixi war so verzweifelt, dass sie um ein Haar hinter der Mülltonne, hinter der sie sich verborgen hatte, hervorgeschlüpft wäre, um den Frauen mit Zeichen zu verstehen zu geben, dass sie ihr folgen sollten. Bevor Trixi jedoch diesen letzten, verzweifelten Weg einschlagen konnte, schrie die eine Frau entsetzt auf. Sie deutete auf den Himmel über dem Glockenturm der Klosterkirche und gestikulierte wild. Und nun sah auch Trixi das orange flackernde Leuchten: Der Fruchtkasten stand bereits in Flammen.

Feuer!

Menschen kamen aus den Häusern gestürzt und eilten, angeführt von der schreienden Frau, auf den Fruchtkasten zu. Trixi, die selbst nicht hätte sagen können, ob sie verantwortlich dafür war, dass die Frau das Feuer so rasch entdeckt hatte, folgte ihnen vorsichtig. Auch vom Klostertor her kamen nun aufgeregte Menschen gerannt. Ihr Geschrei lockte selbst die hartgesottensten Fußballfans an die Fenster und vor die Tür Im Nu wimmelte es auf dem Platz nur so von schreienden und gestikulierenden Menschen. Die Geistesgegenwärtigen schrien nach Wassereimern. In der Ferne war bereits die Sirene der Feuerwehr zu hören Bei all dem Tumult sah niemand nach oben, und so bemerkte auch niemand die seltsam bunt gemusterten Leuchtkugeln, die über dem Platz schwebten.

„Wir müssen uns verstecken!", schrie Mäx und blieb doch regungslos.

„Ja", schrie Trixi zurück, doch wie gelähmt blieb auch sie, wo sie war, und starrte auf das lodernde Feuer und auf die Szene, die sich davor abspielte. Nur einer der hölzernen Treppenaufgänge brannte, all die anderen Zeitungspakete lagen noch unentzündet an ihren Plätzen. Doch dieses eine Feuer reichte wahrhaftig aus, um Trixi das Gruseln zu lehren. Mehrere Meter hoch stiegen die Flammen in den Himmel, reichten mühelos bis unter das Dach und leckten an Trauf und Dachziegeln, von denen die ersten mit ohrenbetäubendem Knall zerbarsten und den hölzernen Dachstuhl darunter schutzlos preisgaben. Das Feuer röhrte und knatterte, schwarzer Rauch türmte sich über ihm auf und verlor sich im dunkler werdenden Himmel. Doch die gewaltige, zerstörerische Macht des Feuers konnte Trixis Aufmerksamkeit nicht lange fesseln. Wie vor den Kopf geschlagen starrte sie auf zwei Menschen, um die die aufgebrachte Menge inzwischen einen lückenlosen Kreis geschlossen hatte. Einer davon war der Brandstifter. Er saß auf dem Boden, Augen und Mund im Wahnsinn aufgerissen, den irren Blick auf der Suche nach etwas, das nicht mehr da war. Neben ihm, eine Flasche in der einen Hand, die andere abwehrend erhoben, stand Friedemann Waldmeister und beteuerte den Menschen seine Unschuld.

Ein Mann in Unterhemd und Trainingshose packte die Arme des Professors von hinten, ein anderer riss ihm die Flasche aus der Hand, roch daran und schrie so laut, dass er das Lärmen des Feuers und der Menschen noch übertönte:

„Benzin! *Er* ist der Brandstifter! Der Geisterjäger war's!"

Ein wütender, ungläubiger Aufschrei erhob sich, und mit Entsetzen sah Trixi, dass sich der Kreis um Waldmeister zusammenzog. Immer mehr Hände packten den verzweifelten Professor und schüttelten ihn. Da traf mit ohrenbetäubendem Sirenengeheul die Feuerwehr ein und pflügte sich ihren Weg durch die tobende Meute, dicht gefolgt von einem Streifenwagen.

Mäx packte Trixi am Arm und zog sie mit sich ins Paradies.

„Lass mich los!", heulte sie und versuchte sich zu befreien. „Wir müssen ihm helfen!"

„Wir *werden* ihm helfen, aber im Moment können wir... – *Hansel*!", japste Mäx und ließ Trixi los. In einer Ecke des Paradieses schwebten Kopf und Hände ihres Freundes, der ein verzweifeltes und schuldbewusstes Gesicht machte. Ein Stück neben ihm lag die abgelegte Mönchskutte als formloses Bündel auf dem Boden.

„Ihr wart so schrecklich lange fort", verteidigte er sich und machte vor Aufregung einen Knoten in seine Finger. „Ich wollte den Kerl doch nur aufhalten! Erst lief auch alles gut, doch dann tauchte plötzlich der Professor auf. Er riss dem Brandstifter die Flasche aus der Hand, und im nächsten Augenblick kamen die Leute von überall her…"

„Mach dir deswegen keine Vorwürfe!", tröstete ihn Mäx. „Stell dir vor, du hättest nichts unternommen: Der Kerl hätte womöglich Zeit gehabt, das ganze Kloster in Schutt und Asche zu legen, bis wir mit Zeugen zurückgewesen wären. Zieh dich lieber wieder an, ich glaube, wir sollten hier schleunigst verschwinden."

„Aber…", stöhnte Trixi, „…Waldmeister! Der Professor! Sie werden ihm niemals glauben…"

„Trixi", fing Mäx an, doch sie ließ sich nicht unterbrechen.

„Wir müssen etwas…"

„Trixi!"

„…tun, wir können ihn nicht einfach im Stich…"

„Verdammt, da kommt jemand!", fiel Mäx ihr entnervt ins Wort. „Wir müssen hier weg, *jetzt!*" Tatsächlich steuerte eine kleine Gruppe auf den Eingang des Paradieses zu. „Wir lassen Waldmeister nicht im Stich, aber komm jetzt!", rief er und folgte Hansel durch das Schlüsselloch der Kirchentür.

Trixi warf einen letzten Blick nach draußen, konnte ihren alten Freund jedoch nirgends entdecken. Verzweifelt folgte sie den anderen nach.

Ausgerechnet Hampelmanns altes Klassenzimmer hatte Hansel als Rückzugsort ausgewählt. Trixi hatte den Verdacht, dass er sie absichtlich so weit wie möglich vom Geschehen auf dem Klosterhof hatte entfernen wollen.

„Wir sollten abwarten", mahnte der Mönch. „Niemandem ist geholfen, wenn wir jetzt überstürzt handeln!"

„Waldmeister hat geholfen, dich aus diesem Info-Ding zu befreien. Elsie hat sogar den Schlüssel dafür geklaut. Und du willst jetzt erst mal abwarten!", wütete Trixi.

„Jetzt reg dich ab! Wir wollen ihm genauso helfen wie du", knurrte Mäx. „Aber erstens ist noch gar nicht raus, ob die Polizei ihn zum Sündenbock macht. Schließlich haben sie ja auch den echten Brandstifter...", – Trixi schnaubte, „...und zweitens brauchen wir einen Plan. Oder willst du einfach nach draußen schweben und sagen: Seht her, ich bin ein echtes Gespenst, und der wahre Brandstifter ist der durchgeknallte Typ da drüben?"

„Also gibst du zu, dass es höchste Zeit ist, dass wir uns outen?", zischte Trixi.

„*Wenn* es sein muss, ja. Aber das ist erstens nicht unsere alleinige Entscheidung..."

„...und zweitens blabla und drittens laberlaber... Ich hab schon verstanden!"

Zornig bearbeitete Trixi ihren Kaugummi und begann rastlos durch den Raum zu rasen. Mäx und Hansel versuchten so zu tun, als wäre sie gar nicht da, und beratschlagten weiter, wie sie am besten vorgehen sollten, doch jedes Mal, wenn Trixi ihre Kaugummiblase mit einem zornigen Knall platzen ließ, zuckten sie zusammen. Bei einem besonders lauten Knall verlor Hansel endlich die Geduld.

„Wenn du nicht wie ein kleines Kind behandelt werden willst, dann hör auf dich wie eines zu verhalten!", blaffte er gereizt.

Beleidigt verzog sich Trixi durch das Loch im

Boden in den alten Karzer. Reden und Pläne schmieden, ja, darin waren die beiden große Klasse. Nur nichts Unüberlegtes anstellen! Wenn ich nicht gehandelt hätte, dachte Trixi verbittert, dann säßen wir immer noch in diesem beknackten Kohlenkeller fest und den Fruchtkasten gäbe es vielleicht schon nicht mehr. Am liebsten hätte sie irgendetwas oder besser noch: irgendjemandem einen saftigen Fußtritt verpasst, so wütend war Trixi. Der verzweifelt-resignierte Gesichtsausdruck, mit dem Waldmeister auf die Anklagen der Meute draußen reagiert hatte, wollte ihr einfach nicht aus dem Sinn gehen. Mit halbem Ohr hörte sie, wie Mäx und Hansel überlegten, wie sie am besten die Leuchtengemeinschaft zusammenrufen konnten und wo man sich treffen sollte, um zu beratschlagen. Mäx stimmte für die Kirche, doch das hielt Hansel für zu gefährlich. Außerdem wollte Hansel *alle* Leuchten mit einbeziehen, im Gegensatz zu Mäx, der die Ansicht vertrat, dass Radulfus und Hampelmann jedes Mitspracherecht verwirkt hätten.

Das kann ja noch Tage dauern, dachte Trixi frustriert, während sie eine Ratte beobachtete die an den Überresten einer ledernen Mappe nagte. Die wäre was für Hampelmann, dachte Trixi boshaft. Eine Ratte für Hampelmann... Der Gedanke nahm zögernd Gestalt an. Warum nicht?, fragte sie sich. Ein Versuch war es allemal wert. Und sie würde zwei Fliegen mit einer Klappe schlagen: Eine klitzekleine Rache an Hampelmann für all die gräßlichen Stunden, die sie unter ihm hatte leiden müssen; *und* alle Leuchten wären vereint, im Handumdrehen. Im Grunde war es nicht schwieriger, als einen Lichtschalter zu drücken.

Leuchtenkonferenz

Wenige Minuten später drängte sich die Gemeinschaft der Leuchten von Maulbronn in dem kleinen Gewölbe, das einst als Karzer für unfolgsame Schulbuben gedient hatte. Aufgeregt tuschelnd versuchten sie einen Blick auf die Leiche zu werfen, die irgendwo liegen musste. Doch erst als zwei winzige Lichtkegel neben der zerborstenen Schulbank erschienen, entdeckten sie Trixis Opfer. Sofort kehrte knisternde Stille ein.

Trixi, die aller Blicke auf sich ruhen spürte, machte ein trotziges Gesicht. Sie ließ eine Kaugummiblase platzen und sagte:

„Es gibt was zu besprechen!"

„Ich fass es nicht!", krächzte Mäx.

Den anderen hatte es die Sprache verschlagen. Fassungslos starrten sie Trixi an, alle außer zweien: Hampelmann, das Gesicht von einer so fahlen Blässe, dass Trixi glaubte, er werde gleich in Ohnmacht fallen, hielt die weit aufgerissenen Augen auf die silberne Leuchtratte geheftet, die sich eben aus dem prismatischen Nebel herausbildete. Und auch King Charles ließ die Ratte nicht eine Sekunde aus den Augen.

„Okay." Trixi räusperte sich und versuchte ganz cool auszusehen. „Wir haben euch zusammengerufen...", – Mäx warf ihr einen mörderischen Blick zu, – „...weil das passiert ist, wovor wir seit Wochen gewarnt haben."

Einige Leuchten machten ratlose Gesichter, andere reagierten lebhaft.

„Der Fruchtkasten brennt!", polterte Hähling vor der Mühle sofort los. „Ihr Schnarchnasen habt es nicht verhindert. Aber mich musstet ihr ja unbedingt hops gehen lassen!"

„Es heißt, der alte Geisterjäger habe ihn angezündet", wandte sich der Alte an Hansel. „Wie kann das möglich sein?"

„Der Professor war's nicht!", begehrte Trixi sofort auf.

„Ja, er hat den Brandstifter auf frischer Tat ertappt, und nun halten ihn manche für den Täter", fügte Mäx hinzu.

„Oh. Gut." Der Römer wirkte etwas verwirrt. „Aber warum schreien sie überall, dass er es war? Leugnet der Brandstifter?"

„Ähm...", machte Trixi und schielte zu Hansel hinüber.

„Es ist nicht eigentlich so, dass er leugnet", sagte Mäx und schnippste nervös sein Feuerzeug an.

Hansel seufzte laut. „Ich fürchte, er wird nie wieder in der Lage sein zu gestehen. Und wenn doch, so wird ihm wohl kaum einer Glauben schenken." Der Römer hob fragend die Augenbrauen. „Ich habe ihn in den Wahnsinn getrieben", gab Hansel kleinlaut zu.

„Da hört ihr es!", kreischte Radulfus los und erreichte dabei spielend Kreissägen-Sabines bevorzugte Tonlage. „Durch und durch verdorben und gewissenlos! Ihr solltet diesem Unwürdigen und seiner Hexe gar nicht erst zuhören!"

Hähling dagegen machte einen sehr zufriedenen Eindruck. „Na, dann ist doch alles bestens!", schnarrte er. „Der Brandstifter ist gaga, Schlimmeres wurde verhindert, Owing wird man nun auch auf die Schliche kommen... Wozu also diese unappetitliche

Zusammenkunft?", fragte er mit Blick auf die silberweiße Ratte, die Hampelmann in dem engen Raum im Kreis herumjagte, dicht gefolgt vom kläffenden King Charles.

„Nichts ist bestens", erwiderte Trixi. „Wir können nicht zulassen, dass sie Waldmeister den Brand in die Schuhe schieben."

„Wieso nicht?", fragte Hähling, offensichtlich ehrlich überrascht. „Er wird nicht mal in den Knast müssen. Wetten, die stecken ihn in die Klapse, bei seiner Vergangenheit!"

„Eben darum geht es ja!", zischte Trixi wütend. „Er hat schon einmal dafür büßen müssen, dass er die Wahrheit über uns Leuchten kennt. Wir können nicht zusehen..."

„Es scheint mir nur gut", erwiderte Radulfus listig, „wenn dieser unliebsame Zeuge aus dem Weg geräumt wird. Niemals hättet ihr euch ihm zeigen dürfen, er ist eine große Gefahr für uns Leuchten geworden."

„Gefahr? Wieso Gefahr?", schrie Trixi. „Er hat uns geholfen, und nun ist es an uns, ihm zu helfen!"

„Es ist wider die Natur und verwerflich, wenn Leuchten sich mit Sterblichen einlassen!", zischte Radulfus.

„Ach nee!", höhnte Mäx. „Und was ist mit dir? Du hast dich doch erst mit Hähling und dann mit dem Neuen gegen uns verbündet!"

„Nie habe ich mich einem Sterblichen gezeigt!", zeterte Radulfus.

„Na, dann ist es ja gut", feixte Mäx. „Mit Sterblichen *reden* zählt natürlich nicht. Radulfus hat versucht...", wandte er sich an die anderen, „den Brandstiftern zu helfen. Er *wollte*, dass der Fruchtkasten brennt!"

Die Leuchten fingen an, aufgeregt zu zischeln. Trixi spürte, wie die Kraft des Prismas versiegte, doch das schien nur Hampelmann zu interessieren, der laut aufheulend abblitzte, dicht gefolgt von Ratte und Hund.

„Lüge!", zeterte der weiße Mönch. „Das Feuer ist gottgewollt. Unsere Erlösung war nahe, nur diese drei...", sein dünner, weißer Finger wies anklagend auf Trixi, Mäx und Hansel, „...sind schuld daran, dass wir weiter in diesem unwürdigen Zustand verharren müssen!"

„Na, dann dank ich den dreien recht schön", versetzte Hähling. „Ich hab's nicht so eilig, endgültig von der Bildfläche zu verschwinden."

Doch andere Leuchten machten betretene Gesichter.

„Du weißt nicht", seufzte der Alte, „was es bedeutet, sich Jahrhundert um Jahrhundert in diesen Mauern zu verbergen."

„Auch ich sehne mich oft nach einem Ende", bestätigte Hansel ernst, „doch solltet ihr alle bedenken, dass es keinen Hinweis gibt, dass dieses Feuer uns erlöst hätte, außer der Aussage des Helfershelfers der Brandstifter."

„Das behauptest *du*", meldete sich ein hochgewachsener Leuchtenmann zu Wort, von dem Trixi nur wusste, dass er in seinem früheren Leben einmal als Wanderdoktor durch die Lande gezogen war. „Wo sind die Beweise, dass Radulfus den Brandstiftern geholfen hat?"

Trixi biss sich auf die Lippen. Sie konnte es nicht fassen, dass sie Radulfus' Schuld erst noch beweisen sollten, wo sie doch so offensichtlich war.

Ausgerechnet Hähling kam den dreien zu Hilfe.

„Also, wenn ich auch mal was dazu sagen darf... Mich hat Radulfus tatsächlich vorgewarnt, auch wenn ich ihn damals zugegebenermaßen nicht zu Gesicht bekommen habe. Und was meinen Kollegen angeht... da habe ich ein höchst interessantes Gespräch zwischen Radulfus und Hampelmann belauscht. Der olle Ziegenbart hat wohl kalte Füße gekriegt, jedenfalls hat er Radulfus gefragt, ob es nicht ein Fehler sei, sich mit einem Sterblichen zu verbünden. Tja, und da hat unser scheinheiliger Chorherr geantwortet, eine Verbrüderung mit solchem *Abschaum* wäre tatsächlich fatal, aber Hampelmann solle sich keine Sorgen machen, weil sie den Sterblichen nur *benutzen* wollten, und es gebe mehr als einen Weg, ihn zu vernichten, wenn sie ihn nicht mehr bräuchten..."

Auf diese Worte hin brach ein wahrer Tumult los. Radulfus reckte sich zornig in die Höhe, bis sein Kopf durch das Loch in der Gewölbedecke bis hinauf ins Klassenzimmer reichte.

„Verblendet seid ihr!", zischte er, „Ich bin nur ein Werkzeug, ihr kämpft nicht gegen mich, sondern gegen die höchste Macht!" Und mit einem grellen Blitz verschwand er aus ihrer Mitte. Niemand folgte ihm nach.

„Okay", knurrte Mäx, „nachdem die beiden Armleuchter weg sind, können wir vielleicht endlich zur Sache kommen. Es geht inzwischen um mehr als nur um den Fruchtkasten."

„Eben, der Professor braucht unsere Hilfe!", drängte Trixi, doch die Leuchten sahen nicht sehr überzeugt aus. „Wenn wir uns den Sterblichen zeigen, dann beweisen wir, dass Waldmeister nicht verrückt ist. Und wir können klarstellen, wer den Brand gelegt hat und dass Owing als Drahtzieher dahintersteckt. Nur so können wir auch für die Zukunft sicherstellen, dass dem Fruchtkasten und dem Kloster keine Gefahr droht."

„Wir sollen uns wegen eines Sterblichen hervorwagen, der uns nun schon seit Jahren verfolgt?", fragte der Wanderdoktor ungläubig.

„Es geht nicht nur um den Professor", widersprach

Mäx. „Seit Jahrhunderten versteckt ihr euch und ihr sagt selbst, dass ihr es leid seid. Wozu soll dieses ewige Versteckspiel gut sein?"

„Dieses vermeintliche *Spiel* dient vor allem der Sicherheit der Sterblichen, wie gerade du wissen müsstest", versetzte der Alte scharf.

„Und eben dies beginne ich anzuzweifeln", schaltete Hansel sich ein. „Ist es nicht eher so, dass wir gerade dadurch zu einer Gefahr für die geistige Gesundheit der Sterblichen geworden sind? Wüssten sie von unserer Existenz, so müssten sie nicht an ihrem Verstand zweifeln, sobald sie einer Leuchte gegenüberstehen." Die Leuchten steckten murmelnd die Köpfe zusammen, hier und dort meinte Trixi zustimmende Worte herauszuhören. „Überlegt doch mal...", drängte sie, „...was es für *uns* bedeuten würde! Wir könnten uns frei bewegen, mit Menschen sprechen..." Sehnsüchtig dachte sie an ihren Vater.

„Ich würde meine eigenen Klosterführungen anbieten", krächzte der Hexer vergnügt. „Dann wäre es vorbei mit den lächerlichen Lügengeschichten!"

Ein Lächeln breitete sich auf den blassgrünen Gesichtern aus. Trixi wusste, dass sie gewonnen hatten.

Es fiel Trixi fürchterlich schwer, nicht einfach nach draußen zu lasern und laut zu schreien: Waldmeister ist unschuldig! Widerstrebend hatte sie zugestimmt, dass sie sehr behutsam vorgehen mussten, wenn sie niemanden in Gefahr bringen wollten. Als Erstes mussten sie mit Elsie sprechen, und Trixi war glücklich, dass *sie* den Auftrag erhielt. Sie hätte es nicht ertragen, noch weiter tatenlos herumzuschweben. Um keine Aufmerksamkeit zu erregen, laserte Trixi mit Lichtgeschwindigkeit über den Klosterplatz, auf dem nur noch wenige Schaulustige standen und über das inzwischen gelöschte Feuer und den verrückten Geisterjäger debattierten, den sie alle ausnahmslos für den Täter hielten. Mit zornig zusammengebissenen Zähnen blitzte Trixi über sie hinweg, um das Durstige Maultier herum und direkt durch das geschlossene Fenster in Elsies Wohnzimmer, die mit einem leisen Aufschrei vom Sofa auffuhr.

„Ach, *du* bist es!", rief sie und wollte sich weinend in Trixis Arme stürzen, die dies gerade noch verhindern konnte indem sie in eine entfernte Ecke des Raumes laserte. Elsie stolperte ins Leere.

„Ähm, sorry!", murmelte Trixi, als die dicke Wirtin sich schnaufend vom Boden aufrappelte. „Ich glaube, das wäre Ihnen nicht so gut bekommen."

„O ja. Das war wohl dumm von mir", erwiderte Elsie verwirrt. „Aber ich bin so verzweifelt!" Und mit lautem Schluchzen warf sie sich wieder auf ihr Sofa. „Der arme, arme Friedemann! Sie haben ihn in so eine grässliche Anstalt gebracht, es soll geprüft werden, ob er prozessfähig ist. *Prozessfähig*, mein Friedemann! Wo er doch nicht mal einer Fliege etwas zuleide tun kann!" Heulend verbarg sie ihr Gesicht hinter den Händen.

Trixi hätte nur zu gerne die Arme um Elsies bebende Schultern gelegt, doch das traute sie sich nicht. Lichtperlen brannten in ihren Augenwinkeln, als sie sich vorsichtig näherte. „Elsie, wir holen ihn da raus, versprochen!", flüsterte sie. „Wir haben auch schon einen Plan."

Überrascht sah Elsie auf. Die verschmierte Wimperntusche ließ sie noch kläglicher aussehen.

„Die Leuchten von Maulbronn haben beschlossen, sich zu zeigen."

Elsies verschmiertes Gesicht wechselte von ungläubigem Staunen zu Entsetzen.

„Das meint ihr nicht ernst!", rief sie. „Friedemann würde niemals wollen, dass noch mehr Menschen in den Wahnsinn..."

„Natürlich nicht", beruhigte Trixi sie. „Deshalb müssen wir sehr vorsichtig sein."

„Aber wie wollt ihr..."

„Wenn alles gut geht – und es wird alles gut gehen! –, dann weiß bald alle Welt, dass der Professor weder ein Brandstifter noch verrückt ist. Aber wir brauchen deine Hilfe."

„Alles...", schluchzte Elsie erleichtert, „ich werde alles tun, was ihr für nötig haltet!"

„Also, dann hör mal gut zu."

Und es gibt sie doch!

Die Klosterkirche von Maulbronn war bis auf den letzten Platz gefüllt. Selbst in den Seitenkapellen standen die Menschen dicht gedrängt, ohne eine Chance irgendetwas anderes zu sehen als Köpfe und schön bemalte Wände und Decken. Am Eingang hatten städtische Angestellte die undankbare Aufgabe, den Menschen draußen den Eintritt zu verwehren. Zum hundertsten Mal erklärten sie, dass die Kirche nicht mehr Menschen fasste und dass es ohnehin eine Live-Übertragung auf dem Platz draußen geben werde.

„Glauben Sie mir, draußen werden Sie sehr viel mehr sehen als die meisten, die einen Platz *in* der Kirche ergattert haben", versicherte ein müde und zerzaust aussehender junger Mann einer rotgesichtigen Matrone, die den Eindruck erweckte, als wolle sie sich mit Gewalt Zutritt zur Kirche verschaffen.

Neben dem Brunnen war tatsächlich eine große Kinoleinwand aufgebaut worden, davor Reihe um Reihe orangefarbene Plastikstühle, von denen nur noch wenige frei waren. Und immer mehr Menschen strömten herbei. Da aus Platzgründen in der Kirche nur ein einziges Kamerateam zugelassen worden war, vertrieben die Journalisten, die das Nachsehen gehabt hatten, sich die Zeit, indem sie die Maulbronner auf dem Platz interviewten. Live-Schaltungen flimmerten über Milliarden von Fernsehbildschirmen in aller Welt und klauten den Programmen, die es wagten, etwas anderes zu senden, die Einschaltquoten. Die ganze Welt hielt den Atem an, als die Uhrenzeiger auf die Acht rückten und zeitgleich auf der großen Leinwand im Klosterhof und auf den Bildschirmen der Welt die Bürgermeisterin von Maulbronn erschien und einer aufgeregten Journalistin einen guten Abend wünschte.

„Frau Bürgermeisterin, Sie wissen, dass die ganze Welt in eben diesem Augenblick auf uns beide blickt. Wie fühlt man sich da als Bürgermeisterin einer kleinen Stadt?", fragte die Journalistin und entblößte mit einem strahlenden Lächeln etwa doppelt so viele Zähne als Menschen normalerweise besitzen.

„Sicher nicht anders", erwiderte die Bürgermeisterin pikiert, „als eine kleine Journalistin. Ich nehme an, auch Sie hatten noch nie ein solch großes Publikum!"

„Da haben Sie natürlich recht", bestätigte die Journalistin mit nun eingefrorenem Lächeln. „Es geht ja auch nicht um uns beide, und so will ich unsere Zuschauer nicht länger auf die Folter spannen und ihnen *den* Mann der Stunde zeigen." Ohne alle Umstände ließ sie die enttäuschte Bürgermeisterin stehen, und die Kamera folgte ihr am berühmten steinernen Kruzifix der Klosterkirche vorüber zu

Friedemann Waldmeister, dem vor lauter Aufregung prompt ein umfangreicher Stapel Papier zu Boden fiel. Offensichtlich die Notizen für seinen zu erwartenden Vortrag.

„Herr Friedemann Waldmeister", wandte sich die Journalistin ungerührt an den Rücken des am Boden umhertastenden Professors, „oder vielleicht ist es endlich wieder an der Zeit zu sagen: Herr *Professor* Friedemann Waldmeister: Seit vielen Jahren erzählen sie der Welt unerschütterlich, dass es Gespenster gibt."

Das gerötete Gesicht des Professors erschien einen Augenblick auf dem Bildschirm, die sorgfältig von Elsie frisierten Haare bereits wieder völlig verwüstet, und starrte irritiert das Mikrofon vor seiner Nase an.

„Äh... ja", stotterte er, tauchte aber gleich wieder nach weiteren Notizblättern ab.

Das Lächeln der zahnbewehrten Journalistin geriet etwas ins Rutschen, als sie gereizt fortfuhr:

„Nicht einmal mit der Zwangsjacke konnte man Sie von der Wahrheit abbringen."

Mit einem vernehmbaren Rumms knallte der Professor gegen sein Rednerpult und warf es fast um. Vorwurfsvoll starrte er die Journalistin an, während er seinen Hinterkopf rieb.

„In der Tat!", murmelte er eben noch vernehmbar.

„Nun, wir alle sind sehr gespannt, was Sie uns zu sagen haben. – Sie haben uns doch etwas zu sagen?", fügte die Journalistin spitz hinzu.

Hinter dem Ern starrte Trixi auf den Bildschirm, der extra für die Leuchten dort aufgestellt worden war, und musste sich sehr zurückhalten, um nicht nach drüben zu sausen und die Leuchtenfestigkeit der Frau auf die Probe zu stellen. Hansel legte ihr besänftigend die Hand auf die Schulter. Während Waldmeister mit nervösem Räuspern seine Unterlagen ordnete, schwenkte die Kamera einmal durch die überfüllte Kirche.

„Ich fass' es nicht!", stöhnte Mäx plötzlich. Mit aufgerissenen Augen deutete er auf den Bildschirm. Für einige wenige Sekunden war unverkennbar J. K. Owing zu sehen gewesen.

„Das kann doch wohl nicht wahr sein!", zischte Trixi empört.

„Was ist passiert? Hat der Professor etwas Falsches gesagt?", fragte Hansel besorgt. Tatsächlich hatte Waldmeister inzwischen mit seinem Vortrag begonnen, und nachdem er einmal in Fahrt war, zeigte sich, dass er ein recht guter Redner war. Allerdings sprach er das Publikum irritierenderweise mit „meine lieben Studierenden" an.

„Hast du ihn nicht gesehen?", flüsterte Trixi so laut, dass es bestimmt jenseits des Ern zu hören war. „Der Ami sitzt seelenruhig drüben in der Kirche!"

Der dicke Mönch brauchte einige Sekunden, um diese Information zu verarbeiten. Dann schwoll er in seinem Zorn so sehr an, dass die anderen Leuchten erschrocken zurückwichen.

„Wie kann er es wagen!", donnerte er.

Auf dem Bildschirm sah man, dass Waldmeister in seinem Vortrag innegehalten hatte und nun fragend in Richtung Ern blickte.

„Verzeihung, mein guter Bruder Johann vor der Mühle, habe ich etwas Falsches gesagt?", fragte er so laut, dass die Leuchten ihn stereo hörten: Direkt über den Ern hinweg und aus dem Fernsehgerät.

„Nein, nein", rief Hansel zurück, „Verzeih mir, mein Freund, dass ich dich unterbrochen habe!"

Ein Raunen lief durch das Publikum, überall wurden Hälse gereckt, und ein Mitglied des neu gebildeten Komitees für die Kooperation mit den Leuchten von Maulbronn eilte hinter den Ern, um nachzusehen, ob es Probleme gab.

„Hey Hermann...", wisperte Mäx, der mit der Hälfte des Komitees per du war, „...der Ami sitzt drüben in der Kirche. Ruf die Polizei, den schnappen wir uns!"

„Wohl kaum", entgegnete Hermann, die Augenbrauen bedeutsam angehoben. „Die Polizei weiß längst, dass er hier ist."

Trixi ließ empört eine Kaugummiblase platzen. „Soll das heißen, die wollen nichts gegen ihn unternehmen?"

„Von nicht wollen kann keine Rede sein. Man kann ihm leider nichts nachweisen."

„Aber der Brandstifter ist doch geschnappt!"

„Wohl eher übergeschnappt. Als Zeuge unbrauchbar."

Trixi sah Hansel an, dessen Kopf wie ein Infrarotstrahler leuchtete. Dann suchte ihr Blick Hähling, der etwas entfernt stand und daher nichts von der ganzen Aufregung mitbekommen hatte.

„Wir haben ihm versprochen, nichts zu verraten!", erinnerte Mäx sie. „Er soll eine Chance für einen anständigen Neuanfang haben."

Trixi seufzte. Sie hatten Hähling tatsächlich versprochen, über seine Rolle als Fast-Brandstifter zu schweigen. Auf diese Weise versuchten Mäx, Hansel und Trixi ihr eigenes schlechtes Gewissen zu beruhigen. Nachdenklich starrte Trixi auf den Bildschirm. Waldmeister zeigte gerade anhand von Dias, wie unterschiedlich Licht sich verhielt, wenn es auf matte schwarze oder glänzend weiße Oberflächen traf. Noch hatten die Leute drüben keine Leuchte zu Gesicht bekommen. Der Vortrag sollte sie erst darauf vorbereiten, doch Trixi war sich sicher, dass die meisten liebend gerne auf ihn verzichtet hätten. Die Leute wollten endlich Gespenster sehen.

Nicht alle Leuchten sollten präsentiert werden. Nur der Alte, Hansel und Trixi hatten eine Rolle übertragen bekommen. Doch alle Leuchten waren nach Abschluss dieser Veranstaltung frei, sich jeder Zeit überallhin zu begeben.

„Mäx, hör mal, kannst du nachher für mich übernehmen?", murmelte Trixi so leise, dass niemand außer Mäx sie hören konnte.

„Wieso? Was hast du vor?", flüsterte Mäx ebenso leise.

„Sag schon: kannst du?"

„Klar, ich war ja bei allen Proben dabei. Aber den Professor wird es ziemlich durcheinanderbringen. Und ich bin mir auch nicht sicher, dass ich als die einzige weibliche Leuchte Maulbronns vorgestellt werden möchte", fügte er feixend hinzu.

„Bitte!", drängte Trixi.

„Was hast du vor?"

„Ein Wörtchen mit Owing reden."

„Du willst einfach so nach drüben schweben?", fragte Mäx entgeistert. „Du machst den ganzen Ablauf kaputt!"

„Nein, natürlich nicht. Wir gehen zusammen rüber, dann ist auch das mit der weiblichen Leuchte klar. Du sollst nur die Kunststückchen vorführen, während ich ganz unschuldig über dem Publikum Stellung beziehe."

„Ich weiß nicht..."

„Mäx, nun mach schon. Sag ja! Ich bin gleich dran. *Du* bist gleich dran."

Plötzlich waren laute Rufe zu hören. Auf dem Bildschirm war der Alte erschienen und winkte lächelnd ins Publikum. Artig beantwortete er Waldmeisters Fragen, doch der Tumult war so groß, dass die Worte der beiden völlig untergingen. Die Kamera schwenkte erneut durch den Raum, und Mäx und Trixi fluchten im Chor, als Owing auf der Bildfläche erschien, gierig die dicken Hände reibend.

„Okay", sagte Mäx. „Ich hoffe, du weißt was du tust!"

Es dauerte mehrere Minuten, bis Waldmeister sich wieder Gehör verschaffen konnte.

„Die Gemeinschaft der Leuchten von Maulbronn verzeichnet zur Zeit 14 Mitglieder, darunter einen Hund und eine Ratte. Indes ist nur ein einziges Mitglied weiblich – nachweislich weiblich, sollte ich sagen. Bei der Ratte sind wir uns nicht sicher... Dieses Mädchen ist für mich persönlich etwas ganz Besonderes. Ist sie doch die einzige Leuchte, deren Lichtwerdung ich miterleben durfte. Ich bin überglücklich sie Ihnen, verehrte Studierende, nun vorstellen zu dürfen."

Unter tosendem Beifall sausten Trixi und Mäx über den Ern hinweg, machten simultan Loopings und kamen zu beiden Seiten des Professors zum Schweben.

„Ah, ja. Sie hat ihren jungen Freund hier mitgebracht", stellte der Professor gelinde irritiert fest, doch wieder gingen seine Worte im Tumult unter. Trixi nutzte die Gelegenheit, um Waldmeister zu erklären, dass Mäx für sie einspringen würde. Als das Publikum endlich zur Ruhe kam und Mäx anfing, zu den Kommentaren des Professors allerlei Kunststücke vorzuführen (die ‚Glühbirne', die Mäx nur dadurch zustandebrachte, dass er daran dachte, wie das Mädchen mit den Rehaugen ihn beim Zündeln im Brunnenhaus erwischt hatte, brachte das Publikum regelrecht zum Toben), schwebte Trixi lächelnd und scheinbar ziellos über den Köpfen der Leute dahin. Über Owings Glatze kam sie, immer noch lächelnd, zum Schweben.

Hör zu, du mieser kleiner Gangster, ich muss mit dir reden!, dachte sie in seinen Kopf hinein. Unter ihr wandte Owing erschrocken seinen Kopf nach allen Seiten. Hier oben, Owing, direkt über deinem Glatzkopf!, half Trixi nach. Owing legte den Kopf in den Nacken und starrte Trixi fassungslos an.

„You?", rief er. Seine Nachbarn warfen ihm neugierige Blicke zu.

Kein Grund, rumzuschreien, erwiderte Trixi wortlos. Dabei verzog sie ihren Mund zu einem bösen Grinsen, um Owing klar zu machen, dass er ihre Stimme nur in seinem Kopf hörte. Ich werde dir jetzt eine Geschichte erzählen und immer, wenn ich dir eine Frage stelle, möchte ich, dass du zur Antwort nur nickst oder den Kopf schüttelst. Kapiert?

Owing nickte. Während Trixi über ihm schwebte und Mäx vorne demonstrierte, wie Leuchten auf alle möglichen Materialien reagierten, nickte Owing immer wieder, zunächst grimmig entschlossen, dann überrascht und schließlich mit gierig glitzernden Augen.

Als Trixi endlich davonschwebte, machten beide einen sehr zufriedenen Eindruck. Mäx, der inzwischen von Hansel abgelöst worden war, stellte Trixi hinter dem Ern zur Rede.

„Was sollte *das* denn?", blaffte er Trixi an, während er unter dem extra zu diesem Zweck aufgestellten 1000-Watt-Strahler eine Lichtdusche nahm. „Warum hat der Mistkerl so zufrieden gegrinst?"

„Wir haben einen kleinen Handel abgeschlossen", antwortete Trixi gutgelaunt.

„Mir fallen gleich die Ohren ab!", begehrte Mäx auf. „Seit wann macht man mit Mistkäfern Geschäfte?"

„Vielleicht hörst du erst einmal zu!", schnappte Trixi zurück. „Und wenn du dann eine bessere Idee hast, bitte!"

„Hört mal, ihr beiden", mischte sich plötzlich Hermann ein, „ihr seid zu laut. Der Professor hat sich schon dreimal verhaspelt. Ihr könnt nachher weiterstreiten, aber jetzt seid leise!"

„Einen Nachteil hat die ganze Aktion ja", murrte Mäx, wenn auch leise, „keiner hat mehr Respekt vor uns!"

„Du hast genug, lass mich mal da drunter", flüsterte Trixi und schubste Mäx aus dem Lichtkegel der Lichtdusche. „Wenn das Theater hier vorbei ist, brauche ich volle Energie."

„Erfahre ich vielleicht *vorher* noch, was du planst?"

„Also", wisperte Trixi, „zunächst mal habe ich dem amerikanischen Geldsack klargemacht, dass Hähling nicht einfach so gestorben ist, sondern dass er hell und munter leuchtet und geradezu darauf brennt, gegen seinen Auftraggeber auszusagen."

„Ähm... trifft's nicht wirklich, oder?", raunte Mäx und ließ sein Feuerzeug aufflammen. „Genau genommen müsste man Hähling zur Aussage knüppeln", fügte er hinzu, während er nachdenklich mit der Flamme sein Kinn entlangfuhr.

„Bingo. Aber das weiß Owing nicht, und ich bin nicht so blöd und sag es ihm", grinste Trixi. „Hab ihm gesagt, dass er seine Pläne mit dem Fruchtkasten vergessen kann, und zwar für alle Zeiten, weil wir nun mal ewig leuchten. Da hat er hörbar mit den Zähnen geknirscht!", erzählte Trixi sehr zufrieden. „Und dann habe ich ihm gesagt, dass wir der Ansicht sind, dass er für seine üblen Absichten bereits teuer bezahlt hat und dass sein Geld ja einem guten Zweck dienen wird und dass wir deshalb bereit sind, Hähling ruhigzuhalten." Mäx verzog das Gesicht, doch Trixi fuhr unbeirrt fort. „*Und* ich habe ihm ein Angebot gemacht, wie er zumindest einen Teil seiner Ausgaben wieder wettmachen kann."

„Moment mal", protestierte Mäx laut, woraufhin Hermann sofort den Kopf ins Chorgestühl steckte und sie wütend anzischte. „Du willst dem Verbrecher tatsächlich auch noch helfen?", flüsterte Mäx sehr hörbar.

„Natürlich nicht. Ich will nur, dass er uns... ein Problem vom Hals schafft", grinste Trixi. Plötzlich brach hinter dem Ern tosender Applaus aus. „Wir werden drüben erwartet", fügte sie hinzu, „das ist eigentlich *unser* Applaus." Und damit ließ sie den verdutzten Mäx schweben und folgte Hansel und dem Alten über den Ern, um dem begeisterten Publikum zuzuwinken und dann nach draußen auf den Platz zu lasern, um sich auch den Menschen dort zu zeigen.

Eine Reise für Radulfus

Eine Stunde nachdem Waldmeister seinen Vortrag mit einer leichten Verbeugung beendet hatte, summte es auf dem Klosterhof noch immer wie in einem Bienenstock. Die Kirche hatte sich inzwischen geleert, doch niemand schien Lust zu verspüren, nach Hause zu gehen. Die Stimmung war wie auf einem Volksfest, überall erscholl fröhliches Gelächter oder laute ‚Ahs' und ‚Ohs', wenn eine der Leuchten sich zu einem langen Lichtband auseinanderzog oder als Leuchtkugel über den Köpfen dahinzoomte.

Alle Leuchten, außer Radulfus, hatten sich inzwischen eingefunden. Selbst Hampelmann schwebte durch die Menge und zog nervös seinen Ziegenbart in die Länge. Von Zeit zu Zeit warf er ängstliche Blicke hinter sich, doch die Ratte hatte es inzwischen aufgegeben, ihn durch die Klosteranlage zu jagen, und spielte stattdessen mit King Charles Fangen. Die beiden ungleichen tierischen Freunde lösten sterbliche Begeisterung aus, wo immer sie auftauchten.

Trixi hatte es endlich geschafft, sich von der Bürgermeisterin und den Stadträten loszueisen, die eben beschlossen hatten, sie, Mäx und Hansel wegen besonderer Verdienste um das Kloster zu Ehrenbürgern der Stadt Maulbronn zu ernennen. Waldmeister und Elsie sollten die Bürgermedaille erhalten. Trixi nickte Mäx kurz zu und schwebte dann unauffällig in die Kirche zurück, wo Owing bereits wartete. Demonstrativ zog er eine schwere, goldene Uhr aus seiner Westentasche.

„Eine Stunde ick warten hier nun schon, kleines Fraulein!", knurrte er. „Time is money!"

Mäx starrte ihn angewidert an, doch Trixi ließ sich keine Gemütsregung anmerken

„Wir brauchen einen Kasten", erklärte sie kalt. „Zwei Meter lang, einen hoch und einen tief. Aus Spiegelglas."

„Wozu...", knurrte der Ami, doch Trixi schnitt ihm das Wort ab. „Die Spiegel müssen nach innen gerichtet sein, so dass man von außen hinein sehen kann. In dem Kasten muss eine Lampe sein."

Owing kniff die kleinen Schweinsäuglein zusammen.

„Oh, yes, jetzt ick verstehe..."

„Schön, aber ich nicht!", blaffte Mäx genervt. „Vielleicht erklärt mir mal jemand, was hier gespielt wird!"

„Unser amerikanischer... *Freund* hier...", das Wort ‚Freund' hörte sich aus Trixis Mund eher wie eine Beleidigung an, „...wird unser Land in wenigen Tagen verlassen, und zwar für immer."

Owing verzog das Gesicht, als hätte er Zahnschmerzen, sagte aber nichts.

„*Und* er wird einen Gast mitnehmen", ergänzte Trixi kalt lächelnd.

Mäx sah von einem zum anderen. Er begriff sofort, wer der Gast sein sollte und was es mit dem Spiegelkasten auf sich hatte.

„Ähm... Radulfus wurde schon seit Tagen nicht

mehr gesehen", gab er zu bedenken. „Außerdem wird er kaum freiwillig in die Kiste hopsen."

„Wohl kaum", nickte Trixi grimmig. „Aber da er seit...", Trixi zählte mit scheinbarer Anstrengung an ihren Fingern ab, „...fünf Tagen keinen Lichtstrahl abbekommen hat und die Kiste, in der er gefangen sitzt, ziemlich eng ist, dürfte sein Widerstand eher gering ausfallen."

„Du hast ihn eingesperrt?", fragte Mäx mit einer Mischung aus Überraschung und Bewunderung, die Trixi ausgesprochen gut gefiel.

„Gleich nach dem Brand", bestätigte sie. „In seinem Lieblingsgefängnis, damit er sich auch wie zu Hause fühlt."

Mäx nickte langsam. „Trixi, ein Wort unter vier Augen", erklärte er mit einem schiefen Blick auf Owing. Auf der Orgelempore fasste er Trixi am Arm. „Hör zu, Radulfus ist ein ekliger, alter Schleimbeutel, aber Owing ist auch nicht besser. Mir gefällt die Idee nicht, Radulfus ihm auf Gedeih und Verderb auszuliefern."

„Keine Sorge, ich werde sicherstellen, dass Radulfus fliehen kann. Nicht einmal er verdient es, bis in alle Ewigkeit in einem Lichtsarg zu verschimmeln. Aber raus darf er erst, wenn er sich auf der anderen Seite des Atlantiks befindet!"

„Und wie stellst du dir das vor?", fragte Mäx. „Das schaffst du doch nie!"

„Meinst du?", entgegnete Trixi grinsend. Und dann erklärte sie ihm ganz genau, was sie vorhatte.

Als zwei Tage später der Deckel der schweren Holztruhe aufging war Radulfus viel zu erschöpft und zu wütend, um zu bemerken, dass sich direkt über ihm eine getönte Glasscheibe befand. Owing hatte eine Lampe auf die Öffnung der Holztruhe gerichtet, und, wie Trixi vorhergesehen hatte, reichte dieses Licht gerade, um Radulfus so weit aufzuladen, dass seine Gestalt es durch das Glas in den Kasten schaffte. Als der dürre, weiße Mönch erkannte, dass er erneut in der Falle saß, fletschte er die Zähne und ballte die Fäuste.

„Und er kann uns wirklich nicht sehen?", fragte Mäx fasziniert.

„Keine Chance", erklärte Trixi. Sie war selbst in den fertigen Spiegelkasten geschlüpft, um angeblich eben dies zu überprüfen. Drinnen hatte sie mit einer Rasierklinge die spiegelnde Beschichtung des Glases an einer Stelle abgekratzt, doch das war von außen nicht zu erkennen, da an eben dieser Stelle ein großer Aufkleber „Vorsicht, zerbrechlich!" warnte.

Owing drückte außen an der Kiste auf einen Schalter, und im Inneren erstrahlte ein in die Decke eingelassenes Licht, das innerhalb weniger Minuten Radulfus' ausgemergelte Gestalt zum Leuchten brachte. Der verzog wild das Gesicht und versuchte, durch das Spiegelglas zu entkommen.

„Das ist fantastic!", flüsterte Owing ehrfürchtig, während sie zusahen, wie Radulfus wie eine Kreuzung aus Flummi und Gummilitze von den Spiegelflächen abprallte und ein Netz weißer Strahlen in die Kiste zeichnete.

„Die Kiste wird sofort gut verpackt!", erinnerte Trixi ihn. „Wir wollen schließlich nicht, dass sie zu Bruch geht!"

„Right!" Owing glotzte feixend seinen neuen Schatz an. „Money, ick sehe lots of Money!" Trixi glaubte zu sehen, wie ihm der Speichel aus den Mundwinkeln rann vor Gier. Angewidert wandte sie sich ab.

Maulbronn erstrahlt in neuem Licht

Trixi räkelte sich auf dem neu gedeckten Dach des Fruchtkastens und ließ den Blick über ihr kleines Reich gleiten. Sie genoss es neuerdings zu spüren, wie das Sonnenlicht ihre Gestalt durchdrang und in die rauen Dachziegel unter ihr sickerte. Wohlig seufzend setzte sie sich auf und beobachtete eine Weile das bunte Treiben unter ihr. Mit den ruhigen Zeiten war es in Maulbronn ein für alle Mal vorbei. Die Bürgermeisterin überlegte bereits, ob man die Stadt nicht wenigstens an einem Tag in der Woche für Fremde sperren konnte. Die Wahl stand vor der Tür, und die anfängliche Begeisterung der Maulbronner über den geldbringenden Besucherstrom war längst in Ernüchterung umgeschlagen. Tausende von Touristen überrannten täglich den ehemals so beschaulichen kleinen Ort, und das nun schon seit zehn Monaten, seit jener denkwürdigen Fernsehübertragung. Die Einheimischen gingen in dieser Woge kläglich unter, man erkannte sie nur daran, dass sie als Einzige ohne speziell getönte Brillen durch den Ort marschierten.

In der Hoffnung, der geplagten Stadt Erleichterung zu verschaffen, war Hansel vor einigen Tagen auf Pilgerschaft gegangen. Er wollte versuchen, die Leuchten in Speyer davon zu überzeugen, dass es nicht mehr notwendig war, sich vor den Sterblichen zu verstecken. Da die Leuchten dort vermutlich keinen Kontakt zu Menschen hatten, wussten sie wohl noch nicht, dass ihre Existenz längst auf der ganzen Welt bekannt war. Von Waldmeister hatte Hansel eine ganze Reihe von Städten genannt bekommen, in denen der Professor mit seinem Sensormat die Anwesenheit lichtgestaltiger Geisterwesen nachgewiesen hatte. Diese Städte wollte der Mönch eine nach der anderen besuchen. Wenn sich an so vielen Orten Leuchten zeigten, dann würde der Besucherandrang auf Maulbronn wieder nachlassen.

Außer Hansel und Radulfus, von dem sie nur wussten, dass er schon wenige Tage nach seiner Ankunft in den USA einem zeternden Owing zum Trotz aus seinem Spiegelkabinett entwischt war und nun als das bekannteste Gespenst der Welt den mittleren Westen unsicher machte, außer diesen beiden waren noch alle Leuchten von Maulbronn da. Ihr Dasein hatte sich allerdings sehr verändert.

Träge grinsend winkte Trixi einer Busladung dunkel bebrillter Japaner zu, die laut schnatternd zu ihr hochsahen. Dreißig Fotoapparate, alle ausgerüstet mit Spezialblenden, wurden ihr simultan entgegengestreckt. An den Brillen und den Blenden hatte Friedemann Waldmeister inzwischen ein wahres Vermögen verdient.

Trixis Blick wanderte suchend hinüber zum Durstigen Maultier. Vom Professor war nichts zu sehen, doch Elsie war wie immer eifrig um ihre Gäste bemüht. Das hatte sie als wohlhabende Frau Waldmeister zwar nicht mehr nötig, doch hatte sie nur unter der Bedingung in die Heirat eingewilligt, dass sie ihr Gasthaus weiterhin selbst führen durfte.

Unter dem Fruchtkasten sammelte sich eine Busladung Amerikaner an exakt derselben Stelle, die eben noch die Japaner eingenommen hatten. Mit lauten Rufen zeigten sie auf Trixi und zückten ihre mit Waldmeister-Blenden bestückten Kameras. Gereizt ließ Trixi eine Kaugummiblase platzen, verließ ihren Posten und schwebte über den Platz davon.

Der Hexer entließ eben einen Schwung Touristen aus der Klosterkirche. Seine Führungen waren berühmt-berüchtigt und immer Wochen im Voraus ausgebucht. Er erzählte nur die saftigsten Anekdoten und mit seinem schauerlich irren Gelächter hatte er bereits mehreren zarter besaiteten Besuchern zu einem – wenn auch Gott sei Dank vorübergehenden – Nevenleiden verholfen.

Kinderführungen durfte der Hexer aus eben diesem Grund nicht durchführen. Für die war Trixi zuständig, und bis zur nächsten hatte sie noch etwa eine Stunde Zeit. Sie winkte dem Hexer einen kurzen Gruß zu und schwebte weiter zu dem dichten Ring von Zuschauern, der sich unweigerlich dort bildete, wo Mäx vor seiner Staffelei schwebte.

„Hey, alles dicht hier?", fragte sie, als sie neben ihm zum Schweben kam. Die Sterblichen begannen sofort laut zu tuscheln.

„Klar", antwortete Mäx und sah grinsend von dem Bild auf, das er malte. „Wenn du nur mal eben ein paar von denen...", er machte eine weit ausholende Geste, die sein gesamtes Publikum einschloss, „... in den Wahnsinn treiben könntest, bevor sie es mit *mir* tun."

Einige der Umstehenden lachten, doch andere zischelten missbilligend.

„Weiß gar nicht, was du hast", entgegnete Trixi. „Jeder andere Künstler würde sich nach einem so kaufwütigen Publikum alle Finger lecken."

Tatsächlich konnte Mäx gar nicht so schnell malen, wie ihm die Bilder unter den Fingern weggerissen wurden.

„Tja, nur dass ich vermutlich der einzige Künstler auf der ganzen Welt bin, der noch nie eines seiner Werke in fertigem Zustand ansehen durfte", stöhnte Mäx. „He, warten Sie, das ist doch noch gar nicht fertig!", rief er einem Mann hinterher, der, kaum, dass Mäx der Staffelei den Rücken zuwandte, das halbfertige Bild gemopst hatte. „Na ja, wäre eh nicht eines meiner Besseren geworden", seufzte Mäx resigniert.

„Willst du den Dieb nicht aufhalten?", fragte Trixi, ohne auf die künstlerische Qualität dieses oder irgendeines Bildes von Mäx einzugehen. Sie fragte sich oft, ob er vielleicht ganz gute Bilder malen würde, wenn die Leute nicht jeden Mist von ihm kaufen würden, nur weil er die einzige malende Leuchte der Welt war. Doch Mäx schien alles Interesse an seiner ‚Kunst' verloren zu haben.

„War eh schon bezahlt", feixte er, warf Palette und Pinsel hin und ging mit Trixi in die Luft. Sofort stürzte sich die wartende Meute auf die Staffelei und stritt sich um Farbtuben und Pinsel.

„Auch 'ne Art nach dem Spielen aufzuräumen", bemerkte Trixi trocken, als die Leute sich zerstreuten und nicht einmal den Lappen zurückließen, mit dem Mäx seine Pinsel gereinigt hatte. Der zuckte cool mit den Schultern.

„Meine bevorzugte Art. Heute hat mir eine Frau erzählt, dass sie davon in einem Reiseführer gelesen hat. Als Tipp für Souvenirjäger. Mir soll's recht sein, warum sollte ich mich mit Aufräumen plagen bei den Preisen, die meine Schmierereien erzielen?"

„Werde Leuchte, und du wirst reich werden", erklärte Trixi weise. „Apropos, den Bastard heute schon gesehen?"

„Nee", entgegnete Mäx. „Was ist es diesmal?"

„Hansel als Nachttisch-Lampe und der Hexer als Schlummerlicht."

„Schlummer*was*?"

„Schlummerlicht. So ein Dings", erklärte Trixi, „das man in die Steckdose stecken kann. Für Kinder, die im Dunkeln Angst haben."

„Mit dem *Hexer* drauf?", rief Mäx ungläubig.

„Jepp. Soviel ich weiß, hat er die Idee auch schon verkauft. Wenn ich richtig gehört habe für schlappe zehntausend Euro."

„Was macht er bloß mit der ganzen Kohle?", fragte Mäx zum hundertsten Mal. „Er muss doch inzwischen Millionär sein!"

„Höre ich da Neid in deinen Worten?", grinste Trixi.

„Quatsch, du weißt genau, dass ich das Geld, das mir die Leute hinterherwerfen, komplett in die Stiftung einzahle. Aber ich verwette meine Birne darauf, dass der Bastard noch keinen müden Cent hat springen lassen."

Trixi war nicht so entgeistert, diese Wette anzunehmen. Es war ein offenes Geheimnis, dass Hähling sein Geld – in bar – in der alten Holzkiste hortete, die einst als Gefängnis hatte herhalten müssen. Kurz nachdem die Leuchten eigene Zimmer im Kloster erhalten hatten, hatte er sich die Kiste auf seines bringen lassen.

Dass Mäx sich so über Hählings Geiz ärgerte, hatte einen guten Grund. Ohne die Stiftung hätten die Leuchten weder ihre Zimmer bekommen noch eine der vielen Annehmlichkeiten wie die Dusch-Lampen. Doch Beiträge in die Stiftungskasse waren freiwillig, und miese kleine Gauner wurden nicht plötzlich zu Leuchtfeuern der Rechtschaffenheit, nur weil sie durchs Prisma gegangen waren.

Trixi verabschiedete sich von Mäx und schwebte weiter in Richtung Klostertor. Bald würde das Geburtstagskind mit seinen Gästen eintreffen, dessen Eltern Trixi für eine Spezialführung engagiert hatten. Mit abschließendem Leuchtfeuerwerk in der Klosterkirche. Für ihr Leuchtfeuerwerk war Trixi berühmt. Sie hätte damit ebensoviel Geld verdienen können wie Mäx mit seinen Bildern, fast täglich kamen Angebote von großen Theatern oder Zirkussen. Aber Trixi lehnte stets ab. Die Klosterkirche, eine von Waldmeister speziell für sie entworfene Ladelampe und strahlende Kinderaugen waren alles, was Trixi sich wünschte. Fast alles.

Trixi entdeckte endlich denjenigen, den sie gesucht hatte. Er saß mit einem Ehepaar an einem Tisch vor dem Durstigen Maultier und gestikulierte wild, während er den beiden etwas zu erklären schien. Als Trixi neben ihm zum Schweben kam, unterbrach er seinen Wortschwall und strahlte sie an.

„Trixi, Kind, da bist du ja. Eben haben wir von dir gesprochen."

Trixi strahlte den einzigen Menschen an, der sie ungestraft Kind nennen durfte.

„Hast du ein neues Kapitel fertig?", fragte sie lächelnd.

„Er hat uns eben erzählt, wie du damals nach Hause geflogen bist", sagte Mäx' Mutter schmunzelnd. „Wir können es wirklich gar nicht erwarten, bis sein Buch fertig ist, nicht wahr, Schatz?" Sie legte ihrem Mann eine Hand auf den Arm.

„O ja, er erzählt so lebendig!", bestätigte dieser und lächelte seine Frau liebevoll an.

„Schön", sagte Trixi. „Ich muss los, *Paps*, da drüben kommt meine Gruppe." Sie zeigte auf einen aufgekratzten Haufen Elfjähriger.

„Das Geburtstagskind ist meine Nichte", erklärte Mäx' Mutter. „Mach ihr ruhig ein bisschen Angst."

„Ein ziemlich freches Früchtchen", fügte Mäx' Vater lachend hinzu. „Sie hat behauptet, du würdest es niemals schaffen, dass sie den Kopf in den Maultierbrunnen steckt, so wie du es mit ihrer Klassenkameradin letzten Monat gemacht hast."

„Ach ja?" Schalk blitzte aus Trixis Augen. „Na, das wollen wir doch mal sehen!" Und mit einem letzten Nicken stob sie davon.

Die Prismatischen Gebote

*zurückgehend auf Bruder Radulfus vor der Mühle,
ehemals Kellermeister des Klosters zu Maulbronn,
außer Kraft gesetzt am 1.4.2008*

So vernimm denn... die Prismatischen Gebote, wie sie gesetzt wurden den Leuchten von Maulbronn in alter Zeit, auf dass sie die Leuchten führen auf rechtem Wege durch die dunklen Zeiten bis zu dem Tage, da sie alle versammelt sollen sein vor der Großen Linse, die dereinst sie einlassen möge in die Ewigkeit der Gerechten.

So aber lautet das 1. Gebot: Du sollst das Licht der Sonne meiden, die da scheint über allen sterblichen Geschöpfen. Denn deine Sünde war groß, und in Dunkelheit und Einsamkeit sollst du büßen fortan, auf dass am Tag der Erlösung die Linse gnädiglich aufnehmen möge dein Licht, um es rein zu machen von allem Bösen. Und zeigst du dich dennoch der Sonne, so wird deine Buße ewig währen wie deine Sünde auch.

So aber lautet das 2. Gebot: Ausgestoßen bist du aus der Gemeinschaft sterblicher Menschen. Den Menschen aber darfst du dich nimmer mehr zeigen, denn deine Sünde führte dich durch das Große Prisma, das dein Licht zerstreute. So darfst du dich denen nicht nähern, die noch unberührt sind von der strafenden Macht des Prismas. Und tust du es doch und ziehst die Blicke Sterblicher auf dich, so werden deine Sünden eingebrannt in die klägliche Gestalt, die dir geblieben ist und sie zeichnen für alle Zeit. Und die Linse wird blind werden vor dir und dich zurückwerfen in deinen Jammer.

So aber lautet das 3. Gebot: Und wie du dich verbergen musst vor der Leben spendenden Sonne und den Augen der Menschen, so musst du auch bleiben, wo deine Prismatische Stunde dir geschlagen. Und ist auch dein Leib tot vor den Menschen, so darf deine Seele doch nicht frei sein und muss wandeln hier bis zum Tag der Großen Linse. Denn nur hier soll es dir dereinst erlaubt sein, vor die Linse zu treten und um Einlass zu bitten in die Ewigkeit der Gerechten.

So aber lautet das 4. Gebot: Größter Feind der Leuchten ist das nasse Element, dies gilt es zu meiden. Denn es steht in unversöhnlicher Feindschaft zum Element Feuer. Unermesslich werden deine Leiden sein, so das Wasser dich ergreifen kann. Es lauert dir auf und sucht dich zu benetzen und ins Elend zu ziehen, wo immer du weilst. So siehe dich vor, auf dass es dir nicht schaden möge, und meide es, wo immer du kannst. Denn wie es den Sterblichen Segen bringt, so bringt es den Leuchten nur Fluch.

So aber lautet das letzte Gebot: Als klägliches Abbild deiner irdischen Gestalt hat das Prisma dich in dieses Dasein gestreut. Und wie du geworden bist zur Leuchte, so musst du sein und bleiben. Und dein Gewand ist das eines Büßers, und du darfst es nicht von dir werfen wie du nichts, das dir vom Großen Prisma mitgegeben wurde, je von dir weisen darfst. Denn der Tag der Großen Linse wird kommen heute, morgen oder in tausend Jahren. Und wenn nur ein Winziges deiner leuchtenden Gestalt fehlen wird am Tag der Erlösung, so wird es dich festhalten gleich einer unlösbaren Fessel, und nimmer wird es dir möglich sein, durch die Linse zu gelangen in die Ewigkeit der Gerechten.

Dies aber ist die Bestimmung aller Leuchten: Reuevoll zu verweilen, wo das Prisma sie hingeworfen, an den Prismatischen Geboten festzuhalten und zu hoffen auf den Tag der Großen Linse, auf dass sie uns alle gnädiglich aufnehmen möge und uns versammle in der Ewigkeit der Gerechten.

Danksagung

Mein großer Dank gebührt

meinem Mann, der mir die notwendige Ruhe schenkte, dieses Buch zu schreiben.

meinem Schwager, der keine Ruhe fand, bis er das Buch zu Ende gelesen hatte.

meiner Mutter, die keine Ruhe gab, bis dieses Buch seinen Verlag gefunden hatte.

Herrn Braun und der Klosterverwaltung für einen Ausflug bis unter die herrlich bemalte Decke der Klosterkirche und die Erlaubnis, auch dort zu fotografieren, wo Normalsterbliche sonst keinen Fuß hinsetzen.

Vita Autorin

Als Jugendliche träumte Mona Jeuk von einem Leben als freie Schriftstellerin. Nach Umwegen über Germanistik- und Romanistikstudium und einem kurzen Intermezzo als Kulturmanagerin wurde sie dann doch als Mutter und Bibliothekarin sesshaft. In ihrer Freizeit schreibt sie Geschichten für Groß und Klein.

Mona Jeuk wurde 1967 in Esslingen geboren und lebt mit Mann und Kindern in Freiberg am Neckar.

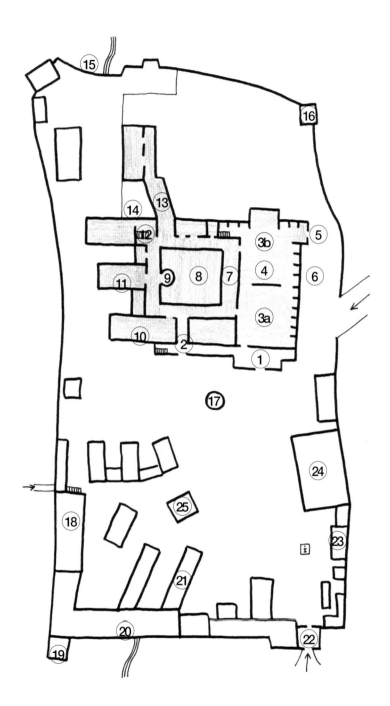

1 Paradies, Vorhalle zur Kirche
2 Zugang zur Klausur und Aufgang zur Winterkirche und den Räumen des Internats
3 a Laienkirche, b Herrenkirche
4 Ern, Chorschranke
5 Totenpforte
6 Ehemaliger Friedhof
7 Kreuzgang
8 Kreuzganggarten
9 Brunnenhaus
10 Laienrefektorium, Speisesaal der Laienbrüder
11 Herrenrefektorium, Speisesaal der Chorherren
12 Bruderhalle mit Geißelkammer und Höllentreppe
13 Parlatorium
14 Abtsgarten, Grundriss der abgebrannten Abtswohnung
15 Zufluss zum Bewässerungssystem, vom Tiefen See her kommend
16 Faustturm
17 Brunnen
18 Mühle mit Aufgang zum Wehrgang
19 Hexenturm
20 Schmiede
21 Rathaus
22 Klostertor
23 Klosterkasse
24 Fruchtkasten
25 Gasthaus Zum Durstigen Maultier